遠坂八重

Monster's
Cradle
Yae Tosaka

怪物のゆりかご

祥伝社

怪物のゆりかご

Monster's
Cradle
Contents

◆

怪物のゆりかご
目次

装幀
albireo

装画
中野カヲル

赤間佳史さま
町田翔さま
長谷部理玖さま
真山春輝さま

定規は長さをはかるものです。人に向かって投げるものではありません。
上ばきははきものです。人の頭をなぐる道具ではありません。
消しゴムのかすはごみ箱に。食べ残しはごみ箱に。使用ずみのティッシュはごみ箱に。
裏庭に落ちている虫の死がいをわざわざひろってくるのであれば、それもごみ箱に。
誰も教えてくれませんでしたか。
それともあなたたちの目には、ぼくがごみ箱に見えるんですか。
そういう病気なんですか。

＊

お母さん　お父さん　ごめんなさい。
人生の底が見えてしまいました。
加害者への手紙とか遺書とか、そんなものばかり書いて破ってをくり返していたけど、
今日でもう終わりにします。

プロローグ

事件当日　十月十一日（火）——神奈川県立栄林《えいりん》高校

昼休みのチャイムが鳴ると、彼女はすぐ教室を抜けて、いつもどおり裏庭に向かった。ここはいつもじめじめしている。鬱蒼《うっそう》とした樹々が頭上を覆って、晴天というのに微《かす》かな陽射しさえ届かない。

静寂のなか、苔《こけ》むした古い花壇に腰掛けて、ビニール袋からラップに包んだ塩おにぎりを取り出す。セーターの袖口《そでぐち》に冷たい風が入り込んで、手首を埋め尽くす線状の傷跡がぴりぴりと灼《や》けるように痛んだ。

昼なかは虫も鳴かず、薄紅葉《うすもみじ》のさやめく音しか聞こえない。校内の喧騒《けんそう》とは無縁の世界。

同じころ、同校二年二組の教室は、いつもどおり賑《にぎ》やかだった。

ほとんどの生徒は、友人同士でまとまって昼食をとっている。

チャイムが鳴ってからきっかり五分後、クラス委員の一人がおもむろにリモコンを手に取って、教室の左前方に設置されたテレビの電源を入れた。

毎週火・木の週二回、各十五分間、放送委員によるお昼の放送がある。内容は新任教師の挨拶《あいさつ》や部活動の勧誘、購買パンの新メニュー紹介、校内ロケなど多岐《たき》にわたる。

入学したての一年生などはみな目を向けていたが、二年の秋ともなると、ほとんど誰も見ていない。

「あれ？　画面なんかおかしくね」

目立つ男子が何気《なにげ》なく指摘して、はじめて生徒らの視線がテレビに向かった。

ザーッというホワイトノイズ。

画面は目の粗《あら》い砂嵐。

「あー、受信エラー的な？」

「なんか怖《こわ》～」

教室からぽつぽつと生徒たちの声があがる。

十秒ほど砂嵐の映像が流れたあと、薄暗い画面にぼんやりと、朽《く》ちた木板でできた壁が映し出された。同時に、ノイズがかった打音が、一定間隔で聞こえてきた。

ごっ、ごっ、ごっという、金槌《かなづち》で何かを打つような音。

画面に映った木壁は、歪《いびつ》な黒い斑点で埋め尽くされていた。まるで無数の蛆虫《うじむし》がへばりついているかのようだった。

木板がクローズアップされる。

歪な黒い斑点は、乱れた文字の羅列《られつ》だった。

すべての木目を同じ文字がびっしりと埋め尽くしていた。

正正
正正
正正
正正
正正
正正
正正
正正
正正
正正
正正
正正
正正
正正
正正
正正
正正
正正

一定間隔の耳障《みみざわ》りな打音は、絶《た》えず鳴り響いている。

「やだガチで怖い」

「てかきも」

「あの、今日は校内ロケだったと思うんですけど……」

「ドッキリじゃね」

方々《ほうぼう》からいっせいに声があがる。教室を得体《えたい》の知れない緊張と興奮が支配する。


そのころ裏庭の彼女は、おにぎりをふた口ばかり押し込むと、残りは足元にぼとりと落とした。自分が去ったあと、いつもどおり野良猫がたいらげるだろう。最近はずっと耐えがたい憂鬱《ゆううつ》に蝕《むしば》まれ、ろくに食欲もなかった。

文庫本を机の引き出しの中に置き忘れてきたことを後悔しながら、重い足取りで校舎へ戻る。


三十秒ほどして、打音が止《や》み、暗転。

次に映し出されたのは、灰色の狭い放送室。向かって右にある扉は閉まっている。左側の窓は開け放たれていて、すぐ横に椅子がひとつ、置いてあった。

中央に佇《たたず》む、ひとりの小柄な少年。

肩先まで伸びた黒髪、青ざめた顔、白いシャツ。眼差《まなざ》しはまっすぐだが、その手は微かに震えている。

直立不動で、無表情のまま口を開いた。

「僕の目的は、加害者を告発することです」

少し上《うわ》ずっているが、はっきりとした声だった。

教室の方々から、「誰」「知らない」「なんなの」「意味わかんない」「怖い」……ざわめきがこだまする。

ふいに少年は腕をまっすぐ伸ばすと、左前方を指さした。

そのまま半円を描くように、左から右にすうっと腕を動かしていく。

まるで、画面越しに生徒らを糾弾《きゅうだん》するかのような動作だった。

「僕は過去に非道ないじめを目撃しました。しかし何もできませんでした。だから、今できることをすると決めました。加害者の一人は、この教室にいます。彼は今も変わらず、ある人物をいじめています。ただちにやめてください。

さもなければ、第二の告発を行ないます。あなたたち四人の住所、氏名、過去に行なった非道な行為とその証拠、すべてを白日《はくじつ》の下《もと》に晒《さら》します」

教室が、水を打ったように静まり返る。

「これは警告です」

用意していた台詞《せりふ》なのか、少年は淀《よど》みない口調で続ける。

「あなたには、あの場所に来てほしいです。

あの場所。

あなたが彼女を閉じ込めた場所。

十月二十二日、あの場所に来てください。事件のすべての証拠を持って、代理人が待っています。そこで契約を交《か》わして、すべてを終わらせましょう」

状況が違えば冷笑さえ浴びるような、どこか芝居がかった台詞だった。だが、ただならぬ雰囲気に、生徒らは誰もが凍りついている。

言い終えた途端、少年の顔に怯《おび》えが走った。

何か覚悟を決めるように大きく息を吐くと、彼は一歩、二歩……と画面に向かって歩き始めた。

血走った目がはっきりと見える距離まで近づくと、画面を摑《つか》むように左手を伸ばした。

映像が大きく揺れる。どうやら、三脚に固定されていたカメラを取り外したらしい。

画面は彼の顔を左斜め上から映している。取り外したカメラを左手に掲げているらしい。

その状態で彼は後方の壁際まで近づき、上半身を大きく反《そ》らしたかと思うと、額《ひたい》を思いきり壁に打ち付けた。

鈍《にぶ》い打音。乱れる映像。

皮膚は裂け流血していた。


教室中から、いっせいに悲鳴があがる。


彼は何かに憑《つ》かれたかのように、その動作を繰り返した。

ごっ。ごっ。ごっ。ごっ。ごっ。

乱れる映像。鈍い打音。一心不乱に、額を打ち付ける動作。

大きく裂けた額から鮮血が溢れ出し、幾筋もの太い歪な線となり、顎先《あごさき》を伝って垂れ落ちていく。やがて顔中が血だらけになる。筋ばった青白い首筋が、白いシャツが、ぬらぬらとした赤色に染まっていく。

おぞましい光景に耐えかねて、生徒らは次々に教室を飛び出していった。廊下にうずくまって泣き叫ぶ生徒や、口元を押さえてえずく生徒もいた。

だが、映像が消されることはなかった。

担任教師は普段どおり職員室で昼食をとっていたし、放送が始まった直後、ある男子生徒がリモコンをすばやくスラックスのポケットに忍ばせていた。彼はテレビ台の前方に陣取って、震える手でスマホをかざし、憑かれたように一部始終を撮影していた。


教室から逃げ出していく生徒らと入れ替わるようにして、彼女は吸い寄せられるように二年二組の教室へ足を踏み入れた。

彼女の視界は真っ先に画面を捉えた。瞬時に頭を殴られたような衝撃を受け、弾《はじ》かれたように放送室へ走り出す。


表情すら窺《うかが》えないほど顔中血塗《まみ》れになった少年は、憑き物が落ちたように、その動作をやめた。映像が大きく乱れたあと、ゴトンと音がした。カメラを机か何かに置いたらしい。画面は窓側を映している。

風に揺れる白いカーテン。開け放たれた窓。澄みきった青空。

少年はそのほうへ歩いていく。

ほぼ同時に、画面右側から扉を蹴破るような音がして、「開けろ」という怒声《どせい》が響いてくる。

少年は何も聞こえていないかのように、すうっと窓の前まで近づくと、手前の椅子にあがった。

そして両手をだらんと下げたまま、窓から身を投げた。

第一章　円城寺《えんじょうじ》貴子《たかこ》の困惑

一

事件前日・十月十日（月）

レアチーズモンブランが評判の洋菓子店リズは、上大岡《かみおおおか》駅前のファッションビル一階に店を構えている。四坪ほどの小規模な売り場スペースしかないが、ショーケースには常時十種以上のケーキが並び、レジ横にはギフト用の焼き菓子も豊富に揃っている。毎年この時期はハロウィンフェアを開催していて、限定販売のドーム型パンプキンパイや、ゴーストをかたどったホワイトチョコレートのムースがよく売れている。

閉店時間の二十二時まで、三分を切った。

もう客は来ないだろうと踏んで、アルバイトの女子大生・佐川若菜《さがわわかな》は、あと片づけを始めた。

先月に民放のグルメ番組で紹介された影響が著《いちじる》しく、今日も目がまわるような忙しさだった。

ペアがベテラン社員の円城寺貴子《えんじようじたかこ》でなければ、きっと乗り切ることができなかっただろう。

トングを消毒液に浸《ひた》そうと持ちあげたとき、磨《す》り硝子《ガラス》の自動ドアが開いた。

若菜が視線をあげると、赤ら顔をした強面《こわもて》の中年サラリーマンが、千鳥足《ちどりあし》で近づいてくるのが見えた。

「い、いらっしゃいませ」

声が微《かす》かに震えた。大学サークルの新歓で、酒に酔った上級生に心ない暴言を吐かれた経験から、どうにも酔っ払いが苦手だった。

「レアチーズモンブランひとつ！」

客はガラスケースに半身をもたれさせ、まるで居酒屋でビールを頼むときのようながなり声で言った。

「かしこまりました」

若菜は恐怖に身体を強張《こわば》らせながら、洗おうとしていたトングを摑《つか》み直す。

頼りにしているベテラン社員の貴子は、バックヤードで発注処理の最中だ。自分ひとりしかいないことで、余計に緊張が高まった。

「もしかして、これラストぉ？」

客が大声で聞いてくる。視線を落とすと、たしかにレアチーズモンブランは一個しか残っていなかった。

「はい、最後の一個になります」

客は威勢よく笑った。

「そりゃあよかった！　ボクねえ、ほんとうは新子安《しんこやす》に住んでるのよ。知ってる？　ここから電車で三十分！　今日はこのモンブランのためだけに、わざわざ上大岡まで乗り越してきたってわけ。家内があした誕生日なんでねえ。あっ、誕生日用のあれもつけてもらおうかなあ？　プレート！あとキャンドル！　小さいケーキにもつけてもらえんのかなあ⁉」

「もちろんです。準備いたしますので、少々お待ちください」

閉店間近に想定外の注文が入り、気が動転する。若菜はイレギュラー対応が苦手だった。

ハロウィンフェアのため、いつもは最上段を占拠している看板メニューのモンブランが、いまは二段目に押しやられている。

左手に小箱を、右手にトングを握る。腰をかがめ、若菜から見ていちばん奥にあるモンブランをトングでそっと摑む。柔らかいスポンジが潰れないよう、慎重に。

そのまま水平にトングを引き寄せて、小箱の中央にモンブランを――。

「お嬢ちゃんチンタラやんないでよ！　十二分発に乗りたいんだからさあ！」

突如降りかかる急き立《せ》てるような声。

若菜はびくっと肩を震わせた。無意識に手の力が緩《ゆる》んで、トングの先端からモンブランが離れ、呆気《あっけ》なく床に落下した。

べちゃりと潰れたモンブランを見て、足元からさあっと血の気が引いていく。

客は気づいていないようだった。立ちすくむ若菜を、いぶかしそうに見つめている。

「なんなの。急いでほしいんだけど」

「……もっ、申し訳ありません……おと、落としてしまいました……」

「はっ？」

「ゆっ、床に落としてしまって、もう食べられない状態なので、べっ、別のを選んでいただけますか？　申し訳ございません……」

「はあ⁉　そりゃないでしょ！　なんとかしてよ！」

ガラスケースが平手でバンッと叩かれた。若菜は半泣き状態で縮こまった。冷や汗が背を伝う。

そのときバックヤードの扉が開いて、円城寺貴子が駆け寄ってきた。

「お客様、申し訳ございません。何か不手際がございましたでしょうか」

「モンブラン落としちゃったんだってよ、最後の一個なのに！　どうすんの。明日家内の誕生日だからさ、ボクんち新子安なのに、わざわざ上大岡まで来たんだよ！」

「大変申し訳ございませんでした」

貴子はあらためて深々とお辞儀《じぎ》をした。その慇懃《いんぎん》たる様子を目《ま》の当たりにして、客の怒りは少し落ち着いたようだった。貴子はごく自然な動作で、レジ横にあった予約表に手を伸ばす。

「お客様、モンブランは明日の奥様のお誕生日用に、お買い上げいただく予定とのことでよろしいでしょうか？」

「そうだけど」

「もしご迷惑でなければ、明日ご指定の時間にご自宅までお届けに参りますが……」

「えっ。ほんと？　ウチまで届けてくれんの？」

「はい。今回私どもの不手際でご迷惑をおかけしてしまったので、せめてものお詫びも兼ねて、そのようにご対応させていただければと存じます」

先ほどまでの威圧的な態度が嘘《うそ》のように、客は顔をほころばせた。

住所と配達希望時間を上機嫌で記入して会計を済ませると、鼻歌など口ずさみながら店を後にしていった。

客の背中を見送ると、貴子は若菜のほうを振り返って優しい笑《え》みを浮かべた。

「気づくのが遅れちゃってごめんね。難しいお客さんに当たっちゃったね」

「あっ、ありがとうございます。私……本当にすみません、ただでさえ役立たずなのに……」

「何言ってんのー。若菜ちゃんがいてくれて、みんなすっごく助かってるんだから」

「でも……」

「次から気をつければ大丈夫だからさ」

「すみません、ありがとうございます。あっ、明日、もちろん私が届けに行きますから」

「いいのよ、おばちゃんに任せなさい。さっ、片づけしちゃいましょ」

貴子はポンと若菜の肩を叩くと、店の表に出ている看板を片づけに行った。

若菜は安心やら感激やらで胸がいっぱいになり、油断すると涙がこぼれそうだった。


貴子が仕事を終えて帰宅したのは、二十三時前だった。自宅は最寄りの京浜急行の杉田《すぎた》駅から徒歩十二分。閑静《かんせい》な住宅街の一角にある、瀟洒《しょうしゃ》な一軒家だ。

シフトが遅番の日は、だいたいいつもこの時間帯になる。たいてい二階の子供部屋の明かりだけが、ぽつんと点《つ》いている。

だから、あれ、と思った。今日はめずらしく、居間の明かりだけが点いていたのだ。

蒼《あお》ってば、テレビ観ながら寝落ちしちゃったのかな。

だが玄関の戸を開けると、「おかえり」の声。

居間に入ると、一人息子の蒼がソファに背中を沈めて、ぼんやりニュースを眺めていた。

「ただいまー。めずらしいね、こんな時間までリビングにいるなんて」

質問には答えず、蒼は台所を指さした。

「カレー作っといたから、よかったら食べて」

「あら、いいのに。どうもありがとう」

鼻腔《びこう》をくすぐる良い匂い。貴子はトレンチコートを脱いで椅子にかけると、さっそく台所に向かった。

帰宅時間に合わせて温め直してくれていたようで、鍋の蓋《ふた》を開けると、湯気が視界を白くさせた。

円城寺家は親子三人暮らしだ。息子の蒼は、中高一貫の私立横浜聖英《せいえい》学園に通う高校二年生。県内有数の進学校だが、本人の意志と努力のかいあって、四年前みごと中学受験をパスしている。円城寺家の経済状況で、高額な学費を工面するのは簡単なことではなかった。それでも、子供の希望はできる限り叶えてあげたかったのだ。

空調装置メーカーに勤務する夫の稔《みのる》は、三週間前から新潟に長期出張していて、家には母子ふたりだけだった。

フルタイムで働く貴子を気遣ってか、蒼は積極的に家事をこなしてくれる。所属している美術部が休みの日は、こうして夕飯をつくっておいてくれることも多い。

『お母さんに気を遣わないで、好きなことしなさいよ』と日ごと言ってはいるものの、だいぶ助かっているのも事実だった。

冷凍ご飯を電子レンジで温めて、カレーをたっぷりよそう。麦茶ポットを取り出そうと冷蔵庫を開けて、貴子は思わず頬《ほお》を緩めた。

下段の隅に、綺麗にラッピングされたオレンジの小箱を見つけたのだ。

「ねえ、これ菜月《なつき》ちゃんからもらったの？」

テーブルを拭く蒼に問いかける。

「うん、まあ」

ぶっきらぼうを装《よそお》った、どこか照れくさそうな声。

「いいなあ。手作りでしょ？　どんなのか見たいな〜」

「やめてよ、恥ずかしい」

「はいはい」

冷蔵庫に入れておくくらいだから、プリンとかゼリーとかかしら。夏に手作りクッキーをもらってきたことがあって、そのときもこんなふうに照れ隠ししてたな。

思い出して、また口元がにやけてしまう。

水切りラックに視線をやると、グラスがふたつ置かれている。

「菜月ちゃん、もしかして今日うちに来てたの？」

「まあ、うん。向こうも空《あ》いてたから……」

「そっか。お母さんも会いたかったなあ、残念」

本心だった。同級生の田崎《たさき》菜月は、蒼の交際相手だ。今年の四月ごろに初めて我が家に連れてきて、彼女だと紹介してくれた。てっきり恋愛には疎《うと》いタイプだと思っていたから面食らったが、菜月にはすぐ好印象を抱いた。

優しげな愛らしい顔立ち、柔らかい口調、こまやかでおしとやかな仕草《しぐさ》。まさに〝女の子らしい〟という言葉がぴったりの子。内気で寡黙《かもく》なきらいはあるが、蒼と二人きりのときは饒舌《じょうぜつ》になるのだろう。二階の蒼の部屋から笑い声を響かせているのを、何度か耳にしたことがあった。

ようやく食卓に腰を下ろすと、自然に深いため息が出た。足腰が鈍《にぶ》く重い。年々体力が落ちているようで、立ち仕事が身体に堪《こた》える。

「大丈夫？」

「平気よ。明日乗り越えれば少しは落ち着くしね」

熱々のカレーを頬張ると、酸味がかった芳《かんば》しい甘みが一気に口内に広がった。貴子のレシピどおり、隠し味にリンゴのすりおろしと生姜を入れたのだろう。

「疲れが吹っ飛んじゃうくらいおいしい。ありがとね」

蒼はリモコンを食卓の上に置いて、妙に冴えた声でたずねた。

「明日は早出？」

「そうね。シフトは七時から十五時までで、その後お客さんのところに配達があるから、家着くのは十七時とかかかな」

「デリバリーなんかやってたっけ？」

「ちょっとトラブルがあってね、お詫びも兼ねてケーキを届けに行くの。ねえ、なんか食べたいものある？　久しぶりの早番だし、京急百貨店で美味しいもの買って帰ろうと思うんだけど」

「別にいいよ、普段どおりで」

「遠慮しないで。お母さんもお総菜のほうが楽だしさ」

蒼は少し悩むような仕草を見せたあと、ぽつりと言った。

「……卵焼き」

「え？」

「明日のお昼はシャケ弁にするから、卵焼きだけつくっておいてほしい」

「わかった」

貴子は笑顔で頷《うなず》きながら、なんとなく引っかかりを覚えた。

蒼は貴子がつくる卵焼きが大好物で、弁当持参の日も、卵焼きはつくってほしいと頼まれることが多かった。だが貴子を気遣ってか、それはシフトが遅番で、朝に余裕がある日に限られていた。

早番だとわかっていながら、リクエストをしてくるのは初めてだった。

「お昼はそうとして、夕飯は何が食べたいの？」

「昼の卵焼きだけで十分」

「何それ。卵焼きなんていつでも食べられるじゃない」

「まあ、でも、夜はホントなんでもいいから。母さんが食べたいの買ってきて」

「はいはい」

蒼は大きく伸びをして、「そろそろ寝るわ」とソファから立ち上がった。そして、ふいに貴子のほうに向き直ると、うつむきがちに言った。

「あのさ、……いつも、ありがとね」

「急にどうしたのよ」

「別に、なんとなく」

貴子は蒼を見上げる。中学生の頃から身長は変わらないが、首筋や頬のラインが締まって、ずいぶん大人《おとな》びて見える。いつもと変わらない面差《おもざ》し。だが、瞳の奥に言いようのない寂寞《せきばく》が横たわっているように感じられた。思わず立ち上がり、その両肩に手を置く。

「ねえ、何か隠しごとしてない？」

「してないよ」

「悩みごとでもあるんじゃないの？」

「気のせいでしょ」

蒼は貴子の手を優しく退《ど》けた。

「それならいいけど。お母さんに言いづらかったら、お父さんでも友達でも……菜月ちゃんでも、誰かに相談するのよ。ひとりで抱え込んじゃだめだからね」

片手をあげて見せ、蒼は扉の向こうに消えた。いつもと変わらない、背筋の真っすぐ伸びた後ろ姿。軽やかな足取り。

それでも、憂《うれ》いに沈んだ瞳の幻影が消えずに、貴子の胸には言い知れぬわだかまりが残った。

二

翌日は、健《すこ》やかな秋晴れの一日だった。からりとした青空の下、清涼な風が陽《ひ》を透かした青紅葉《あおもみじ》をさらさらと揺らしている。

十五時に勤務を終えた貴子は、制服の上にトレンチコートを羽織ってカーキのストールを巻くと、京急線に乗って新子安駅へ向かった。改札を出て市バスに乗り、件《くだん》の客へモンブランを届けて、上大岡駅に戻る頃には十六時半を過ぎていた。

店内の様子を遠目に窺《うかが》うと、客が三、四人ほどいるのが見えた。遅番は、ベテランパートの吉崎《よしざき》幸子《さちこ》と、しっかり者の大学生・山木《やまぎ》千夏《ちか》のペアだ。夕方からまた混み始めるだろうが、二人なら問題なくさばききれるだろう。

貴子は裏口から売り場に入り、ひと声かけて帰宅することにした。

だが顔を出した途端《とたん》、ちょうど客を見送った千夏が、救いを求めるような視線を貴子に向けた。

「円城寺さん、申し訳ないんですけど、一時間ちょっと代わっていただけませんか?」

そう言いながら千夏は、苦しげな表情で下腹部をさすった。額にはうっすらと脂汗《あぶらあせ》が滲《にじ》んでいる。生理痛がひどいのだと、貴子はすぐに察しがついた。これまでも何度か同じことがあったのだ。

「了解。六時までで大丈夫なの?」

「ありがとうございます! はい、さっき佐川さんに連絡とったら、六時からならラストまで入れるってことだったんで、シフト代わってもらったんです」

「そう、よかった」

貴子は安堵《あんど》した。今日で七連勤のため、さすがに身体にガタがきていた。

それに、昨晩の蒼の寂しげな瞳がどうも気がかりだったから、今日の夕飯は一緒に食べたかった。

千夏に静養するよう声をかけ、バトンタッチする。

フェア開催中とあって、普段はあまり目立たない焼き菓子の売り上げがよかった。とくにハロウィン限定の、パンプキンやおばけをかたどった色とりどりのアイシングクッキーが、若い女性を中心に続々売れていく。

蒼はもう帰ってきてるかな。交代の前に連絡を入れておくんだった。蒼はああ言ってたけど、せっかくだしやっぱり地下で美味《おい》しいもの買って帰ろう。蒼が大好きな華正楼《かせいろう》のシュウマイと、トップスのチョコレートケーキ、夫がいれば尾島《おじま》商店の焼き豚はマストだけど、蒼と私ふたりなら、焼き鳥のほうがいいかな……。

慣れた手つきでレジ打ちしながら、あれこれ思考をめぐらせていると、店の固定電話がけたたましく鳴った。

手の空いていた幸子が、ワンコール半で受話器をとる。

「お電話ありがとうございます。リズ上大岡店でございます。……えっ？　はい、おりますが……」

朗《ほが》らかな声色《こわいろ》から一転、どこか怯《おび》えたような口調になる。怪訝《けげん》に思って振り向くと、強張った顔の幸子が受話器を差し出した。

「あの、横浜総合病院から、円城寺さん宛てにお電話です。レジ、代わりますから」

不穏な予感に胸がざわめき、心拍数が一気に跳ね上がった。受話器を握りしめ、バックヤードに駆け込む。

「お電話代わりました、円城寺です」

『横浜総合病院です。円城寺蒼さんのお母様でお間違いないでしょうか』

「はい」

心臓が、ぎゅっとなった。

『蒼君が——先ほどこちらに搬送されました。すぐに来ていただきたいのですが』


あまりにも、現実感がない。

置かれている状況に理解が追いつかない。

薄灰色をまとった冷たいＩＣＵ棟の個室で、さまざまな管に繋がれて眠っている蒼の姿を見ても、貴子はそれが現実だと認識することができなかった。

視界に濁った白い膜が張り、耳に入る音はすべてノイズがかかっているようだった。脈が不自然に速く打ち、唇《くちびる》は絶えず小刻みに震えていた。

診察室に通されて医師と対面したときも、その状態が続いた。鈍《にぶ》い頭痛と共鳴するかのように、医師の声が脳内に反響する。

——顔面裂傷、顔面骨骨折、鎖骨骨折、上腕骨骨幹部骨折の所見があります。顔面からの大量出血により一時ショック状態でしたが、緊急手術を行ない、容態《ようだい》は安定しています。車のボンネットの上に落下したおかげで一命はとりとめました。ただし、右手指に麻痺《まひ》の後遺症が残ってしまうかもしれません。額の怪我《けが》も程度が深刻で傷跡が残ってしまう可能性が高いです。

蒼君は正午過ぎ、横浜市内の高校で自らの頭部を壁に打ち付けるなどしたあと、三階から飛び降りたようです。発見した教員が119番通報しました。

こちらに搬送されたのは十二時四十分ごろでしたが、何も所持しておらず身元の特定に時間を要したため、ご家族への連絡が遅れてしまいました。

精神障害の疑いがあるため、回復を待って検査をして、場合によっては精神病棟に入院のうえ、長期的な治療を行なうことになると思います——

頰が火照《ほて》り、脇の下に汗がじっとり滲んでいる。それなのに、唇の震えと寒気がとまらない。ぐわんぐわんと激しい耳鳴りがする。

診察室を出て待合室に戻ると、貴子はひどい喉の渇きを覚えた。自販機でペットボトルの水を買った。一気に飲み干そうとしたが、喉がつかえる感じがして吐き出しそうになる。トレンチコートのポケットに入れていたスマホが振動する。きょう四度目の、稔からの着信だった。

『九時四十分ごろ東京駅に着くよ。そっちに到着するのは、十一時半を過ぎるかもしれない』

疲労の滲んだ弱々しい声。

「うん……。その時間は、私も家に戻ってると思うから」

『蒼とはもう会えたのかな』

「うん。でも、ずっと薬で眠ってるの。命に別状はないけど……精神障害の疑いがあるのと、右手に麻痺が残ってしまうかもって……」

声に嗚咽《おえつ》が混じる。貴子は喘《あえ》ぐように言葉を続けた。

「あの子……どうして？　どうしてこんなこと……」

『命は助かったんだよ。とにかく、とにかく希望を持ってがんばろう。起きてしまったことはもう変えられないから、これから蒼を支えることだけを考えよう』

稔の言葉に少し落ち着きを取り戻した貴子だったが、電話を切るとまた耐えがたい絶望に襲われた。

警察と対面したのは、十九時過ぎのことだった。

四十代半《なか》ばほどの厳格な面差しの男性と、まだ少女らしいあどけなさが残る女性が、青ざめた貴子を見ると深々とお辞儀《じぎ》をして、人気《ひとけ》のない待合室の一角に案内してくれた。

ふたりはそれぞれ尾崎《おざき》警部補、丸《まる》巡査と名乗った。

「何もかも信じられないんです。いったい、どういう状況だったんですか」

両手を忙《せわ》しく揉《も》み合わせながら貴子が尋《たず》ねると、尾崎は静かに口を開いた。

「蒼君は、私立横浜聖英学園の生徒ですよね」

「はい」

「蒼君の口から、栄林高校の名前が出たことはありますか？」

「いえ、ありません」

「栄林高校は、港北区《こうほく》にある公立高校です。蒼君は今日の正午までに栄林高校三階にある放送室になんらかの方法で侵入し、十二時八分から十三分にかけて、不可解な言動を同校内で放送したあと、窓から飛び降りました。目撃していた生徒からの報告を受けた教員がすぐ通報し、十二時四十分ごろ、ここ横浜総合病院に搬送されました」

およそ信じがたい事実が、尾崎の口から淡々と告げられた。

衝撃に打ちのめされて、貴子の思考はかえって麻痺していくようだった。

この人は、ほんとうに蒼のことを話しているのか。

誰かと勘違いをしているんじゃないのか。

「円城寺さん、大丈夫ですか？」

虚空《こくう》を見つめて黙り込む貴子にたいして、丸巡査が、この場にそぐわない舌ったらずな声でたずねた。

貴子は静かに口を開いた。声が少し掠《かす》れていた。

「すみません、仰《おつしや》っていることがうまく理解できなくて……。不可解な言動というのは、どういうことですか？　というか、どうしてその高校に蒼が……校内放送で流されたっていうのも……」

尾崎に目配せされ、丸はバッグからノートパソコンを取り出した。近くのテーブルにそっと置いて、画面を貴子のほうに向ける。

「現時点では我々にもわかりません。ここにその映像データがあります。お母様にとっては非常につらい内容ですが、ご覧いただけますか？」

心臓がドクンとはねた。息苦しい胸を押さえながら、貴子は小さく頷いた。

あの子の身に何が起きたのかをとにかく知りたかった。

この目で確かめれば、少しは冷静な気持ちになれると思ったのだ。

だが五分足らずのそのおぞましい映像は、貴子を絶望の底へと突き落とした。

見終えてからしばらくは、息をすることさえ忘れていた。

「円城寺さん」

丸巡査の小さな手が肩に触れると、貴子は思い出したように呼吸を再開した。

「あ、蒼が……蒼が自分の意思でこんなことするはずがありません……。絶対に、誰かに強要されたんです……」

涙混じりの声は震えていた。尾崎がひときわ優しい声でたずねた。

「些細《ささい》なことでもかまいません。蒼君の言動に何か心当たりはありませんか」

「ありません……」

「最初に『正』という文字が無数に書かれた木の壁が映っています。思い当たる場所はありませんか?」

一時停止された画面を、食い入るように見る。鳥肌が立つような、不気味な光景だった。もちろん、思い当たる場所などない。

「まったく見覚えはありません。ただ一つわかるのは、これは蒼の字ではありません」

「この一文字だけで、わかりますか」

「蒼はもっと角ばった文字を書きますし、横棒は必ず右上がりになる癖《くせ》があるので……。明らかに筆跡が違います。……これは、これはほんとうに蒼なんでしょうか? こんなことするなんてとても……」

「動揺するのも無理はありませんが、蒼君で間違いはありません。この映像は校内放送で生中継されており、複数の生徒が目撃しています」

「……こんなものが、ほんとうに校内放送で流されたんですか……」

「栄林高校の放送部は週二回、昼の校内放送をしているんです。各教室に設置されたテレビを通して、新任教師や部活動の紹介などさまざまな放送を行なっているそうです。当日の放送は校内ロケだったそうですが、なぜか二年二組の教室だけ、蒼君のこの映像が流れました。意図的なものか偶然かは、現時点ではわかっておりません」

「それでは、栄林高校二年二組の生徒さんたちは、この映像を見たということですか……」

「ええ」

「病院の方が、蒼は身元がわかるようなものを何も持っていなかったって仰ってました。どうして、蒼だとわかったんですか。生徒さんに蒼の友人がいたということですか？」

尾崎警部補の表情が翳《かげ》る。

「詳しいことは明らかになっていませんが、ある生徒がこの映像をスマホで録画しており、ネット上にアップロードしました。それを見た蒼君の友人や知人複数名から、警察に通報が寄せられたんです」

「ネット上にって……そんな……」

「もちろん、こちらについても事態の収束に向けて迅速に対応しています」

不特定多数の人間が悪意と好奇に満ちた目で、蒼が自らを傷つけて苦しむ様子を見ている。その事実に、貴子の心臓はいよいよ破裂しそうなほど激しく鳴った。唇は青ざめ、紙のように白い額から脂汗がにじみ出る。

黙っていることが困難になった。

「さきほど申し上げたとおり、こんなこと絶対に蒼の意思ではありえません。誰かに脅されてやったに決まっています。どうか、早く犯人を見つけ出してください」

尾崎と丸は、否定も肯定もしなかった。

「蒼君、最近何か落ち込んだり悩んだりしている様子はありませんでしたか？」

「いえ、ありません」

貴子は反射的に否定した。本当は知らせを受けたときからずっと、前日の蒼の様子が頭を離れなかった。しかし、それが今回のことと関連があるなんて、どうしても考えたくなかった。

「どんなことでもかまわないのですが」

「あの、警察としてはどうお考えなのですか？　こんなふうに意味不明な映像が流れて、怯えて、震えていて、私は誰かに強要されたとしか思えません」

「すぐには受け入れられないとは思いますが、蒼君が栄林高校にひとりで入っていく様子が、正門の防犯カメラに映っているんです。また、教師らが制止に入ったとき、部屋は内側から補助錠までかけられていて、室内には蒼君しかいませんでした。このことから、蒼君は単独で放送室まで侵入して、一連の行動に至った可能性が高いと考えています」

貴子はどうしても違和感が拭《ぬぐ》えなかった。親のひいき目を抜きにしても、蒼は心優しく、人一倍正義感の強い子だ。電車内に転がっていた空き缶を拾って駅のゴミ箱に捨てたり、歩道橋を渡ろうとする高齢者の手押し車《カート》を持ってあげたり、そういうことがごく自然にできる子だ。中学一年生のとき、側溝に転落した高齢者を救助して通報し、警察から表彰されたことだってある。

その蒼が、他校に不法侵入して放送室の機材を無断で使用したこと自体、まず考えられなかった。たとえ、正義感から誰かのいじめを告発しようとしたのだとしても、もっと別の方法があったはずだ。

とはいえ、脅されたのだとしても、こんなことをするとは思えない。

「もしかして、一時的に洗脳されていたのではないでしょうか？」

パッと頭に浮かんだ考えを声に出すと、貴子はもうその可能性しか考えられなくなった。

そうだ。あの子があんなことをするわけがない。だってあんなことをする動機なんて、ひとつも見当たらない。いつも学校や友人のことを楽しそうに話してくれる。第一志望の進学校に合格し、成績はいつも学年上位。美術部のコンクールでは何度か賞をとり、友人に恵まれ、素敵な彼女だっている。

きっと蒼に嫉妬《しっと》した誰かが、催眠術か何かで洗脳状態に陥《おちい》らせて、あんなことをさせたに違いない——。

だが縋《すが》るような思いで組み立てた仮説は、尾崎警部補の言葉によってあっけなく打ち砕かれた。

「警察としてはなんらかの理由による自殺未遂だと考えています。……というのも、蒼君の左腕には、リストカットの痕が複数ありました。傷はかなり深く、数か月前から自傷行為を繰り返していたと推測されます。蒼君がＳＯＳを出していたことに、お母様はまったく気づきませんでしたか？」

＊

殺せるって思いました。人間の首は柔らかいと知ったからです。

それを教えてくれたのが赤間《あかま》でした。さっき話した、学年でいちばん足が速いやつです。

両手で僕の首を絞めあげた赤間。

太くて固い指が、どんどんめりこんでいきました。喉《のど》にボールが詰まったみたいに、息ができなくなりました。

殺せるって思いました。

僕は僕のことを殺せるって。

いえ。赤間のことを殺そうとは思わないです。だって、人を殺したら家族に迷惑がかかるでしょう。

……それは、僕もたまに思うんです。

子供が自殺するのと、人殺しになるのとでは、親としてはどちらのほうがつらいんだろうって。

第二章　メシア再臨

一

神奈川県鎌倉市《かまくらし》にある、全国有数の進学校・冬汪《とうおう》高校。成績順でAからFクラスに振り分けられるという実力至上主義の校風だが、ここに殺伐《さつばつ》とした空気はない。近隣にある北鎌倉の古寺と美しい自然に触れて、校内は穏やかな雰囲気に包まれている。

鉄筋造りの本校舎裏手には、古色蒼然《こしょくそうぜん》たる旧校舎が佇《たたず》んでいる。灰茶色を基調とした板張りの壁と、藍《あい》色の日本瓦の屋根が印象的な、昭和十二年定礎《ていそ》の由緒《ゆいしょ》ある二階建て木造建築だ。内観に至っても、剝《は》がれかかった白漆喰《しっくい》塗りの壁、格子状の木製窓枠や色褪《あ》せた磨《す》り硝子《ガラス》の窓、歩くたび軋《きし》む檜《ひのき》廊下などが、二つとない幽寂《ゆうじゃく》な雰囲気を醸《かも》し出している。

そしてこの学校には、一風変わったクラブがいくつか存在している。

旧校舎二階の一角に部室をかまえた、『たこ糸研究会』もそのうちのひとつだ。

部室の扉には、『来客中』を知らせる赤い札。

室内は、円を描くようにしてバリケード状に古机が積み重ねられている。机の下や隙間や椅子の脚には、提灯《ちょうちん》、行灯《あんどん》、カンテラ、ランタン、豆電球に懐中電灯……和洋ごちゃまぜの光源体がひしめき合っている。その中央はドーナツのごとくぽっかり空いたスペースがあり、二対二の古机が向かい合って配置されていた。

身長差の 著《いちじる》しい男子生徒が二人、その向かいには小柄な女子生徒が座っている。

「君、うちの生徒じゃないね」

背が高いほう、ポーカーフェイスの卯月麗一《うづきれいいち》が、感情の読めない声色《こわいろ》で言う。氷の刃《やいば》のごとく鋭《するど》い切れ長の双眸《そうぼう》に、シャープな鼻梁《びりょう》と形の良い 唇《くちびる》。瀬戸物《せともの》然とした白い肌、青みを帯《お》びた黒い髪。すべてが麗姿《れいし》の極致《きょくち》といったところ。だがYシャツは親の仇《かたき》みたいに皺《しわ》くちゃで、ほつれた糸が方々《ほうぼう》から飛び出ている。何度も外れては付け替えて、不揃いになったボタン。いちばん大きな第三ボタンが外れかかってぷらんと垂れ落ちているのが、なんとも言えない哀愁《あいしゅう》を誘う。所属は二年F組、つまりドベだ。

向かいに座る女子は、ばつが悪そうな顔をした。

「ここ便利屋さんですよね？　やっぱり、他校の生徒からの依頼は受け付けていないのでしょうか」

「いや大歓迎だ。学校という枠《わく》にとらわれず、鎌倉市民の暮らしを守るのが俺らの役目だから」

「私、横浜市民なのですが……」

「地球を守るのが俺らの役目だから」

「飛躍が過ぎませんか」

「俺らの活動内容は多岐《たき》にわたる。老人ホームの白アリ退治に、ご家庭用月見団子の大量製造、失踪したまりもの捜索――」

「まりもって失踪するんですか」

「せっかく来てくれたんだから、まじめに話を聞こうよ」

背が低いほう、滝蓮司《たきれんじ》はそう説《と》くと依頼人に笑顔を向けた。

鳶《とび》色の柔らかい髪に、榛《はしばみ》色がかった内斜視ぎみの丸い瞳、あどけなさの残る平凡な顔立ち。父方の祖母がイギリス人だが、なんとなく色素が薄い以外に、これといった異国的な特徴はない。きちんとした制服の着こなしに、はきはきとした口調、明るく素直な性格で人当たりは抜群《ばつぐん》。所属は二年A組、いわゆるエリートクラス。けれど勉強ができることと頭が良いことは全く別なのだと、最近気づき始めている。

麗一の言葉に困惑していた彼女は、蓮司の言葉にほっと安堵《あんど》の表情を浮かべた。

「ありがとうございます。私、横浜聖英学園二年の田崎菜月っていいます」

黒目がちのくっきり二重《ふたえ》に、薄桃色の小ぶりな唇、優しげな愛らしい丸顔。黒髪のミディアムボブヘアで、どことなく丸みを帯びた女の子らしい体軀をしている。制服のYシャツは第一ボタンまで閉めて、スカートは膝丈。富裕層御用達《ごようたし》の横浜聖英にふさわしい、品のあるお嬢様という印象だ。

「おふたりは、栄林高校の放送室である少年が不可解な言動を見せたあと、窓から転落した事件をご存知ですか」

想定外の問いかけに、蓮司は困惑した。

「まあ、うん。自殺未遂を校内放送で生中継したっていう……」

数日前からSNS界隈《かいわい》を賑わせている事件だ。同じ神奈川県の、同じ世代が起こした謎の行動は、忌《い》まわしげな映像もあって、蓮司たちのクラスでも話題に上らないわけがなかった。事件が起きた高校名はおろか、当事者の氏名まで知っている情報通もいる。

「違います。誰かにやらされたんです」

菜月は食い気味に否定し、スマホを二人の前に差し出した。画面には、2ショットのプリクラが写っている。淡い水玉を背景に寄り添う男女。下部には癖《くせ》のある丸っこい字体で『AOI♡MISAKI　Since.2022.4.24～』と書き込まれている。

「被害者の円城寺蒼。私の彼氏です」

「依頼って、もしかして」

「犯人を突きとめてください。お願いします」

蓮司はいっそう困惑した。

「……えっと、鍵のかかった放送室に一人でいた蒼君が、窓から飛び降りた映像が残っているんだよね？　犯人がいるとは思えないんだけど、どうしてそう思うの？」

「蒼だからです」

「はあ」

蓮司はつい間《ま》の抜けた声を出した。

「蒼はあんなことしませんから」

菜月は白い頰《ほお》を上気させ、ひといきに続けた。

「する理由がないんです。蒼は決して目立つタイプじゃないけど、優しくて理知的で大人びていて、クラスのみんなから慕《した》われていました。横浜聖英は、冬汪ほどではないですけど県内有数の進学校です。蒼はその中でもトップのほうだったし、先月は美術部のコンクールに入選しました。事件のあった前日だって、いつもと何も変わらなかった。私があげた手作りプリンだって、すごく喜んでくれました。順風満帆な毎日だったのに、急にあんな意味不明な行動をとるわけがありません。誰かにやらされたに決まっています」

「そのこと、警察には伝えたの？」

「もちろん全部話しました。でも話を聞くだけ聞いといて、こっちの質問は曖昧《あいまい》にかわすばっかりで、肝心の捜査状況だってぜんぜん教えてくれないし……」

「そりゃそうだろう。あんたは部外者なんだから」

頬杖《ほおづえ》ついた麗一がぶっきらぼうに言う。菜月がキッとひと睨《にら》みするが、丸い瞳に丸い顔。迫力はまるでない。

蓮司はやんわりこの依頼を辞退しようとした。

「警察が捜査している真っ最中ってことだよね。それなら僕らは出る幕ないっていうか。そもそも、たこ糸研究会は単なる学内便利屋であって、こういう類《たぐい》の問題は……」

「七月に起きた鎌倉邸宅女性殺人事件を解決したのは、たこ糸研究会さんですよね？」

久しぶりに第三者からそのワードを聞いて、どきりとする。事件後しばらくは、どこを歩いても好奇の目で見られて、生きづらいことこの上なかった。

「あれは、たまたま被害者の娘さんや加害者と面識があったから関わってしまったわけで、今回とはまったくの別物……」

「俺たちに任せてくれ。犯人を突き止めてみせよう」

麗一が唐突に宣言した。

蓮司は慌てて撤回しようとしたが、菜月が救われたような表情を見せたので、何も言えなくなってしまう。

「ありがとうございます！　ぜひよろしくお願いします」

「よろしく。俺、副会長の卯月麗一。そっちが会長の滝蓮司」

「会長さんと副会長さんだったんですね」

「ちなみに会員はいない」

「入会基準が厳しいんですね」

「いや誰でも大歓迎だ。あまりにも人が集まらないんで、購買のおばちゃんや煙草《たばこ》屋のじいさん、散歩中の犬も勧誘してみた。だが全員に断られた」

「プライドないんですか」

質問には答えず、麗一はいつの間にかくすねた蓮司のスマホを、軽やかに掲げてみせた。

「事件についてザッと調べたよ。調べれば調べるほど謎は深まるばかりだ。君は『蒼だから』こんなことはしないと言ったが、まず普通の人間なら誰でもこんなことはしない。蒼君、事件の日は学校を休んだの？」

「いえ……」

「ため口にしない？　俺ら君と同学年だし」

蓮司の言葉に、菜月はこくりと頷いて続けた。

「同じクラスの子に聞いたら、蒼はいつもどおり登校して、二限目の終わりに体調不良で早退したって。とくに変わった様子はなかったみたいだけど、ただ、ただ……」

「ただ？」

「朝礼後の十分休みのときに、お弁当箱を開けて卵焼きだけ食べてたって」

「卵焼きだけ？」

麗一がたずねる。

「うん。お母さんがつくる甘い卵焼きが大好物だから、それだけはいつもつくってもらってるって言ってた」

「他は蒼君が自分でつくってるのか」

「そう。ほとんど毎日自分でつくって学校に持ってきてる」

「であれば、きっと直前まで実行するか迷ってたんだろうな。いざ決心がついて、体調不良を偽《いつわ》って早退し、栄林高校に向かうことにした。その前に、最後の晩餐と思って母親の卵焼きをかっこんだ。自殺前の行動と仮定するとしっくり来るな」

「蒼は絶対に自殺なんてしない」

思いのほか凄《すご》みのある声色だった。蓮司は内心びくっとしたが、麗一は気にするそぶりもなく質問を続けた。

「学校の人間関係で悩んでいた様子は？」

「なかった。一人行動が多かったけど、決して孤立してるんじゃなくて、自分の意思でどこのグループにも属さないで、誰とも分け隔《わへだ》てなく接する感じだったから。もちろんいじめとかもない」

「家庭環境は？」

「よかったと思う。よく蒼の家に遊びに行ったけど、美人で優しくて素敵なお母さんなの。蒼も自慢の母親だって言ってた。お父さんは出張が多くてあんまり家にいないみたいだけど、休みの日はキャンプとかドライブに連れて行ってくれるって言ってた」

「その小さい写真によれば、君と蒼君は今年の春から付き合っている。交際のきっかけは？」

「ええっと、話すと長くなるな。はじまりは入学式の日、道に迷って遅刻しそうになってた私を、蒼が自転車の後ろに乗せてくれたの。青空に満開の桜並木がすっごくきれいだった。あの日から、少しずつ距離が縮まっていったの」

「へえ、ずいぶん漫画的な出会いだな。事件が起こった栄林高校について蒼君が話題にしたことは？」

「一度もなかった。言っちゃ悪いけど栄林ってけっこう荒れた校風で有名だし、友達がいるわけでも、部活で交流があったわけでもないし。どうしてあの高校であんなことをさせられたのか、ぜんぜん見当《けんとう》もつかない」

菜月があくまで〝誰かにやらされた〟というスタンスを崩さないことに、蓮司は違和感を拭《ぬぐ》えなかったが、麗一は表情ひとつ変えずに質問を進めた。

「蒼君の現在の様子はわかる？」

「……詳しいことは何も。電話にも出ないし、ＬＩＮＥの既読もつかない。学校の先生は、容態《ようだい》は安定してるから心配するなって言ってたけど……」

「じゃあ、まずは蒼君の母親から話を聞こう。約束を取り付けてくれるか」

「家の電話番号は知らない」

「それならアポなしで突撃するしかないな。家は知ってるんだろう」

「うん、何度も遊びに行ってるから」

「蒼君は塾に通ってる？」

「うん、横浜港北《こうほく》予備校ってとこ」

「よし。じゃあ俺と蓮司は塾の友達ってことにしよう。蒼君の母親は働いてるの？」

「上大岡駅前のケーキ屋さんで働いてる」

「そう。じゃ、とりあえず明日の五時ごろにでも家を訪ねてみようか。不在だったらまた出直せばいいし」

「う、うん」

次々と話を進めていく麗一に、呆気《あっけ》にとられた様子の菜月だったが、部室を出る頃には瞳に希望を宿して感謝を述べた。

菜月が去ったあとで、蓮司は深くため息をついた。

「どうするんだよ。こんな難題安請け合いして」

「問題ない」

「どこが。はっきり言って俺らの手に負える事件じゃないと思うよ」

「なんで？」

「知らないの？　この映像はすさまじい勢いで拡散されて、たった数日のうちに何千万回も再生されてるんだ。世界中のいろんな人が真相を暴こうと躍起《やっき》になってるけど、いまだ未解明だという」

「ふうん。俺はこの事件を今日初めて知ったけど、蓮司は元から知ってたみたいだな」

「電車だって学校だって、あの話題で持ちきりじゃんか。逆になんで知らないんだよ」

麗一はリュックサックから、手のひらサイズの白い物体を恭《うやうや》しく取り出した。なぜか得意げな顔をしている。

「これが何かわかるか」

「さあ」

「実は最先端のポータブルＣＤプレーヤーを手に入れたんだ」

「CD持ち歩いてる時点で取り残されてるよ」

「一人のときはこれで音を聴いているから、周りの雑音は一切聞こえないというわけだ」

「音楽じゃなくて、音？」

「よく晴れた日に雨音を聴きながら歩くのが好きなんだ」

「しゃれてんな」

「真冬に蟬《せみ》しぐれを聴きながら歩くのもいい」

「風流だな」

「おでんがぐつぐつ煮える音を聴きながら熱い湯舟に浸《つ》かった夜はいつも、おでんの具材になる夢を見るんだ。一昨日《おととい》はちくわぶ、昨日は煮卵。蓮司もためしてみるか」

「遠慮しとく」

麗一は肩をすくめると、プレーヤーをリュックサックに押し戻した。

「蓮司は実際の映像も見たのか」

「見てないよ。噂《うわさ》で聞いただけ。だって本人の許可なく見るようなものじゃないでしょ」

「自分でわざわざ校内放送乗っ取って流したんだ。本人は見てもらいたがってるだろう」

そう言うと、ふたたび蓮司のスマホを手に取った。

「……自分のスマホ買わないの？」

「清々《すがすが》しいほど誰からも連絡が来ないからな。あれじゃかまぼこの板持ち歩いてるのと変わらない」

麗一はたどたどしく両手でスマホを操作した。『栄林高校　自殺　動画』と検索すると、おびただしい数の検索結果がヒットした。モザイクや黒塗りで修正加工された動画は、ＹｏｕＴｕｂｅ、

Ｔｗｉｔｔｅｒ、Ｉｎｓｔａｇｒａｍ、ＴｉｋＴｏｋ……主要ＳＮＳに無数にアップロードされているが、オリジナルはなかなか見つからなかった。Ｇｏｏｇｌｅの検索画面十二ページ目まで進んでようやく、無修正の動画が転載されたアングラ系個人サイトがヒットした。

すでにげんなりしている蓮司の横で、麗一が躊躇《ちゅうちょ》なく再生開始ボタンをタップする。胡散《うさん》臭い下品な広告が大音量で二本流れたあと、ようやく件《くだん》の動画が始まった。

窓外の夕闇が深まる放課後の薄暗い部室で、二人は無言のまま画面に集中した。

わずか五分ほどの映像だが、見終えたころ、蓮司は震えおののいていた。暗がりにいるのが怖くなり、無意識のうちに頭上のカンテラと足元の提灯に手を伸ばした。

淡い明るい光に包まれてわずかに心の平穏を取り戻すと、今度は静寂が怖くなり、わざと大きな声でひといきに言った。

「蒼君が自分で言ってるね、動画の目的は加害者の告発だって。しかも、蒼君自身じゃなくて、他の誰かをいじめていた加害者のことだって」

麗一はポーカーフェイスを崩さぬまま答えた。

「他人のいじめを告発するために、身投げしようと思うか？」

「うーん……」

蓮司はひとしきり唸《うな》ったあと、仮説を口にした。

「もしいじめられていた子が、蒼君にとって身近にいるすごく大事な人で、いじめを苦に自殺してしまったとかだとしたら、ありうるかもしれない」

「蒼は加害者の氏名も居場所も知っているはずだろう。もしそんな事実があったとしたら、こんな回りくどいやり方をしないで、直接話をつけにいくと思わないか。恥ずかしがり屋だとしても、お手紙でも書けばいい」

そう言われると、ぐうの音も出ない。

「たしかにこの告発映像は、とりとめがないというか、焦点がぼやけてる感じはする……」

「蒼の真の目的はこの部分だろう」

麗一はそう言って、映像を前に戻した。


『あなたには、あの場所に来てほしいです。

あの場所。

あなたが彼女を閉じ込めた場所。

十月二十二日、あの場所に来てください。事件のすべての証拠を持って、代理人が待っています。そこで契約を交わして、すべてを終わらせましょう』

「繰り返しになるけど、蒼が加害者の正体を知っているのなら、わざわざこんな放送を流す必要はない。直接本人に伝えたらいいだけだ。ではなぜこんな手段をとったか。蒼は、本当は加害者のことを知らないいんじゃないのか」

「……加害者を見つけ出すために、この映像を流したってこと？」

「俺はそう思う。さらに、冒頭ではいじめの加害者は複数人いることを示唆しているが、ここでは『あなた』という単数形を使っているから、特定したいのは一人だけだろう」

「この映像は、なぜか栄林高校二年二組だけに流れたんだよね。つまり、このクラスからそいつを探し出せば、真相が突き止められるってこと？」

蓮司が食い気味にたずねたが、麗一はにべもなく首を振った。

「いや、おそらく蒼が探している加害者はこのクラスにはいないいいいい。というか、栄林高校にもいないと思う」

「え？　じゃあなんで栄林高校二年二組の教室だけに、この映像が放送されたの？」

これには麗一も首をひねった。

「今ははっきり言えない。この映像は不可解な点があまりにも多すぎるな。とりあえず、明日蒼の母親を訪ねてみよう」

「俺、明日は演劇部の市大会に助《すけ》っ人《と》として呼ばれてるじゃん。超重要な役割だし、穴を空《あ》けるわけにはいかないだろ」

「そうだったな。保護者受け抜群の蓮司君には、ぜひ一緒に来てほしいんだけど。誰かにそっちの代役を頼めないか」

「お呼びかい」

古机のすき間から、同級生の志田幸四郎《しだこうしろう》がひょっこり顔を出した。彼は階下にある『ししおどし・まりも研究会』なるものの会長を務めている。なお、たこ糸研究会と同じく会員は二名しかいない。

「呼んではないがいいところに来てくれた。蓮司の代わりに、明日の演劇部の市大会に出てくれないか。テーマは〝承久《じょうきゅう》の乱《らん》〟」

麗一の依頼に、志田はぶあつい丸眼鏡《めがね》を人さし指でくいっとやった。糸のように細い垂れ目がきらんと光る。

「なんの役？　端役《はやく》はごめんだよ」

「後鳥羽上皇《ごとばじょうこう》」

「おおっ」

「を隠岐《おき》に流す波役」

「波役……」

「から飛び散る飛沫《しぶき》D役だ」

「………」

「飛沫はAからIまであるから、Dはまあ大粒なほうだ」

「うーん、まあ、そこまで必死に頼み込まれちゃしかたがないねえ……」

「まだ一回しか頼んでないぞ」

聞こえないのか、志田はなぜか誇らしげに腰に両手を当てて、高らかに宣言した。

「僕ね、時機が来たらししおどしにうってつけの竹を探す旅に出るの。今回のお返しに、竹を刈るの手伝ってちょうだいね」

麗一はすうっと視線を蓮司に向けた。嫌な予感がした。

「任せてくれ。うちの蓮司は竹取り名人だ」

「すごいじゃないの、初耳」

「俺だって初耳だよ。なんだよ竹取り名人って」

「竹取り検定四級だろう」

「ド素人《しろうと》じゃねえか」

「大丈夫。滝君ならすぐ一級とれる」

「信じるな志田。そんなものはない。あっても俺は目指さない」

瞳をきらきら輝かせる志田と真面目《まじめ》くさった顔でボケ通す麗一を前にして、蓮司は心底げっそりした。

二

事件から三日後の十月十四日。貴子は夫の稔を助手席に乗せて、病院に向かった。到着したのは午前九時だった。蒼は緊急搬送から二日後にはＩＣＵ棟から整形外科の一般病棟に移動になった。身体所見が快方に向かった段階で、精神科病棟への転科を薦められている。

夫婦は受付で面会手続きを済ませると、蒼が入院している三階の個室に向かった。付き添いの看護師が引き戸を開けると、蒼は昨日と変わらず、両手足と胴体を拘束された状態で、ベッドに横たわっていた。

日本では、精神保健法第三十七条の規定に基づく、厚生労働省が定める基準により、自殺企図《きと》又は自傷行為が著しく切迫している場合は、患者の身体的拘束が認められている。

面会は家族のみ許可されており、面会時だけは身体拘束を解くことが許された。

「おはよう、蒼」

貴子の声は冷たい空気に触れて微かに震えた。

蒼は何も聞こえていないかのように、ただ虚空《こくう》を見つめている。

看護師が拘束を解く。

貴子の胸の鼓動が、にわかに速くなる。

お願い。今日こそは、元の蒼に戻って。

だが切実な願いはすぐ打ち砕かれた。

蒼は微動《びどう》だにせず、ただ天井を見つめていた。

不意に倒れ込みそうになる貴子を、稔が慌てて後ろから支えた。

「ずっとこんな状態なのか……？」

貴子は無言で頷いた。

事件以降休みをとって病院に通い詰めている貴子と違って、稔は緊急搬送の翌朝には赴任先の新潟にとんぼ返りしていた。開発の指揮をとる装置の試運転期間とあって、穴を空けるわけにはいかなかったのだという。今日は午後から都内の客先と打ち合わせがあるため、午前休暇をとって三日ぶりに面会に訪れている。

「呼びかけても何も反応してくれない。私なんか存在しないかのように、ずっと何もないところを見ているの」

まるで抜け殻《がら》のようだ。

がらんどうの瞳。

物言わぬ唇。

額を覆う分厚い包帯。

「蒼……」

稔はその横顔に触れようと手を伸ばしたが、もどかしそうに腕を下げた。医師からは接触を禁じられていた。

稔の目は、ある一点にそそがれた。骨ばった左腕の内側に、ミミズがのたくったような赤黒い傷跡が幾筋も浮かび上がっている。

リストカットの傷跡があると警察から伝えられてはいたが、実際目にして激しい衝撃を受けたようだった。

「どうしてこんなことを……」

稔はその傷跡を見つめて、掠《かす》れる声で問うた。

「すっかり色素沈着しているし、警察の言うとおり、かなり前につけた傷だろうね……。君もまったく気づかなかったのかな？」

「あの子、中学生のときから年中ずっと長袖だったから……」

責められているように感じてしまい、貴子は消え入りそうな声で返した。

蒼は真夏日でも、制服のＹシャツはきまって長袖だった。いつしかすっかり見慣れてしまい、とくに気に留めることもなかった。

「じゃあ、何年も前から自傷行為をしていた可能性もあるのか」

「でも九月ごろまでパジャマは半袖のＴシャツだったし、体育の授業も衣替えまでは半袖でしょう。これほどひどい傷跡があったなら、私にしても先生にしても、絶対に気づくはずなんだけど……」

言ったそばから、寝間着の上にいつも薄手のパーカを羽織っていたことを思い出す。体操着もとくに指定はないから、夏でも長袖を着用していたのかもしれない。

蒼はきっと、意図的に肌を隠していたのだ。

どうして気にも留めなかったのだろう。何も疑問に思わなかったのだろう。胸底から悔悟《かいご》の念がせりあがってくる。

二人が会話している間も、蒼は虚《うつ》ろな目をしたまま天井を見つめていた。

生気が感じられない。

身体はそこに在るのに、蒼がいない。あの日からずっと。

変わり果てた我が子を見つめて、稔は途方のないため息をつく。

「こんなふうになる前に、気づいてあげるべきだったのになあ……」

その一言に、貴子の胸に翳《かげ》がさす。

まただ。また私を責めている。

夫だけじゃない。警察も友人も同僚も世間も、きっとみんなが私を責めている。

蒼がああなったのは、私のせいだと考えている。

どうして、気づいてあげなかったの？

母親なのに。

毎日一緒に暮らしているのに。

聞こえるはずのない声が、貴子の思考を蝕《むしば》んでいく。

最後に蒼と言葉を交わした夜。

深い暗い瞳が、責めるように貴子を見つめている。

どうして気づいてくれなかったの？　何度も助けを求めていたのに。

ほんとうは気づいてたんでしょ。あの日の夜、いつもなら部屋に引き上げている時間なのに、ずっと居間で待っていたこと。「いつもありがとう」なんて、柄《がら》にもなく感謝の言葉を伝えたこと。

いつもと様子が違うって気づいていたのに、見て見ぬふりをしたんだ。

あのときお母さんが真剣に向き合ってくれたら、引き留めて話を聞いてくれていたら、こんなことにはならなかったのに。

「ああっ！」

突如《とつじょ》声をあげた貴子に、稔も看護師も肩を震わせた。

「円城寺さん、落ち着いてくだ――」

看護師の制止を振り切って、貴子は蒼の痩《や》せた胸にすがった。

「なんで。なんでよ。どうしてこんなことしたの。いったい何があったの。お願いだからお母さんに話して。ねえ、蒼、お願い……」

せきを切ったように泣き始める貴子を、稔と看護師が二人がかりで引きはがして、病室の外に連れ出した。

蒼はいっさいの反応を見せず、ただ天井を見つめていた。


鎮静剤を打ってもらい、回復室で一時間ばかり横になると、貴子はようやく落ち着きを取り戻した。全身がぼんやり熱を帯びており、一種の放心状態に陥っていた。

「君がどれほどつらい思いをしているかも考えずに、無神経なことを言ってすまなかったよ。自分の無力さと情けなさに、腹が立って八つ当たりしてしまったんだ」

稔はやつれた顔で謝罪の弁を述《の》べると、肩を落としたまま、客先との打ち合わせに向かった。そのやせ細って縮んだ後ろ姿は老人のようだった。ただでさえ激務で摩耗《まもう》している身に、今回のことが起きて、その心労はいかばかりか。稔の命まで削《けず》り取られてゆくようで、貴子の胸はまた不安に疼《うず》いた。

貴子は病院を出たあと、コンビニで卵サンドを購入して、十四時過ぎに帰宅した。沈黙が空恐ろしく感じられて、大音量でドラマの再放送を流しながら、遅めの昼食をとった。相変わらず食欲がなく、サンドイッチはひと切れを無理やりコーヒーで流し込むのがやっとだった。

常に自責の念に苛まれ、睡眠不足も深刻だった。油断すると倒れてしまいそうなほど疲弊しているのに、頭は異様なほど冴えていて、仮眠をとることもままならない。

冷蔵庫には、あの日蒼が作ってくれたカレーが入っている。食べる気にも捨てる気にもなれず、緩慢《かんまん》な動作でタッパーに移し替えたあと、冷凍庫へ移動させた。

ソファに腰掛けてスマホを手にとる。ＬＩＮＥやメールの通知は見るたび膨《ふく》れあがっている。開く気には、とてもなれない。家の電話には、どこで情報が流出したのか日に何度も匿名のいたずら電話がかかってくる。重要な証言があるかもしれないと、電話線は抜かずにいるが、そろそろ心労も限界だった。

いっぽうで、子育てにたいしてアドバイスという名の辛辣《しんらつ》なダメ出しを繰り返し、頻繁に押しかけてきた義母からは、ぴたりと連絡も訪問も止んだ。義母《あのひと》が愛していたのは〈手軽に自慢できる優秀な孫〉という手前勝手なアイテムであって、蒼という人間そのものではなかったということだ。あまりの利己主義に、怒りを超えて恐怖すら感じてしまう。

あの映像がネット上で拡散されていると聞いてから、テレビもインターネットもいっさい見ていない。蒼が苦しむ姿が、不特定多数の目に晒されているという事実が、いっそう苦痛を増幅させる。今日も時間の進みが異様に遅い。一分が一時間のように感じられる。心にぽっかり穴が開いて、その空洞から今までずっと大切に抱きしめていたものが、絶えず零《こぼ》れ落ちていく感覚に襲われる。

じっとしているのは耐えがたく、貴子はスマホをソファに無造作《むぞうさ》に放ると、居間を出た。重い足取りで階段をあがり、蒼の部屋の扉を開けた。事件直後に書き置きなどが残されていないかひととおり調べてはいたが、今日あらためて詳しく調べようと思っていた。

六畳間だが、物が少なく隅々まで整頓されていて広々として見える。弘明寺《ぐみょうじ》の桜並木を描いた油彩画が、ベッドのすぐ上に飾ってある。一番の自信作だと言って見せてくれたときの、蒼のはにかんだ顔が思い出されて、鼻の奥がつんと痛くなる。

先日も調べた学習机の前に立ち、まず右の引き出しを開けたが、やはりペンやホチキスが散らばっているだけで、ほとんどすかすかだった。次に左の引き出しを開けた。複数枚の写真が輪ゴムで束ねられて、クリアファイルにしまってある。中学の京都・奈良修学旅行と卒業式、それから高校の体育祭のときに撮影したものだった。集合写真も、仲の良い友人とのスナップのいずれも、蒼は笑顔を浮かべていた。その表情に一寸の翳《かげ》りも感じられない。

貴子は蒼の輪郭《りんかく》を指先でそっとなぞりながら、ずいぶんと長いあいだ、写真を眺めていた。自然に頬を流れ落ちていた涙を拭い、写真をクリアファイルに戻そうとしたとき、ポストカードのようなものが床下に落ちた。拾いあげて、一枚のプリクラシートだということがわかる。過剰なほどの光で白み、加工がひどいものの、菜月とのツーショットだろうと予測がついた。まだ付き合い始めの頃に撮ったのだろうか、カップルというには大分距離感があってよそよそしい感じがする。貴子は微笑《ほほえ》ましく思うのと同時に、小さな違和感を覚えた。

高校生になってから、蒼が菜月以外の友人を家に連れてきたことがあっただろうか。

そういえば……と、先ほどの写真の束を見返してみる。中学時代の写真は友人とのスナップショットが何枚かあるが、高校の体育祭の写真は、集合写真だけだった。

あの映像の中で蒼は、自分はいじめを目撃したのだと言っていた。

その加害者を告発するのが目的だと。

でも、それだけのために、あんなことができるだろうか。

いじめられていたのは、蒼自身だったのではないか。

不安に駆られて、棚に整列した教科書やノート類を一冊ずつ調べたが、悪口が書かれていたり破られていたりといった痕跡は見当たらなかった。

それらを元の位置に戻すと、他に何か手がかりはないかとあたりを見回した。

卓上には稔のおさがりのパソコン、リュックサックには中学の入学祝いにプレゼントしたｉＰｈｏｎｅが入っているが、どちらもパスコードがわからないから、調べたとしても無意味だろう。そもそも、本人に無断でそこまで手をつけるのは、いくらなんでも気が引けた。

本棚にはライトノベルや漫画本、クローゼットには制服と暗色のシンプルな服、それから——。

貴子はふと思い立って、紺色のカーペットが敷いてある床に膝をついた。半身を屈《かが》めてベッドの下を覗きこむ。いちばん奥に隠すようにして、雑誌が積み重なっているのが見えた。

そのうちの一冊を、手を伸ばして引き寄せる。水着姿の女の子が、潑溂《はつらつ》とした笑顔で表紙を飾っていた。なんてことはない、表紙をグラビアアイドルが飾っているというだけの、青年漫画誌だった。他のどれも、同じような顔の子が、水着姿で同じようなポーズをとっている。

ベッドの下に隠しておくなんて、ありがちな。

思わず頰を緩《ゆる》ませたが、どこにでもいるふつうの男の子だったのに、と思うとまた胸が苦しくなった。

結局、あの不可解な言動の鍵を握る何かは、ひとつも見当たらなかった。

居間に戻ろうとしたそのとき、インターホンのチャイムが鳴った。

机の時計をちらりと見る。時刻は十七時十分。

あまり人に会いたい気分ではなかったが、居留守を決め込むわけにもいかないので、重い足取りで階段を降りる。

「はい」

「すみません、田崎ですが……」

か細い声。

貴子は速足で玄関へ向かった。扉を開くと、強張《こわば》った顔の菜月が心細げに肩を落として立っていた。子リスのようにふっくらしていた頬が、少しやつれて見える。白いセーターの袖口からのぞく指先が、微かに震えていた。

「菜月ちゃん……。わざわざ来てくれたのね。ありがとう」

だがその後ろに見知らぬ少年が二人いたので、いささか面食らった。

「……そちらは？」

「卯月麗一と申します。蒼君の友人です」

冷たく冴えた声。怖いくらい綺麗な顔立ちの少年だが、能面のような無表情。Yシャツは皺くちゃで、第三ボタンはとれかかっている。スラックスは経年劣化のテカリやほつれが目立ち、おまけに裾《すそ》が足りていない。足元に視線を落とすと、履き潰されたスニーカー。土汚れがひどく、つま先の部分は幾重にも巻かれた養生テープで補強されていた。

得体《えたい》の知れぬ禍々《まがまが》しい感じがして、貴子の胸は不安に覆われた。

無意識にさっと、視線を逸《そ》らす。

「はじめまして、僕は冬汪高校の滝蓮司です。蒼君とは予備校のクラスが一緒で仲良くなりました」

もう一方の小柄な少年は、明るく爽やかな印象で、身なりもきちんとしていた。糊《のり》のよく利《き》いたシャツ、サイズ感ぴったりのブレザーとスラックス、手入れの行き届いたスニーカー。それに、全国有数のエリート校・冬汪高校の生徒だという。貴子の不安は、彼のおかげで一気に和《やわ》らいだ。

「はじめまして、蒼の母です。いつも蒼と仲良くしてくれてありがとう」

自分の声も、自然と朗《ほが》らかになる。

菜月は視線を左右にさまよわせたあと、ぺこりと頭を下げた。

「あの、大変なときに急に来ちゃってすみません。私たち、どうしても蒼君に会いたくて……あの、横浜総合病院に入院してるって先生から伺って。病院行ったんですけど、家族以外は面会できないって言われちゃって、それで……」

「病院に行ってから、わざわざうちまで来てくれたの？」

「はい。やっぱりご家族じゃないと面会は難しいですか？」

「ええ、お医者さんからはそう言われてるの。ごめんね」

「立ち話もなんですから、中入っていいですか？」

麗一が唐突に口を挟んできた。たいして蓮司と菜月は、困ったように顔を見合わせている。

「……ええ、どうぞ」

なんて非常識な子だろうと思いながら、門前払いするわけにもいかず、貴子は三人を招き入れた。

リビングに通されると、麗一は断りもなく食卓の椅子にどかりと腰を下ろした。

「僕はとりあえずホットコーヒーでいいです。ミルクと砂糖もください」

「はあ……」

貴子は呆気にとられつつ、菜月と蓮司のほうを見た。二人とも顔を引きつらせていた。

「あの、私たちはそんな、いいですから。お気遣いなく」

「そうです。急に押しかけてさらにお飲み物までちょうだいするなんて……」

「いえ、いいのよ。今日は寒いし、ホットココアでもどうかしら」

「それもください」

聞いてもいないのに麗一が答える。

貴子は気が立ったが、目は決して合わせずに、無理に笑顔をつくって了承した。

四人掛けのテーブルに、貴子と菜月が隣り合い、向かいに蓮司と麗一が座った。

緊張しているのか、耳のあたりの髪を両手で撫でつけながら、菜月が細い声で切り出した。

「あの、蒼君は今どうしていますか？」

「先日ＩＣＵから一般病棟に移ったの。容態は安定してるから、心配しないで大丈夫よ」

菜月がほっとしたように息をついた。

「よかった――」

「それ、ぜんぜん大丈夫じゃないですよね」

麗一が小馬鹿にした様子で口を挟んだ。

「はい？」

声につい苛立《いらだ》ちが滲む。麗一は飄々《ひょうひょう》としていた。

「容態は安定してるのに家族以外面会謝絶ってことは、精神的な問題があるんでしょう。ひょっとして蒼君、まともに会話もできない状態なんじゃないですか」

「それは……」

「まだやってるんですかね、あれ」

言うなり、上体を揺らして額を壁に打ちつけるようなジェスチャーをした。

貴子はカッとなって手が出そうになったが、それより先に強烈な殴打音が響いた。

「蒼を侮辱するな！」

菜月が物凄い力で麗一の頬を殴ったのだ。

室内が、水を打ったように静まり返る。

ややあって、蓮司が低く押し殺した声で言った。

「……あんた、出ていけよ」

麗一はやれやれというように立ち上がり、何も言わずいったんはリビングを後にしたものの、またすぐ顔を出した。

「えっとー、なんか食い物あります？　夕飯くらい出してもらえるもんだと思って、腹空《す》かせてきたんですけど」

貴子は言葉も出なかった。

視線は逸らしたまま、麗一の腕を引っ掴むと玄関先まで無言で連行し、ハッピーターンの大袋を乱暴に押しつけた。

「ご丁寧にお見送りまでどうも」

「あなた、蒼の友達でもなんでもないでしょう」

「ちなみに僕の好物はぽたぽた焼――」

「二度と来ないでください。さようなら」

背中を思いきり押し出して、勢いよくドアを閉めると、貴子はうなだれて長いため息をついた。

信じられない。あんなに心ないことを言う子がいるなんて。

わざわざ蒼を侮辱《ぶじょく》するためにここまで来たのだろうか。

どうしてそんな残酷なことができるのだろう。

しばらく呆然としていたが、ふっと嫌な気配を感じて、顔をあげて戦慄した。

シューズボックスの上に飾っている、三つの写真立て。

いつもは伏せてある一つが、なぜか他の二つと同様に立っていたのだ。

飾ってあるのは、はるか十年以上前の写真だ。

夫の稔、貴子、そして——。

彼女の笑顔を見るだけで、色褪せた記憶がよみがえり、総毛立つ思いがした。

ほぼ反射的に、貴子はその写真立てを伏せた。

義母の来訪がなくなった今、この写真を飾る必要もなくなったはずだ。稔に相談して、早々に撤去してしまおう。そう考えると、胸がわずかにすく思いがした。

それにしても、いったい誰が立てたのだろう。彼らを迎え入れたときは、いつもどおり伏せてあったはずだ。

思い返して、背筋が凍る。

真っ先に部屋にあがらせるよう言ってきた、卯月麗一というあの少年こそ、リビングに入ったのは最後ではなかったか。倒れているのが偶然目に入って起こしただけだろうと、頭ではわかっている。それでも不快感が拭えない。

なぜほんの十数分前に顔を知ったような子供に、これほど心をかき乱されなければならないのか。

重い憂鬱《ゆううつ》を押し殺してリビングに戻ると、菜月が肩を縮こまらせて気まずそうにしていた。

「すみませんでした。あんなところお見せして、お恥ずかしいかぎりです……」

「ううん、むしろお礼を言わせてほしいの。ありがとう。菜月ちゃんが蒼のために怒ってくれて、すごく救われたよ。滝君もありがとう。あの子のことを追い出してくれて」

心の底から感謝を述べた。

「いえ、あんなに失礼なやつだとわかっていたら、もっと早く追い返したのに……すみません。実は、彼は友達でもなんでもないんです。たまたまそこの通りで会って、声をかけられて合流したってだけで」

「今日初めて会ったの？」

「いえ、いちおう同級生です」

「えっ。あの子、冬汪なの？」

「はい」

貴子は軽いめまいを覚えた。名門冬汪高校に、あんなに非常識で不気味な子がいるとは、信じがたかった。いったいどういう育てられ方をしたら、あのような人格ができあがるのか。親の顔が見てみたい。

「……変わったやつなんで」

貴子の心情を慮《おもんぱか》るかのように、蓮司が小声でつぶやいた。

仕切り直すようにして、再び三人は食卓に腰を下ろした。蓮司がココアを飲みながら、遠慮がちにたずねてくる。

「実際のところ、蒼君はどうなんでしょうか？」

貴子はしばらく迷ったが、先ほどの一件からこの二人ならば信頼できると踏んで、正直に打ち明けることにした。

「あの子の言うとおりよ。身体の怪我《けが》よりずっと心の問題が大きいの。ずっと寝たきりで、魂《たましい》が抜け落ちてしまったみたい。面会に行っても、会話はおろか目を合わせることさえできなくて……」

「お医者さんからは、どんなふうにお話があったんですか？」

「正直に言うとね……真っ先に疑われたのは、何らかの薬物による異常行動だったの。当然、検査結果は陰性だった。脳のＣＴやＭＲＩ検査もしたけど、異常は見当たらなかった。消去法で、統合失調症の疑いがあると言われているけれど、確定診断はまだ出ていない」

菜月は明らかにショックを受けた様子だった。丸い瞳が潤《うる》んでいる。

その傍《かたわ》らで蓮司が難しい顔になる。

「そうですか……。でも、他校の放送室に忍び込んで校内放送の電波をジャックして作り込まれた映像を流すという用意周到性から、衝動的な行為だとは考えづらいですよね。あの計画を滞《とどこお》りなく実行するためには、準備しなくてはならないことが山ほどあるはずなので」

「すごいね。さすが冬汪高校の生徒さんは違うわね」

貴子が感嘆《かんたん》すると、蓮司はまんざらでもなさそうに続けた。

「何かのっぴきならない事情で、ああいった行動をとったに違いありません。蒼君の一連の言動について、何か心当たりはありませんか？　些細なことでもかまいません」

貴子は沈鬱《ちんうつ》な面持《おもも》ちになる。

「警察からも再三同じことを聞かれたし、今日まで夫と一緒に考え続けたけど、本当に何も思い当たらないのよ。あんなことするなんて……。最初に映されたあの『正』の字も、不可解な言動も、壁に打ちつける動作も、まったく見当がつかないの。あれは蒼の筆跡じゃないし、幼少期を思い返しても、ああいう行動をとったことは一度もなかった」

「蒼君が冒頭で言っていた『加害者』にも心当たりはありませんか」

「ええ。警察も言っていたけど、誰かのためにあそこまでするとは考えづらくて。かと言って、蒼自身が何かの事件に巻き込まれたことはないし……いま学校で調べてもらっている最中だけど、いじめやトラブルがあったとも、とても思えなくて……」

「そうですか」

蓮司は逡巡《しゅんじゅん》した様子ののち、切羽詰《せっぱ》まった様子で貴子を見た。

「あの、どうにかして蒼君に会わせていただくことはできませんか？」

「申し訳ないけど、それはさすがに……」

「僕たちも蒼君が自分の意思であんなことをしたとは、とても思えないんです。必ず事情があるはずです。真相を突き止めて、蒼君の力になりたい」

「私からも、どうかお願いします。一目だけでいいから、蒼君に会いたい……」

菜月が涙まじりの声で言った。

ふたりの真摯《しんし》な想いは、麗一によって深く傷つけられた心に痛いほど沁みた。

とくに、蓮司の〝真相を突きとめたい〟という言葉。

事件から四日目にしてようやく、希望の光がひとすじ射《さ》し込んだように思えた。

気づいたときには、貴子は立ち上がっていた。

「わかった。病院にはどうにか説明するから、今から一緒に会いに行きましょう」

面会の受付終了時間まで、まだ一時間弱ある。貴子はネイビーのロングカーディガンを羽織ると、菜月を助手席に、蓮司を後部座席に乗せて病院へと向かった。

隣で背筋をぴんと正して、両手で耳のあたりの髪をしきりに撫でつけている菜月。かなり緊張しているように思えて、貴子は努めて明るく話しかけた。

「菜月ちゃんは何か部活やってるんだっけ？」

「あ、帰宅部です」

「そっか。何か習い事とかしてるの？」

「あ、とくに何も……」

「そっか。お家《うち》はこのへんなんだっけ？」

「あ、いえ」

気まずい沈黙を避けようと質問を重ねたが、すべて一問一答形式で終わってしまう。あまり自分のことを話したくないのか、単純に緊張しいで口下手なのか。おそらく後者だろう。

バックミラーでちらりと蓮司を見ると、手のひらサイズの英単語帳を開いていた。全国有数のエリート校、冬汪高校の生徒だ。きっと始終勉強に追われているのだろう。声をかけるのは憚《はばか》られた。かと言って菜月にこれ以上根掘り葉掘り聞くのもためらわれ、結局最後のほうは会話もなくひたすら県道を走った。

病院に到着すると、受付に二人は親族だと説明し、看護師に連れられて病室に入った。

蒼は眠っていた。

今朝と変わらず、身体は拘束されたままだった。

蛍光灯の白い明かりが、冴え冴えしくその痛ましい姿を照らしている。

貴子はまた胸が苦しくなった。蓮司もその横で痛切な表情を浮かべている。

菜月は下唇を嚙み、眉間に皺を寄せ、苦しげな様子で蒼の顔をじっと見つめていた。それから、おずおずと尋ねた。

「あの、蒼君の手を握ってあげてもいいですか?」

接触は禁じられているが、今にも泣きだしそうな菜月を見ると、断ることはできなかった。

「ええ」

「ありがとうございます」

菜月はぺこりと頭を下げると、その小さくて丸みを帯びた両手で、蒼の右手を優しく包みこんだ。頰を伝って流れ落ちた涙の雫が、蒼の手の甲をぽつりと濡らした。面会時間が終わるまで、菜月はただじっと蒼の手を握っていた。貴子はその様子を静かに見守った。

病室を出たあと、待合室の自販機で二人に缶ジュースを買ってやり、病院を出るころにはだいぶ打ち解けた雰囲気が漂う。外はもう真っ暗だったので、最寄り駅まで送っていくことになった。

助手席の菜月は、きょう何度目かもわからない感謝の言葉を述べた。

「あの、ほんとうにありがとうございました。蒼君の顔を見ることができて、すごくほっとしました」

「こちらこそありがとう。菜月ちゃんたちが来てくれて、蒼もすごく元気が出たと思うよ」

それから、気になっていたことを口にした。

「菜月ちゃんって、蒼とは別のクラスだよね? 事故のこと、学校ではどんなふうに伝えられた?」

「あ、昨日のホームルームで担任の先生からお話がありました。でも、ほとんど皆すでに知ってる感じでした」

「菜月ちゃんはいつ知ったの？」

「私は当日の夕方にはもう……。友達から、あの映像が送られてきたので……」

「そっか。きっとすごくショックだよね」

「はい……ぜんぜん信じられなくて、でも、どう見ても蒼君に違いないし、電話しても繋がらないし、LINEも既読にならないし……もう、どうしようってパニックになっちゃって」

菜月の声はか細く震えていた。当時の様子を思い出したようで、また横顔に翳《かげ》がさす。貴子は後部座席の蓮司にも同じ質問をした。

「……滝君は、いつごろ知ったのかな？」

「僕も当日の夕方です。予備校で噂になってたので。半信半疑であの映像を見て、これは絶対に蒼君の意思でやったことじゃない、真相を突き止めなきゃって思ったんです」

「滝君から見ても、それまで変わった様子はなかったんだ」

「ありませんでした。最後に会った時も、いつもどおり優しくて穏やかな蒼君でした。田崎さんはどう？」

「私はあの事件の前日も一緒に過ごしていましたが、変わったところは何もありませんでした。手作りのかぼちゃプリンもすごく喜んでくれて、来月江ノ島《えのしま》に行く約束もしました。だから、どうしてあんな行動をとったのか全然わからないんです。元々蒼君は感情を表に出さないタイプで、いつも落ち着いているから、私が気づいてあげられなかっただけかもしれませんが……」

「人間関係で、トラブルがあったりとかもなかった？」

「私が知る限りは何も……」

「僕も聞いたことがありません」

「そっか……」

貴子の脳裏《のうり》に、先ほどの卯月麗一という少年が思い浮かんだ。何かトラブルがあったとしたら、彼が絡《から》んでいる可能性が高いのではないか。

接客の仕事をしていると、常識はずれな客にあたることがままあるが、それでもあそこまで失礼な人間はいなかったように思う。苦い思いを打ち消すように、貴子は別の質問を投げかけた。

「蒼って、滝君のほかに仲の良いお友達とかいたのかな？」

今まではきはき答えていた蓮司が、気まずそうに黙りこむ。

貴子は菜月に視線を移す。

「学校だと、どうかな」

菜月はずいぶんと長いあいだ首を傾《かし》げたあと、思い出したように言った。

「……田山昇《たやまのぼる》君。蒼君と同じクラスで、部活動も一緒です。私、たまに一緒に帰ってるところを見かけました」

聞いたことのない名前だった。貴子は反芻《はんすう》してその名前を記憶にとどめた。

「他にはいなかったのかな」

「うーん……あとはちょっと思い浮かばないですね……すみません」

貴子は少なからずショックを受けた。中高一貫の学校に入学して四年半経つというのに、友人らしい友人がたった一人しかいないなんて。

「もしかして、蒼って学校でちょっと浮いてたりした？」

だがその問いにたいしては、菜月はきっぱりと否定した。

「それはありません。自ら進んで一人でいるようなタイプっていうだけです。学校ってどうしてもスクールカーストみたいな分類があって、例えば一軍とか二軍とかで、ピラミッド型にグループが分かれてたりするんです。蒼君はそのどこにも属さないけど、決して孤立しているわけじゃなくて、そんなつまらない分類にとらわれず、誰とも自然に打ち解けられるような存在です。だから、どっちかっていうと皆から一目置《いちもく》かれているような存在なんです」

言葉の端々《はしばし》に熱がこもっていた。自分のことを聞かれたときとは打って変わって、蒼のことになると途端に饒舌《じょうぜつ》になる。それも母親の貴子に気を遣ってお世辞を言っている感じではなく、本心からそう言っていることが明らかだった。

菜月の純粋でまっすぐな想いに、貴子は強く胸を打たれた。

それにしても、いちばん蒼のことを知っているであろう菜月から見ても、悩んだ様子はなかったとなると、謎はいっそう深まるばかりだ。

蒼はなぜ、あんな理解不能な行動をとったのだろう。

『加害者』とはいったい誰のことをさすのだろう。

蒼は自分のことを、単なる目撃者だったと言っていた。

では、『被害者』はいったい誰なのだろう。

あの子にしかわからない、何か特別な動機があったのだろうか。

本人から聞き出すことは、まだ叶いそうにない。

貴子はまた深い迷宮の底に沈んでいくようだった。

駅が近づくと、バックミラー越しに、蓮司が額に手を押し当てるのが見えた。

「蒼君の腕……」

言いかけて、気まずそうに言葉を濁す。

「どうしたの？」

「蒼君の左腕に、ミミズ腫れみたいなひどい傷が何十本もありました。あれは、今回の事故の怪我ではないですよね？」

二人のことをすっかり信頼するようになった貴子は、素直に打ち明けた。

「ええ。言いづらいけど、自分でやった傷跡みたい。警察の話だと、数か月くらい前の傷じゃないかって」

「そんな……」

菜月が悲痛な声を出す。その横顔は青ざめている。

貴子は困惑した。菜月なら頻繁《ひんぱん》に家に遊びに来ていたし、蒼とは付き合って半年近く経っている。それほど親密な仲でも、あの腕一面に広がった痛々しい傷跡にまったく気づかなかったなんて、ありうるのだろうか？　でも、目の前の彼女がしらを切っているようにはとうてい思えない。

頑《かたく》なに隠し通していたということだろうか？

蒼は誰にも悟られぬよう、一人で深い闇を抱え込んでいたのか。

だとしたら、それはいったい何なのだろう。

＊

彼らすごい上手なんです、人を痛めつけるのが。ばれないようにやるから。傷がつかないようにくつを脱いで踏みつけてくるし、上履きとかで蹴るときは、服をぜんぶ脱がせるから。

僕がいちばん怖いのは、虫の死骸を食べさせられたり、ボールみたいに蹴り飛ばされたりすることじゃなくて、いじめが両親にばれることです。

気づいてほしいけど、絶対に気づかれたくない。

悲しませたくないし、失望させたくないし、かわいそうだって思われたくないんです。

お母さんが聞きます。

「学校は楽しい？」

僕は決まってこう答えます。

「うん、楽しい」

スイッチを押せば電気がつく。蛇口をひねれば水が流れる。

学校が楽しいかと聞かれれば、楽しいと答える。

それ以外ありえません。

「本当はいじめられてるんだ」

そんなことは絶対に言えません。

三

「演技とわかっていながら、本気でぶっとばしてやろうかと思ったよ」

と、魔法瓶《びん》の茶をすすりながら蓮司。

「私は実際にぶっとばしちゃった。ごめんなさい」

ばつが悪そうな菜月。

「謝る必要ないよ。俺も俺を殴りたかったし」

あっけらかんとしている麗一。

円城寺家を訪問した翌週明けの放課後、三人はたこ糸研究会の部室に再集結していた。

まだ腫れの名残《なごり》がある麗一の頬を見つめながら、菜月が問いかける。

「どうしてあんなひどい態度をとったの？」

「決まってるだろう。蒼の母親からより多くの情報を得るためだ。俺という共通の敵ができたおかげで、君らと母親との結束が、一気に高まっただろう」

円城寺家を訪問する前に、麗一は蓮司と菜月にこう伝えていた。麗一とは仲のよくないふりをすること、麗一と蒼の母が敵対する局面になったら、徹底して母親の味方につくこと。二人はいぶかしく思いながらも、了承したのだった。

「なるほどね。まあ、たしかに、蒼とも会えたけどさ……。ううー、だめだ。今でもあんたの顔見るとむかむかして、反射的に手が出ちゃいそう」

そう言って菜月は、固く握りしめた小さな両拳《こぶし》をぷるぷる震わせた。

納得した様子の菜月にたいして、蓮司はどうも腑に落ちなかった。常識外れなところはあれど、根は優しいのが麗一だ。それだけの理由で、あんなふうにむやみに人を傷つけるような態度をとるとは、とても思えなかった。

「あれは麗一らしくなかったよ。本当は、何か別の目的があったんじゃないのか」

だが麗一は軽くかわした。

「そんなものはない。で、晴れて蒼と面会を果たしたんだろう。どうだった？」

蓮司はもやもやを抱えたまま、面会時のあらましを伝えた。

麗一は腕を組んで、視線を落とした。

「そうか。蒼は眠っていて、対話は叶わなかったと」

「うん、でも起きていても同じだったと思う。蒼君は個室のベッドで拘束されていた。おそらく怪我の程度が重いから一般病棟にいるというだけで、麗一が予想したとおり、精神的に難しい状態にある。お母さんは毎日会いに行ってるそうだけど、起きているときはずっと虚ろで、意思疎通ができない状態みたい」

「蒼から手がかりを得るのは難しそうだな。写真立ての件はどうだった？」

そう聞かれて、麗一が円城寺家を出て行ったあとに、不可解なメールを送ってきたことを思い出す。

〈家を出るとき、玄関の写真立てがどうなってるか見てくれ〉

言われたとおり確認したところ、シューズボックスの上に、たしかに三つあった。そのうち真ん中のひとつが倒れていた。薄水色の写真立てだった。見たままを伝えると、麗一はわずかに表情を明るくした。

「やはり故意だ。蒼の母は、意図的にあの写真立てだけ伏せているんだ」

「どういう意味？」

菜月が眉《まゆ》をひそめる。

「俺たちが玄関に入ったとき、真ん中の写真立てだけ伏せてあった。俺は引っかかりを覚えて、居間にあがる前にそいつを立てておいたんだ。だが、蓮司たちが家を出るときには、再び伏せてあったんだろう。要するに、蒼の母親は俺を追い出すときに、写真立てが立てられていることに気づいて、わざと伏せたんだ」

「嫌な写真なら、飾らなければいいだけじゃん。なんでそんなことするの」

「さあな。誰かの意思か、何かの目的か、飾っておかなければならない理由があるんだろう」

蓮司は空恐ろしさを感じながらたずねた。

「麗一はその写真を見たんだろ。何が映ってたの？」

「女が二人、男が一人。年齢は……そうだな。女は二人とも十代後半から二十代前半、男は二十代半ばから三十代くらいか。背景は川辺のキャンプ場。女性のうち一人は、おそらく円城寺貴子だ。他二人はわからん」

「ってことは、ずいぶん昔の写真ってこと？」

「のようだな。あんたは何度も円城寺家を訪れてるだろう。そのときはどうだった？　やはり一つだけ伏せてあったか？」

菜月はなんとなくすねたような顔になる。

「わかんないよ。いっつもめっちゃ緊張してるから、そんなとこまで気を配ってる余裕ないし」

「そうか。残念だな」

菜月ははっきりむすっとした。

「何さっきから偉そうに。そういうそっちはどうなの。何かわかったわけ？」

「蒼がなぜ栄林高校二年二組をターゲットにしたのかはわかった」

「えっ」

驚きの声がふたつ重なる。

「こういうのに明るい人間だったら、もっと早く気づけたんだろうけどな」

麗一はそう言って、蓮司のスマホで何やら操作したあと、それを机に差し出した。

見慣れたＹｏｕＴｕｂｅのロゴ。『メシア再臨』というきな臭いチャンネル名のホーム画面。アイコンは、見慣れぬ美少女フィギュアだった。

「チャンネル登録者数二百八十万人の覆面ユー、チュー、バー『メシア再臨』。全国の視聴者から寄せられた告発動画を垂れ流してコメントし、問題提起を装《よそお》って炎上させるスタイルらしい」

麗一が動画一覧の画面をスクロールすると、『インターハイ常連〇〇高陸上部　卑劣ないじめ発覚』『【衝撃】資産家強殺の元少年Ａ、新橋のビジホ〇〇に勤務』『【閲覧注意】〇〇クリニックで整形した視聴者〇Ｌ、鼻が腐り落ちる』などの過激なタイトルに、モザイクがかかった不穏なスクリーンショットが並ぶ。いずれも再生回数は数百万回、多いものではゆうに一千万回を超えていた。

ためしに『インターハイ常連〇〇高陸上部　卑劣ないじめ発覚』という動画をクリックする。スマホで撮影したとみられる、ジャージ姿の男子生徒数人が一人の男子に暴行を加えている映像が流れたあと、画面が切り替わり、某ホラー映画の覆面をかぶった黒ずくめの男が、動画の内容を詳しく解説している。ボイスチェンジャーを使っているらしい機械的な声が、よけいに不気味さを際立たせていた。

『高評価』は二十万を超えていて、コメント数も二万件近くあった。

菜月が嫌悪《けんお》感丸出しの顔をする。

「こういうの苦手な私ですら知ってるよ。この人、日本一有名な告発系ユーチューバーだもん」

蓮司は知らなかった。暴行の映像が脳裏に焼き付いて離れず、ただ胸が苦しかった。

「……この人と蒼君に、いったいなんの関係が？」

「メシアの正体は、栄林高校二年二組の多胡典彦《たこのりひこ》。蒼が二年二組の教室を狙って映像を流したのは、おそらくこいつがいたからだ。現に、蒼のあの映像のオリジナルは、こいつが真っ先にアップロードしている。だが規約違反ですぐ削除されたようで、その後モザイクをかけた動画を再アップロードしている。それがこいつだ」

麗一が示した動画は、『【超閲覧注意】名門私学の男子高生、狂気の血みどろ自殺未遂』と題されている。サムネイルの全面にモザイクがかけられていたが、シャツを血で濡らした蒼の姿だと判別できる。投稿からわずか六日で、再生回数は二千万回を超えていた。過去の動画と比較しても、異例の再生回数だった。

「こいつ、蒼のこと見せ物にしてる。許せない……ぶっ殺してやりたい」

菜月が低く押し殺した声で呟いた。

蓮司はどきりとした。これで二度目だが、あまりの豹変《ひょうへん》ぶりに驚いてしまう。最初に抱いた、おしとやかなお嬢様、というイメージからはあまりにもかけ離れている。ちらりと麗一を見たが、彼はとくに気にもとめていない様子だった。

「それで、『メシア再臨』の正体が栄林高校二年二組の生徒だってこと、麗一はどうやって突き止めたの？」

「予言少女セシリアだよ」

麗一は『メシア再臨』チャンネルのアイコンを指さした。白銀の戦闘服をまとった金髪碧眼《へきがん》の美少女フィギュアが、ローアングルで映っている。

菜月が小首をかしげた。

「私、アニメけっこう詳しいけど、知らないキャラだな」

「彼女は俺らが生まれる前に誕生した、かなりマイナーなアニメのキャラクターだからな。メシアはＴｗｉｔｔｅｒもやっていて、二年前の五月六日にこのフィギュアの写真とともにこうつぶやいている。『ついにセシリアたんをお迎えしました！』だがさっき言ったとおり、このマイナーアニメはとうの昔に終了している。もう世に出回っていないものがどうしてもほしい場合、どうやって手に入れる？」

これには菜月がすぐに答えた。

「ネットフリマとか、ネットオークションとか」

「そのとおり。最大手のネットフリマでセシリア関連の出品履歴を調べたところ、まさに二年前の五月頭、このフィギュアが落札されていたことがわかった。つまりその購入者＝メシアだ。コメントで値段交渉していたから、メシアと思われるアカウントがわかった。さらに出品履歴一覧から、このアカウントは親子共有アカウントであり、居住地は神奈川県、さらに息子のほうはインターネットツールやガジェットに聡《さと》い学生の可能性が高いと推定できた。この時点で俺は、メシア＝栄林高校二年二組の生徒という仮説に、確信めいたものを抱いたんだ」

「そこからどうやって多胡典彦をあぶり出したの？というか、なんで俺の知らないところでどんどん調査進めてるの？

蓮司はなんとなくもやもやしながらも、先が気になって尋ねた。

「一昨日の夜、アカウントをつくって彼の出品物を落札した。何度かメッセージのやり取りをして、住所が近いから直接引き渡してもらうことで話をつけた。当日、待ち合わせ場所の新横浜《しんよこはま》駅にあらわれたのは、中年の女性だった。受け取りを済ませたあと、メシアの母親と思われるその女性を尾行し、俺はその日のうちにメシアの住まいを特定したよ」

「さらりと怖いこと言うな」

「メシアんちはでかい一軒家だった。庭先に停めてあった自転車を確認したら、ビンゴ。栄林の高校指定ステッカーが貼られていた。そして俺はメシア＝栄林高校二年二組の多胡典彦であることを割り出したんだ」

「ははあ」

菜月は感心と困惑がない交《ま》ぜになったように息を吐いた。

「ここから導き出される結論がわかるか？　蒼のほんとうの目的は、栄林高校二年二組の生徒に映像を見てもらうことではない。メシアを通じて、二百八十万人の視聴者——ひいては一人でも多くの日本国民に、あの映像を見てもらうことだったんだ」

「いったい、なんのために……？」

「もちろん加害者を突き止めるためだ」

「加害者って、きのう言ってた『あなた』のことか？」

「そうだ。蒼の目的はただ一人。だがそいつの居場所がわからない。だからあの映像を通して、日本のどこかにいるターゲットに訴えかけたんだ。指定日に、『彼女を閉じ込めた場所』に来いと。おそらく蒼とターゲットと被害者にしかわからない秘密の場所だろうな」

蓮司は少々うろたえながら、ノートを取り出して走り書きした。

「つまり、こういうこと？」

・いじめの被害者
・いじめの加害者　＝　複数名いる。うち一人は、栄林高校二年二組の生徒
・『あなた』　＝　加害者の一人？　身元不明（栄林高校の生徒ではない？）　＝　Ａ（仮称）

☆蒼君の真の目的　＝　すでに身元が割れている加害者らを告発することではなく、Aの身元を特定すること

麗一が小さく頷く。

「その可能性が高い。現時点では、な」

「なんだよ。あんまり俺が理解できてない感じ？」

「いや、間違ってはいない」

横から菜月が口を挟む。

「ごめん、ぜんっぜん意味わかんない。そのAとかいう、いじめの主犯格だか黒幕だかを特定するために、蒼はあんなことさせられたの？　ネット上に顔をさらされて、飛び降り自殺未遂までさせられて……納得できない」

「君は初めて会ったときから、誰かにやらされたという見方を示している。その根拠は？」

麗一に問いかけられて、菜月はいじけたような口調になる。

「だから、それは、蒼だからだって。蒼がこんなことするわけないから……」

「それだけ？」

「あんなふうに怯《おび》えた感じで、恐怖で顔が引きつってて、手も震えてて、そんなの、自分の意思じゃないに決まってるでしょ」

「そうか？　バンジージャンプやスカイダイビングですら、自らの意思で飛ぼうというのに直前でギャーギャー騒ぐ人間が大勢いるくらいだぞ」

「それは……」

菜月の歯切れが悪くなる。次第にうなだれて、机に沈み込んでしまいそうになる。

「ま、とりあえず、今日のところはこれくらいにして帰ろう」

磨り硝子の窓向こう、朱色の空から柔らかな夕陽が射し込んでいる。日が沈むのが早くなった。

「うん、暗くなる前に帰ったほうがいいね。田崎さんち遠いでしょ」

麗一と蓮司が揃って席を立つが、菜月は渋った。

「ここいちゃだめ？　鍵かけて帰るから」

蓮司が首をふる。

「他校の生徒を一人残していくわけにはいかないよ。なんで帰りたくないの？」

「うーん、帰ってもすることないっていうか、今はまだ帰る気分じゃないっていうか、なんていうか……」

菜月は何やらぶつぶつ唱えながら、机にべったり半身をもたれさせた。しばらく待ったがまるで動き出す気配がない。

麗一が唐突に言った。

「俺一人暮らしなんだ。うち泊まる？」

「はッ!?」

「築六十八年、四畳半一間、風呂なし共同便所。すきま風がびゅうびゅう吹きすさぶ室内は極寒。おまけに隣の橋本《はしもと》が米びつの米を数える声が夜な夜な鮮明に聞こえてくるほど壁が薄いけど、どうする？　どうしても家に帰りたくないっていうなら、やむを得な――」

石像のように動かなかった菜月が速攻立ち上がった。

「やっぱり我が家がいちばん！」

校舎から出ると、冷たい風が頬を切った。橙《だいだい》の空は凛《りん》と澄んでいた。

「田崎さん横浜だよね。送っていこうか」

「ううん平気。またね。ありがとね！」

蓮司の申し出を食い気味に断ると、菜月は猛スピードで走り去っていった。

あまりの俊敏さに、蓮司は呆気にとられた。

「田崎さんって、秘密主義なのかな。一昨日も、蒼君のお母さんに横浜駅で下ろしてもらったあと、家まで送ってこうかとたずねたら、やっぱり食い気味に断られたよ」

「蓮司のこと警戒してるんだろう」

「傷つくなあ」

「冗談だよ。家庭に何かあるんじゃないか。他人に見られたくないし、自分も帰りたくないと思うほどの何かが」

「そんなふうには見えないけどな」

二人は県道21号へ続くゆるやかな下り坂を並んで歩いた。頭上で木々がざわめいている。

「女子ってあれが普通なのか？」

麗一がふいにたずねた。

「あれって？」

「初対面とまるで印象が違う。初めはいかにも良家のお嬢様然って感じだったのに。たまにすげえ口悪いし」

麗一も同じ違和感を抱いていたのかと、蓮司はなんだかほっとした。

「横浜聖英って信じられないくらい学費高いっていうし、お嬢様っていうのは間違いないと思う。田崎さんの変貌《へんぼう》ぶりには俺も正直驚いたけど、たぶん今のさばけた感じが素なんだろうね。初対面の相手とか、大人の前だと緊張して口数が減るタイプってだけで、何か悪意があるとかではないと思うよ」

「そうか。そんなもんか」

麗一ははたと立ち止まり、思い出したようにリュックサックを漁《あさ》った。

出てきたのは、ビニール袋いっぱいに詰まったざらめ。

それを蓮司に差し出した。

まばゆい夕陽に照らされて、袋のざらめがきらりと光る。蓮司は困惑した。

「何このシチュエーション」

「ざらめは好きか、蓮司」

「話の流れぶった切りすぎだろ」

「これはメシアのざらめだ」

「落札したのざらめだったんだ。っていうか何食わぬ顔して通学鞄《かばん》にざらめ仕込んでたんだ」

「値段的に手が届くのがこれだけだったんだ。たくさんあるから、おすそ分けだ」

蓮司は困惑しつつ受け取った。

「ありがとう。でもいいのか、こんなにたくさん……」

「ビニールが破れそうで破れないぎりぎりのラインを狙ったんだ。爆弾みたいでハラハラするだろう」

「小学三年生かよ」

「とにかく俺の家にざらめがたくさんあってな。ざらめが切れて絶体絶命ってときは、いつでも俺を呼んでくれ」

「たぶん一生ないと思うけど、どうもありがとう」

車通りの多い県道21号に出ると、麗一は自宅のある今泉《いまいずみ》とは反対方向に足を向けた。

「じゃ、ここで」

菜月に負けず劣らずの俊敏さで立ち去ろうとする麗一を、蓮司は慌てて引き留めた。

「どこ行くつもりだよ」

「夕陽を追うのが日課なんだ」

「はじめて聞いたよ」

「今日から日課にするんだ」

「嘘こけ。なあ麗一、ほんとうは自分ひとりで事件のこと調べようとしてるんじゃないのか」

「問題あるか」

「大ありだ。さっきからずっともやもやしてた。今までたこ糸研究会として二人三脚でやってきたのに、急に置いてけぼりをくらったようで……。麗一はパソコンもスマホも何も持ってないだろ。メシアとのやり取りはどうしたんだよ」

「香川《かがわ》さんにパソコン借りたんだ」

「誰だよ」

「新しく越して来た住人だよ。たくあんよりいぶりがっこ派なんだ」

「なんで優先順位最低レベルの情報をそこに持ってくるんだよ。……じゃなくて、なんで俺に相談しないいんだよ」

麗一はやにわに表情を和らげると、蓮司をまっすぐ見た。

「蓮司には引き続き、田崎さんとともに蒼母の対応をお願いしたい。だが、後のことは基本的に俺ひとりでやる。なぜってあと半年もすれば春が来る。受験生の春だ。蓮司の志望校は超難関だろう。たこ糸研究会の活動は俺に任せて、受験勉強に専念してほしい。それが友の願いだよ」

「ふ〜ん。つい先日、しれっと俺を竹取り名人に仕立てて、面倒ごと全部なすりつけようとしてきた奴の台詞《せりふ》とは思えないなあ」

「………」

麗一がついに黙り込む。

「本心はなんだよ」

二人の横を車がひっきりなしに往来する。いつの間にか周囲の闇が深くなる。風が身を裂くように鋭い。

麗一は大きく息を吐いた。そして観念したように打ち明けた。

「これ、かなりやばい事件の予感がする」

「やばいって……？」

「命の危険があるかもしれない。だから蓮司を巻き込みたくない。それが嘘偽りない本心」

言葉の響きが重かった。前の事件のトラウマが、瞬時に脳裏を過《よぎ》る。恐怖に身がすくむ思いがした。

でも――。

「……麗一は引かないんだろ」

「ああ」

「それなら俺も腹括《くく》る。俺たち二人でたこ糸研究会だ。一緒に真相を突き止めよう」

しばらくの沈黙のあと、麗一は静かに頷いた。それから西を指さした。

「さっそくだが、今からメシアに会いに行く」

「アポとったのか」

「いや突撃だ。俺の見立てだとこいつも噛《か》んでる」

「どういうこと？」

「蒼とメシアは手を組んでいるってことだよ」

四

多胡家は横浜市都筑《つづき》区の港北ニュータウンにあった。最寄りの市営地下鉄センター南《みなみ》駅は、モールや家電量販店など大型のショッピング施設が立ち並び、それでいて緑豊かで健《すこ》やかな景観を保持している。県道をまたぐ陸橋を越えて十分ほど歩くと、閑静《かんせい》な住宅街が広がっていた。その一角に、大きな白い一軒家が建っている。ガーデニングが趣味と見えて、よく手入れされた庭園に色彩豊かな花々が咲き誇っているのが、暗がりでもわかるほどだった。

アプローチの階段をあがった蓮司が、緊張の面持ちでインターホンを鳴らすと、ほどなくして年齢不詳の男がのっそりと顔を出した。脂《あぶら》っこく縮れた黒髪に、青ひげと赤にきびの目立つ生白い顔、眠たそうな腫れぼったいまぶた、主張の強い大きな団子鼻とたらこ唇。黄色い染みのついたよれよれのスウェットからは、ファストフードのジャンキーな臭いがただよってくる。

「あの、多胡典彦さんでしょうか？」

蓮司がおそるおそる尋ねると、男は芋虫のような人差し指で鼻をほじほじし、めんどうくさそうに答えた。

「だったら何」

「『メシア再臨』こと多胡典彦だな。円城寺蒼の件で話がしたい」

強引に扉を全開にして、麗一が横から顔を出した。

氷のように鋭い目つきに圧されたのか、多胡は途端に怯えた表情になって、鼻に突っ込んでいた指先をピッと引き抜いた。

「しっ、知らない」

「知らない人間はそんなふうに慌てたりしない」

「知らないってば！」

「あの校内放送は視聴者提供じゃなく、あんた自身が撮影したものだ。証拠は揃っている。しらばっくれたって無駄だ」

多胡はぎりりと歯を食いしばったかと思うと、自棄《やけ》を起こしたように叫んだ。

「ああそうだ僕がメシアだっ！　撮影したのもアップロードしたのもこの僕だっ。以上、解散！」

「いや、まだ隠していることがあるはずだ。絶対に口外しないから、話していただけないだろうか」

「やだね。だいたいおたくらに話すメリットないじゃん」

「あるさ」

麗一がふいに右手を掲げた。

その手に握られたものをみとめるやいなや、多胡の瞳に一番星がまたたいた。

「予言少女フィリアマキナのセシリアたんはわずか十三歳にして小国エルダモーテの女戦士となり理不尽な迫害から国民を守るべく自分の未来と引き換えに神から緋色《ひいろ》の予言石を授かり七秒後のできごとを瞬時に察知する能力を手に入れてまず火山灰の牢獄から敵国の王妃《おうひ》を救い出し――」

「寝るな麗一」

蓮司に肩を小突《こづ》かれて、麗一は再び目を覚ました。

「緋色の予言石のくだり何回やるんだよ」

「君があれを渡したせいだろ」

二人は多胡の部屋の床に体育座りしていた。多胡は先ほど麗一から譲《ゆず》り受けた『予言少女セシリア』なる金髪碧眼の美少女フィギュアを片手に仁王立ちして、幼き彼女の激動の半生を滔々《とうとう》と語り続けていた。彼の部屋は四方を美少女フィギュアに埋め尽くされていて、蓮司はかつての事件のトラウマがよみがえりそうだった。

多胡の母が帰宅して、『のりくんのお友達が来るなんてはじめて』と嬉しそうに大量の蒸しパンを振る舞ってくれたころ、ようやく多胡は話し終えた。その顔はフルマラソンを走り終えたプロランナーのごとく達成感に満ちていた。

「で、おたくら何しに来たんだっけ」

「円城寺蒼の件だ」

その名を聞いて、多胡は現実に帰ってきたようだ。セシリアの小さな頭を指の腹で優しく撫でると、名残惜しそうに彼女を机に置いた。それからベッドにどっかり腰を下ろした。

「――およそ二か月前、円城寺蒼が僕に接触してきたのが、ことの始まりだよ」

「八月中旬ごろか」

「うん。ご丁寧にフルネームを名乗って『未だかつてないほどおもしろい映像がとれるから、協力してほしい』ってＤＭをくれたんだ。そっから何度かやり取りして、横浜で打ち合わせもした。信頼できる人間だと踏んで、協力することにした」

「へえ、そんな用意周到に行なわれたのか。それで、あんたはどこまで協力したんだ？」

「ほぼ全部だよ。三階の放送室までの侵入経路を確保したのも、あの日校内ロケに変更させて放送室を無人にしたのも、放送室の中継が二年二組の回線のみで放映されるよう細工したのも、あの生中継を最初から最後までスマホで撮影して、一人でも多くの目に触れるようネット上にアップしたのも、ぜーんぶ僕さ。トップ・ユーチューバーの僕だからこそできたことなのさ」

多胡は大仰《おおぎょう》に言って胸を反らした。突き出た腹がぶるんと揺れた。

「生中継で蒼が何をするのか、事前に聞かされていたのか？」

「具体的な内容は何も。『公開自殺する』って言われただけ」

「なんで引き止めなかったんですか」

蓮司がつい声を荒らげる。

「撮れ高《とだか》のためならなんだってやるさ。再生回数は命より重いんだ」

「そんなふざけた話――」

「やめろよ蓮司、説教しに来たわけじゃないだろ。それより、さっき『あの日校内ロケに変更させて放送室を無人にした』って言ったな。元は違ったのか？」

「そうさ。十月十一日は『ミス＆ミスター栄林コンテスト』という、文化祭のランウェイを歩くモデルを、全校生徒から投票形式で選んで結果発表するっていう放送が毎年恒例だった。けど、蒼から決行は絶対に十月十一日だと言われて、僕は匿名投書で『ミスコンのようなルッキズムを助長する時代錯誤な企画はやめろ。文化祭のモデルは立候補制にしてダイバーシティ進展をはかり、十一日は普段どおり性別や容姿問わずみんなが楽しめる校内ロケに変更するべきだ』って訴えたんだ。保護者はじめ、想像以上に賛同の声が多く寄せられたみたいで、無事に僕の意見が採用された」

「なるほど、蒼は十月十一日の決行にこだわっていたのか。あの演出については何も聞かされてなかったか？　いちいち奇妙だったろう」

「演出含め、内容についてはいっさい知らされてないよ」

「そうか」

多胡はふっと遠い目になった。

「ただね、彼からは尋常じゃない強い意思を感じたよ。何かを悟ったような、覚悟を決めたようなあの眼差し。高校生というより、ひとりの気高き戦士。そう、言うなればプレファードゼロの決戦に臨むセシリアた――」

「ありがとう勉強になった達者《たつしゃ》でな」

麗一が勢いよく立ち上がり、蓮司もそれにならう。

最初はあんなにうっとうしそうな顔をしていたのに、多胡はさも心残りな顔で二人を見送ってくれた。

帰り道、夜はすっかり更《ふ》けて底冷えするような寒さだった。

蓮司はかじかむ両手をポケットに突っこんだ。麗一は多胡の母親からたくさんの蒸しパンをお土産にもらって、珍しく顔をほころばせている。

「ところであのフィギュア、どこで手に入れたの？」

「秋口に豆腐屋のじいさんが亡くなってさ、ばあさんと一緒に遺品整理したんだ。そのとき、形見分けで譲り受けたんだよ。まさかこんなかたちで役に立つとはな。大切にしてくれる人の元へ渡って、天国のじいさんもセシリア・タンも喜んでいるよ」

「そう。よかったね」

多胡から受け取った情報量のあまりの多さに頭がこんがらがっている。考えれば考えるほど底なしの迷宮に沈んでいくようだな。

暗がりの線路沿いを歩いていると、麗一がうやうやしく言った。

「なあ蓮司、二人で真相を究明すると誓ったよな」

「うん」

「今日蓮司んち泊まっていいか。話したいことがある」

「いいよ」

「ありがとう。ではあの映像を見ながらゆっくり話すとしよう。ちなみに、場合によっては明日あさっても泊めていただきたいのだが」

「いいけど。なんかトラブったの？」

「いや、念のためアリバイが必要なんだ」

「はあ？」

「こっちの話だよ」

「はあ」

五

「言ってよおおおおおおおおおおおおお」

「ごめん」

「もうおおおおおおおおおおお。お母さんピンクのワンピースどこおおおおおおおお」

「ピアノの発表会で着てたやつ～？　クリーニング出しちゃったわよ～」

「もうおおおおおおおおおおおお」

クローゼットを引っかきまわす妹・花梨《かりん》の後ろ姿を見守りながら、蓮司は居心地悪そうに頭を掻《か》いた。

「なあ、もういいだろ。十分近く麗一を待たせてる」

「よくなあああああああぃ」

発狂する花梨の肩に、母が優しく手を置いた。

「あとでゆっくりおめかししましょ。とりあえず麗一君を家に入れてあげないと、風邪ひいちゃうよ」

「ううぅ……」

花梨がようやく収まったので、蓮司は玄関の扉を慌てて開けた。

ポーチライトに照らされて、どこか困惑した様子の麗一が突っ立っていた。

「ごめん。ちょっと準備に手間どった」

「こっちこそ急に押しかけてごめん。お邪魔します——花梨ちゃんは？」

「まだ準備できてなくてさ、舞台袖で控えてる状態だ」

「うん？　さっき立て続けに物凄い雄たけびが聞こえたけど、大丈夫か」

「あれは花梨……ゴホッ、うちに迷い込んだオランウータンだから大丈夫だ」

「蓮司がぼけ始めると調子狂うからやめてくれよ……」

蓮司と麗一はひとまず夕食をとって風呂に入り、一段落したあと蓮司の部屋のテレビをつけた。

ＹｏｕＴｕｂｅにアップされたあの映像を繋げて、大画面で見るためだった。

だがちょうど映った夜の下世話なワイドショーで、あの事件のことを特集していた。

二人はテレビの正面に並んで座り、画面に目を向けた。

右上に『全国震撼・男子高校生のいじめ告発と自殺未遂に波紋』のテロップ。

街頭にて、四、五十代と思《おぼ》しきサラリーマンがマイクを向けられている。


——見ました見ました。ええ、息子に見せられて。いやあー、衝撃的でしたね。子を持つ親としてはもう、胸が痛くて痛くて……。親御さんはたまったもんじゃないでしょう。なんであんなことしちゃったんですかねえ。

男子高生二人組に切り替わる。


——やばいっすね。エグいっす。最初はけっこう、ツイッターとかで普通にモザイクなしの動画とか出回ってて、俺らそれ見ちゃったから。ガチでエグいっすよ、あれは。

——いや、全然理解できないですねー。まともな精神だったら、いじめくらいであんなことしないですもん。いや、俺はないですけど。いじめくらいでそんな……。

麗一が不愉快そうにチャンネルを切り替えた。通販チャンネルらしく、福々としたおばあさんが朗《ほが》らかにサバ缶をPRしている。蓮司の心は少しだけ癒された。

「あの映像に繋げようか」

「うん」

YouTube上ではすでにモザイク付きの動画しか見られなかったが、無修正の動画は至るところに無数出回っていた。規約違反で削除されても、コピーが無限にあらわれるいたちごっこ。映像は毎分毎秒、目にも留まらぬ速さで拡散され続けている。

蓮司は、有名なネット掲示板から拾った動画をテレビ画面にシェアした。

映像は合計五分ほど。二人は繰り返し視聴し、パソコンを立ち上げて、テキストファイルに書き出した。

①　砂嵐
ザーッという音とともに、砂嵐が映る。

②　打音、木壁に『正』の字の羅列
砂嵐から画面が切り替わる。薄暗い画面に、朽ちかけた木壁が映し出される。木板には黒い斑点がびっしり並んでいる。
木壁がクローズアップされる。斑点が、黒いマジックか何かで書かれた『正』の字だとわかる。

このとき、金槌で釘を打つような音が一定間隔（約二秒間隔）で絶えず聞こえる。

③　加害者たちへの警告
暗転。画面が放送室に切り替わる。右手に南京錠がかけられた扉。左手に窓。窓の手前に椅子。

中央に、ひとりの少年（＝蒼）が立っている。

「僕の目的は、加害者を告発することです。僕は過去に非道ないじめを目撃しました。しかし何もできませんでした。だから、今できることをすると決めました。

加害者の一人は、この教室にいます。彼は今も変わらず、ある人物をいじめています。ただちにやめてください。さもなければ、第二の告発を行ないます。あなたたち四人の住所、氏名、過去に行なった非道な行為とその証拠、すべてを白日の下に晒します」

④　『あなた』への警告と指示。
「これは警告です。あなたには、あの場所に来てほしいです。あの場所。あなたが彼女を閉じ込めた場所。十月二十二日、あの場所に来てください。事件のすべての証拠を持って、代理人が待っています。そこで契約を交わして、すべて終わらせましょう」

⑤　壁に額を何度も打ちつける。
三脚か何かに固定されていたカメラを左手で持ち、自分の上半身を左斜め上から映しながら

後方の壁際に移動する。画面はその位置で固定したまま、壁に思いきり額を打ちつける。その動作を一心不乱に繰り返す。顔中が血塗れになる。

⑥　窓から飛び降りる。

カメラを近くにあった机か何かに置く。画面は窓のほうを映している。右手から教員と思しき扉を叩く音、怒号《どごう》。

ふらふらと窓に近寄り椅子の上にあがると、直立姿勢のまま窓から飛び降りた。


二人は速度を変え、視点を変え、繰り返し映像を見た。時刻は二十時をまわった。

膝を抱えたまま、蓮司は深いため息をついた。

「この映像に慣れ始めている自分が嫌」

「もう何十回も見ているから仕方がない。……やっぱり、見れば見るほど違和感を覚えるんだよな。すごくちぐはぐな感じがする。蒼が『彼女を閉じ込めた場所』に来い、と言っている対象は身元不明のAだけだ。呼び寄せて、取引したい相手は彼一人だけ。逆に言うと、別の奴らに来られたら困るわけだ」

「うん。だから、具体的な地名をあげないで『彼女を閉じ込めた場所』という、当事者にしかわからないぼかした言い方をしている」

「そのとおりだ。では、なぜ加害者四名のうち、〝あなたには〟と呼びかけて一人だけに取引を持ち掛けているのか」

「うーん……他の三人はすでに身元が割れてるから、わざわざ動画を通さないで直接伝えたとか？」

「そこが疑問なんだ。加害者四人のうち一人だけ身元不明なんて変じゃないか。蒼がたまたまそいつだけ知らなかったんなら、こんな七面倒なやり方せずに、他の三人から聞き出せばいいだけの話だ。一緒にいじめをするくらいなんだから、少なくとも加害者同士は面識があるはずだろう」

「たしかに……なんで四人のうち一人だけが身元不明なんだろう」

「三つ仮説が立てられる。身元不明の『あなた』を仮にAとすると……。
①闇サイト説。Aを含む四人はネット上で知り合い、適当に女性を物色して暴行する目的で落ち合った。だから互いの素性《すじょう》は知らないし、被害者のことも知らない。――これは大分無理があるな。通り魔的犯行を『いじめ』とは称さないだろうし、他三人の身元を蒼が特定できたとも思えない。
②口止め説。Aは主犯格であり黒幕。他三人は彼を恐れていて、蒼から問いただされても決して正体を明かさなかった。――これもちょっと厳しい気がする。Aに命を握られているとかでもない限り、あんな告発まがいのことをされる前に、ふつうは口を割るだろう。
最後、③。蒼の目撃したといういじめの加害者たち四人と、Aは無関係説。俺はこの可能性がもっとも高いと思ってる」

蓮司はぴんと来ずに首をかしげた。

「……それってどういう意味？」

「蒼はまったく別の二つの事件について言及しているということだ。一つは、加害者四人が行なったいじめ。もう一つは、身元不明のAが関わった何らかの事件。この映像の真の目的は、おそらく後者にある。つまり、俺たちが注力すべきはAの正体を突き止めることだ。そこに蒼が今回の事件を起こしたすべての理由があるはず」

「ってことは、前者の告発はなんのために？　……ついでってこと？」

「いや、そういうわけではない。あらためて、メシアから話を聞かなくちゃな。あとは、裏付けのために栄林の生徒にも話を聞く必要がある」

麗一の推理によって、まったく不明瞭だった映像が徐々にクリアになっていく。蓮司は、さらに気になっていたことをたずねた。

「最初に『正』の字がいっぱい書かれた木板の壁が出てくるでしょ。やっぱりあれが、『彼女を閉じ込めた場所』なのかな」

「おそらく。なぜあんな限定的な切り取り方をしたかというと、さっき蓮司が言ったように、加害者A以外の野次馬に場所を特定されて押しかけられないためだろう。確実にAだけが知っている情報を提示し、Aだけを呼び寄せられるようにしたかった。額を打ちつける動作も、十月十一日という決行日にこだわっていたことも、おそらく、事件当日のことを連想させるための道具立てだろうな」

「被害者は、いったいどこの誰で、どんな被害に遭ったのか」

「わからない。ただ、蒼があそこまでして加害者を特定しようとしているくらいだから、よほどのことがあったのだろう。ひどい暴行を受けたか、あるいは殺されたのかもしれない」

蓮司の胸は恐怖でふるえた。

「でも、もしそんなできごとがあったなら、とっくにニュースになっているはずでしょ。れっきとした犯罪行為じゃないか」

「明るみにならなかったからこそ、蒼はこういう手段を取らざるをえなかったんじゃないか。つまり犯罪的な行為は誰にも知られていないし、裁かれるべきであった加害者Aは今も野放しになっている。蒼はそいつをおびき寄せるために一連の行動をとった」

蓮司はどうも釈然としなかった。

「でも……加害者を特定する手がかりがあるなら、ふつうは警察に相談するだろ」

「自分で仇《かたき》を討とうとしたのかもしれない」

「けど、蒼君は飛び降り自殺しようとしてたんだろ？　死んでしまったら仇なんて討てないじゃないか」

「蒼は単なる囮《おとり》役で、ほかに協力者がいるのかもしれない。『彼女を閉じ込めた場所』にやって来たAに、別の人間が制裁を加えるとか」

蓮司はいよいよ頭が痛くなってきた。さっきから突拍子もないことを次々に言われて、うまく消化することができない。被害者やその関係者が、独力で加害者を突き止めて残酷な私刑を与えるというのは、フィクションでは珍しくない展開だが、現実にそんなことがありうるだろうか。

麗一はせんべいの包みに手を伸ばしながら、淡々と言った。

「被害者は何者なのか。蒼との関係性はなんなのか。なぜ、蒼は被害者のためにあそこまでしたのか。Aはどこのどいつなのか。『彼女を閉じ込めた場所』はどこにあるのか、不可解な一連の言動や演出はいったい何をさすのか。これらをすべて突き止めなければならない」

ふと麗一は卓上カレンダーに目を向けた。

「今日は十七日か。蒼の指定した日は五日後。何が起こるか……」

蓮司は急激に不安が増していくのを感じた。

以前に解決した事件は、ごくシンプルな道筋だった。友達の無罪を証明するために、ある殺人事件の真犯人を突き止めればよかった。だが、今回の事件はあまりにも複雑怪奇だ。一介《いっかい》の高校生が学校生活の片手間に立ち向かえるようなものではない。現に、何百万人もの人々がこの事件に関心を寄せ、真相を突き止めようと躍起になっているのに、誰ひとりとして辿《たど》り着けていないのだ。

少し悔しい思いもしたが、正直に打ち明ける。

「別に弱腰になるわけじゃないけど、これ、俺らの手に負える事件じゃないと思う……。やっぱり警察に任せるべきじゃないかな」

麗一が狐《きつね》につままれたような顔をする。

「逆だろ蓮司。こんな難事件、人任せにするわけにはいかない。俺は自分たちでその謎を突き止めたい」

「でもさ……」

「じゃあ蓮司だけ手を引けよ。俺ひとりでやる。元よりそのつもりで――」

「俺もやる」

蓮司は食い気味に言った。たこ糸研究会会長としての意地かプライドか、麗一がひとりで真相に辿り着くというのだけは、どうしても嫌だった。

「まあそう言うだろうと思ったよ。蓮司はほんとうに負けず嫌いだよな」

麗一はすべてを見透かしたように言って、せんべいをばりばり頬張った。麗一が来る日はいつも、目を見張るほどのスピードでぽたぽた焼きが消費されていく。

「いや、もちろん私情もあるけど、やっぱり依頼人に頼まれたからには、たこ糸研究会としての務めを果たさないといけないだろ。ところで、真相を探るのに危険がついて回るのなら、田崎さんにはあまり協力を仰《あお》がないほうがいいよね」

「彼女も『危険』の一つじゃないか」

「え？」

麗一は空《から》になったせんべいの包みを見つめながら、ぽつりと言った。

「あの人、ほんとうに蒼の彼女か？」

不穏な言葉に背筋が寒くなる。

「急に何言い出すんだよ」

「高校の入学式のとき、遅刻しそうになった彼女を蒼が自転車の後ろに乗せてくれたっていうエピソードがあっただろ、桜並木が綺麗だったって。彼女は電車通学だから、横浜聖英学園の最寄《もよ》りである舞岡《まいおか》駅からは徒歩移動だよな。だが、駅と学園を結ぶ通学路にもその周辺にも桜並木なんて存在しない。つまりあれは彼女の空想だろう」

「でも、ツーショットのプリクラがあったじゃん。『ＡＯＩ♡ＭＩＳＡＫＩ』なんてご丁寧にハートマークまで書いてあった」

「微妙な距離感のあれか。蒼を半強制的に撮影に付き合わせて、後から都合のいい落書きをしたというだけじゃないか？　っていうのは、俺が中学時代によく知らん女子から同じようなことをやられた経験がある」

「ああ、あったなそんなこと……」

「蓮司が地団太《じだんだ》踏んでたやつだ」

「忘れろ。けど、プリクラの件は勘案せずとも、よくうちに遊びに来てるって、蒼君のお母さんも証言してたじゃん」

「蒼を脅したか丸め込んで、家に入り浸《びた》っていただけかもしれない。要するに恋人同士というのは都合上の設定か、彼女がそう思い込んでいるだけか」

蓮司の胸に苦い憂《うれ》いが広がる。いくら怪しいところがあったとしても、依頼人のことを疑うのは気分がよくない。

「なんでそんなに田崎さんのこと疑ってるんだよ」

「右耳にピアスの穴が六つ」

「……ピアス？」

「風が吹いたときに見えたんだ。耳たぶに結構でかいやつと、軟骨にもばらばらと穴が開いてた。六個か、それ以上あったかもしれない」

蓮司はうっすら寒気がした。

麗一にたいして。

「怖いよ。なんでそんなところまで見てるんだよ」

麗一は空のせんべいの包みから名残惜しそうに手を離すと、おもむろに自分の髪を撫でつけるような仕草をして見せた。それは、菜月が円城寺家を訪れたときにしきりにやっていた動作だった。

「蒼の母親の前でだけ、彼女、やたら髪型を気にしていた。そのうち髪型ではなく、耳がきちんと隠れているかどうかを確認しているのだとわかった。だからさっき校舎から出たとき、注意して見るようにしてただけだよ。おまけに家に帰りたくないわ、家の場所も不自然にぼかすわ。俺らの前ではぞんざいな口調で駄々《だだ》こねるし毒も吐く。そのくせ蒼の母親の前では過剰にお嬢様ぶっていたのが、どうにも奇妙でな。何かを隠しているとしか思えない」

相変わらずの観察眼に悔しい思いを抱きつつ、蓮司は反論した。

「麗一が指摘したとおり、違和感があるのは認めるよ。でも、よく思われたい相手の前で過剰に猫かぶるっていうのは、そんなに珍しいことじゃないけどな。俺の身内にその最たる者がいるよ」

――コンコン。

やけにしおらしいノックの音。嫌な予感がする。

扉が音もなく開かれて、浴衣《ゆかた》姿の花梨が顔をのぞかせた。白地に淡い金魚が泳いでいる。

「噂《うわさ》をすれば。……ひとり夏に取り残されたのか」

花梨は兄になど一瞥《いちべつ》もくれず、普段からはおおよそ想像もつかない上品さでおじぎした。

「麗一さんお久しぶり。お会いできて嬉しいですの」

「三日ぶり花梨ちゃん。浴衣よく似合ってるね。寒くないの？」

「ほほほほほほ」

花梨は口元に添えた手をぶるぶる震わせながら、すーっと扉の奥へと消えていった。

滞在時間、わずか十三秒。さながら鳩時計の鳩。

蓮司は肩をすくめた。

「な、言っただろ。よく思われたい相手の前じゃ、過剰なくらい猫かぶる人もいるって」

――ぶわえっくしょぃッ！

階下から豪快なくしゃみが響く。

「たいてい失敗するんだけどな」

ものの数秒後、座卓のスマホがぴこんと鳴った。ＬＩＮＥのメッセージが一件。


〈玄関先で待つ〉

蓮司はせんべいの空袋でドラゴンを折っている麗一に声をかけた。

「麗一、俺ちょっと出かけるわ」

「え、今から？」

「ああ。果たし状が送られてきた」

階段を降りて玄関に向かうと、パステルブルーのニットパーカに身をくるんだ花梨がふくれっ面で待っていた。

「兄ちゃん遅い」

「急に何」

ごぎょろろろろろろろろろろろろろ。

返事の代わりに腹が鳴る。

「下痢かあ」

「シッ！　大きな声で言わないでよ。浴衣着てたからお腹冷やしちゃったみたい」

「たった数秒じゃん」

「あの数秒のためにずっと準備してたんだもん。ピンクのツイードワンピースはクリーニング中だし、紺のフリルワンピースは防虫剤のにおいがするし、浴衣しかなかったの。で、公園のトイレ行くからついてきて」

「いや家でしなよ」

花梨の声はまたいちだんと小さくなる。

「麗一さんと同じ屋根の下にいながら長時間トイレにこもるなんて乙女にはできない。ほら、行くよ」

「はいはい」

蓮司はぶつくさ言いつつパーカを羽織ると、花梨に母のストールを巻いてやり、ふたり並んで月明かりの下、公園へと向かった。

その帰り道、たわいない雑談の中で、ふと花梨が問うた。

「兄ちゃん、麗一さんと一緒に栄林高校の事件のこと調べてんの？」

蓮司はぎくりとしたが、隠しごとする間柄でもないので素直に頷く。

「そうだよ。花梨もあの事件のこと知ってるのか」

「だってみーんな噂してるもん。嫌でも耳に入ってきちゃう」

中学生があれほど凄惨《せいさん》な映像を簡単に見ることができてしまう。ネット社会の明らかな異常性と、好奇心という名の無邪気な残虐性《ざんぎやく》に、今さらながら愕然《がくぜん》とさせられる。

「もしかして、花梨もあの映像を見たのか？」

「私は見てないよ。なんか、悪趣味じゃん」

蓮司は心から安堵した。

商店街のからあげボールや子ども用のマニキュアに、きらきらと輝く妹の目。その純粋な瞳にあのおぞましい映像が映るのは、どうしても阻止したかった。

「やっぱ相当やばいの？」

「うん。もし花梨が見ちゃったら、母さんも父さんもすごく悲しむよ」

「ん、わかった。うちは絶対見ないようにする」

「間違えて見ちゃった人たちは、ある意味被害者かもしれない」

「ふうん。でも隣町の中学に行った子がさ、あれのおかげでいじめがぱたりとなくなったって」

予想外の発言に、蓮司は驚いた。

「それは、どういう繫がりで？」

「ネットとかで、あれはいじめられっ子がいじめっ子を呪《のろ》うためにつくられた、呪いの動画って言われてるみたい」

古びた木壁を埋め尽くす、のたくる蛆《うじ》のように歪《ゆが》んだ正の字を思い出す。

「まあ、たしかに呪いとか祟《たた》りとか、そういう印象を強く残す場面は多々あったな」

「いろんな都市伝説が流れてるの。あの映像を見たいじめっ子は、ただちにいじめをやめて、十日間、誓約を書いた紙を枕の下に置いて寝ないと呪われるっていうのが、一番有名かな」

「はじめて聞いた」

たしかに都市伝説が流布されても不思議ではないほど、あの映像は強烈で残酷だった。

「高校生はさすがに信じないのかな。まあ、うちも信じてないけどさ。ＴｉｋＴｏｋとかインスタとかでそういうエピソード、めっちゃバズってるんだよね。たくさんの子が、その都市伝説に救われたみたい。だからあの動画の人、一部では正義のヒーローって言われてるの」

「正義のヒーロー……」

「兄ちゃんなら、わかるでしょ」

花梨が意味ありげな視線を送る。

蓮司は忘れていた頃の痛みを思い出して、少しのあいだ息が苦しくなった。

第三章　迷宮

一

　十月十九日、水曜日の十四時、約束の時間きっかりに円城寺貴子は、夫の稔と横浜聖英学園に赴《おもむ》いた。朝からしとしとと雨が降っていた。多彩なステンドグラスをはめ込んだ薔薇《ばら》窓が印象的な本校舎は、寒々しくもどこか幻想的な雰囲気をたたえている。

　尖頭アーチの昇降口前で、所在なさげに佇《たたず》んでいた担任教諭の福留《ふくどめ》が、貴子と目が合うなり困ったような笑《え》みを浮かべた。二十代半《なか》ばの若い女性教師は、陸上部の顧問らしく引き締まった体型でよく日に灼《や》けている。貴子とは何度も面識があるが、稔は今回会うのがはじめてだ。

　二人は学園長室に通され、学園長の鏑木《かぶらぎ》と福留と向かい合うかたちで柔らかい黒革のソファに腰を下ろした。肥《こ》えた学園長は、広い額《ひたい》から流れ出る汗をハンカチでこまめに拭《ぬぐ》いながら、居心地悪そうに両手を揉み合わせ、あらためてお見舞いの言葉を口にした。

「このたびは、ほんとうに、かように悲痛な事態が起きてしまい大変胸を痛めております。心よりお見舞い申し上げます」

「いえ、こちらこそ息子のことでいろいろとご迷惑おかけして大変申し訳ございません。色々とご尽力いただきありがとうございます」

やつれた顔の稔が、深く頭を下げる。貴子もそれにならった。

福留は咳《せき》ばらいを一つしたあと、テーブルに置いたクリアファイルから薄い書類を取り出した。

「先日お母様と面会させていただいた際に、学校でいじめがなかったかどうかを調査してほしいとご依頼がありました。そのため、クラスと美術部の部員に緊急でアンケートを実施しました。――その結果、現時点ではいじめはなかったと判断しております」

差し出されたA４用紙に記載された文面は、いたって簡潔なものだった。

一、目的
今月十一日に発生した本学二年四組の円城寺蒼さんにかかわる事案について、その原因となるいじめやそれに準ずる行為が学内で起きていなかったかを調査する。
二、実施日
二〇二二年十月十四日（金）
三、対象者
一年四組の全生徒　および　美術部部員の全生徒　計五十五名
四、回収状況
一〇〇％
五、結果

アンケート結果より、いじめおよびそれに類する行為は行なわれていなかった。

しばらくの沈黙のあと、稔が重々しく口を開いた。

「ご調査いただいたことは、深く感謝いたします。ただ、この紙一枚ではどういった調査を行ない、どういった根拠でこの結果に辿りついたのかが、判然としないのですが」

「仰《おつしや》るとおりだと思います。すみませんが、まとめる時間がなかったので、取り急ぎ名前を伏せたアンケート用紙のコピーをお見せいたします」

福留はそう言って、足元に置いた紙袋からクリップで四つに分けられた書類の束を取り出した。

「対象者五十五名、全員分のアンケート用紙です」

躊躇《ためら》うことなく原本のコピーを渡されたのが、貴子には意外だった。稔も驚いたような表情を見せる。いじめ自殺に対する学校対応のずさんさというのを、ニュースで繰り返し見てきたせいで、学校というのはおしなべて隠蔽《いんぺい》体質であるという偏見が、染みついていたのかもしれない。

二人はどちらからともなく書類の束《たば》を手に取り、一枚ずつ目を通し始めた。

アンケートの質問項目は明瞭かつ簡素だった。

『本件について、なにか知っていることはあるか』『学校で誰かがいじめられていたり、トラブルに巻き込まれたりしているのを、見聞きしたことがあるか』『学校で誰かが悩んだり追い詰められている様子はなかったか』——全項目、イエスの場合は具体的に記述するよう指示されている。

見落としがないよう一項目ずつ入念に目を通したが、そのどれもいじめやトラブルを示唆するものはなかった。また、設問最後の自由記述欄の多くに、蒼がいかに優しく正義感のあるすばらしい人間だったかが、子細《しさい》に記載されていた。

二人が資料を読み終えるまで一時間を要したが、その間誰も口を開くことはなかった。雨音すら途絶えた狭い室内に、ただ紙が擦《す》れ合う音だけが響く。

長い静寂のあと、稔が口を開いた。

「たしかにこちらの調査結果からは、あの行動の原因となるようないじめやトラブルがあったとは考えられません。ですが、あくまでクラスと部活動の生徒に限定した調査なので、これだけで判断するのは時期尚早かと思うのですが」

「はい。もちろん、今後学校全体にアンケートを実施する予定を立てております。それでも、結果は同じだと思います。うちの学校にいじめをするような生徒はいませんし、アンケートでも複数の生徒が回答しているとおり、蒼君はみんなから慕《した》われている存在でしたから」

福留は毅然《きぜん》とした態度だった。いじめやトラブルなどありえないし、今回の件は学校になんの落ち度もない、ということを確信している様子だった。

若さや経験不足による根拠のない自信に思われて、貴子はつい疑問を呈《てい》した。

「でも、断言はできないと思います。私たちや先生の知らないところで、実はいじめやトラブルがあったかもしれませんよね」

だが福留はすぐ否定した。

「いえ、絶対ありませんよ。日々生徒たちと接していますから、よくわかります。うちの学校にいじめをするような性根の曲がった子なんて、絶対にいません」

傍《かたわ》らで気まずそうに視線を落とす学園長と違って、福留の眼差《まなざ》しは揺るぎない。まっすぐに貴子を捉えて離さない。保身のためではなく、心から生徒たちを信じて疑わない様子だった。だからいっけん傲慢ともとれるその発言にたいして、貴子は反論ができなかった。

「そうですか……。あの、先生の目から見て、蒼はどんな子でした？」

「心優しい素敵な子です。まだ進級したての頃、遠足の班決めで余ってしまった子がいたとき、真っ先に声をかけてあげていたのが蒼君でした。寡黙《かもく》で普段は目立たないタイプですが、体育祭は文化部ながらクラス対抗リレーの選抜メンバーにも選ばれ、みんなから一目置かれているような存在でもありました。お母様もご存知でしょうが、先月の油彩コンクールで準入選を果たしたばかりで、本人もすごく嬉しそうに報告してくれたのを覚えています。思い悩んでる様子なんて、とても……だから……本当にわからないんです。どうして蒼君があんな行動をとったのか……いったい何に追い詰められていたのか……ほんとうに、まったくわからないんですよ……」

あれほどしっかりしていた福留の声は、徐々に明瞭さを失くしていき、最後はか細く震えていた。

貴子も目頭が熱くなって、とっさに視線を落とした。


学校を出てすぐ、二人は蒼の入院する横浜総合病院へと向かった。

消毒液を凍らせたような冷たいにおいがする診察室は、いつ来ても慣れない。

ひととおり医師からの説明が終わると、稔がたずねた。

「なぜ確定診断がつかないんでしょうか。もう一週間以上、あんな状態のままで、治療方針も定まっていないなんて……」

徒労に侵《おか》された声。眼窩《がんか》の落ちくぼんだ横顔も痛々しい。

医師は電子カルテから顔をあげて、淡々と答える。

「無為にしているわけではありません。蒼君の言動が統合失調症によるものか、別の精神疾患によるものか、まだ判断をつけられないんですよ。繰り返しになりますが、前提として、統合失調症と診断するためには典型的症状が一か月続く、何らかの症状が六か月以上持続する、といった基準があります。蒼君は現時点でどちらにもあてはまりません」

「確定診断が出て治療方針が定まるまでに、少なくとも一か月近く要するということですか」

「ええ。もちろん今の段階でできる限りのことはやっていますか」

「蒼は……蒼は元に戻るんでしょうか……」

稔の隣で俯いていた貴子が、絞り出すような声で問う。自分自身もまた、頬骨《ほおぼね》に薄皮が張りついたようにやつれているのを知っている。

「われわれは引き続き、警察とも連携をとりながら蒼君の回復に全力を尽くします」

医師は明言を避け、もう何度目かもわからぬ台詞《せりふ》を口にした。


スーパーで適当な総菜を見繕《みつくろ》い、稔が運転する車で自宅へ戻った。

あの日から時が止まったようで、蒼の靴は脱いだときのまま、玄関先にいびつに並んでいる。冷凍庫のタッパーには、蒼が作ってくれたカレーが残ったままだった。

綺麗好きで二日に一回は雑巾《ぞうきん》がけしていた貴子だったが、今では床の至るところに綿埃《わたぼこり》が落ちている。

ソファにはくつろぐスペースもないほど、分厚い書籍が山積みになっている。『精神疾患に関する研究』『統合失調症の確定診断』『マインドコントロールから解き放たれて』など、稔が書店で購入したものや、貴子が近所の図書館で借りてきたものだった。

「コーヒー飲む？」

稔が湯気を立てるマグカップを差し出した。

「ありがとう」

稔は貴子の向かいに座り、鞄《かばん》から取り出したアンケート用紙の束をダイニングテーブルに置いた。貴子はコーヒーに息をかけて冷ましながら、稔の手元にあるそれを見つめた。

「学校のこと、まだ疑ってるの？」

「いや。ここに書かれていることも、福留先生の言葉もすべて真実だと思う。だからこそ、余計にわからない。蒼がなぜあんな行動をとったのか……」

稔は額に手を押し当て、深いため息をついた。

警察にはきのう問い合わせたが、未だ目立った進展はない。

栄林高校と蒼との繋がりも捜査中というが、今のところ判明はしていない。

衝撃的な事件とはいえ、現時点では実際に加害者も被害者もおらず、死者も出ていない。学校や教育委員会が『いじめやトラブルはなかった』と正式に結論づければ、『精神疾患《きぐ》によるものだった』と判断されて、警察も捜査をやめてしまうのではないかと、貴子は危惧していた。

ネット上にあの残酷な映像だけが残り、蒼も元に戻らないまま、真相は闇の中に消える。そんな想像が何度も頭を駆けめぐり、二度と這《は》いあがれない絶望の底に落ちていく気持ちになる。

「加害者とは、いったい誰のことなんだろうな」

稔が手元の書類に視線を落としたまま、もう百回以上は繰り返した言葉を呟く。

「代理人がどうとか、取引がどうとか……。ああ……、蒼のことを信じてあげたいけど、あれはちょっと厳しいよな。さすがに、正気を保ったうえでの発言とは思えない。やっぱり、心が壊れちゃってるんだろうな……でも、なんで……そんな兆候はぜんぜん……ああ、僕たちが気づいてあげられなかっただけか……だから……」

ほとんど独り言のように、不明瞭な声でぶつぶつと唱えている。

「もしかしたら、ほんとうにいじめの加害者を成敗するために、ああいう行動をとったのかもしれないじゃない」

「いじめっ子をこらしめるために、蒼は飛び降り自殺をはかったのか？　脈絡《みゃくらく》がまるでない。そもそも蒼自身は、被害者でもなんでもなく、ただの目撃者だったというのに。さすがに無茶苦茶すぎるだろ……」

「でも、蒼はすごく正義感の強い子だから……」

貴子が苦しまぎれに絞り出す言葉を、稔の壊れかけた笑みが打ち砕く。

「荒唐無稽《こうとうむけい》な説にすがりつきたくなるほど行き詰まった状況だなんてな。何千万人もの目撃者がいるにもかかわらず」

たしかにあの日から何もわかっていない。正確に言えば、何もわからないことだけがわかった。蒼は未だに元に戻らない、学校ではトラブルやいじめの類《たぐい》は確認できない。蒼やその周囲の人間が過去に何かの事故や事件に関わったという事実も確認できない。映像が示すことの、何ひとつとして理解ができない……。

手がかりを摑《つか》もうと、ついに蒼のパソコンとスマホにまで手を出したものの、想定できるパスワードを何百回と試してみたが、いっこうに解除することはできない。

悪意ある何者かによってマインドコントロールを受けていたのではないかと考えて、専門書を何冊も読み込み、蒼の部屋を隈《くま》なく調べたが、そうした形跡はひとつも見つけられなかった。

最大限手は尽くしているつもりだ。でも、何も実を結ばない。

虚《むな》しい沈黙が流れるうちに、コーヒーが冷めていく。

ふいに、稔がこぼした。

「もしかして、わざとなのかな」

「わざと、って……？」

「僕たちがあまりにも無関心だから、気を引くためにああやって演技したんじゃないのか」

あまりの暴論に、貴子はついカッとなって反論した。

「そんなわけないでしょう。顔中血だらけになるくらい、額を壁に打ちつけたのよ。演技でそんなことができるわけないでしょ」

「だから、そんな意味不明な行動に走らないといけないくらい、追い詰められてたんじゃないのか。誰にも言えずに一人で悩んでたんじゃないのか。ただでさえ勉強や部活でいっぱいいっぱいなのに、家事までやらなくちゃいけなくて――」

「できる範囲で手伝ってもらってただけでしょう。それに私からやってほしいとは一言も言ってない」

「そうやって君は軽々しく言うけど、蒼にとっては物凄い負担だったんじゃないのか」

「軽々しくなんて言ってない。常に申し訳ない気持ちはあったわよ。でも、じゃあどうすればよかったの？　横浜聖英に通いたいっていう蒼の希望を叶えるためには、正社員としてフルタイムで働く以外の選択肢はなかった。パート勤務のままだったら、年間百四十万の学費なんてとても払えないことくらい、あなたが一番よくわかってるでしょう」

「蒼があぁなったのは、僕の稼ぎが悪いせいだって言いたいのか！」

「そんなこと一言も言ってないじゃない！」

険悪な雰囲気のなか、玄関チャイムが冷たく鳴った。モニターには田崎菜月が映っていた。

「……私が出ますから」

扉を開けると、ちょこんと佇む菜月の姿。少し困惑したような表情を浮かべている。

貴子が少々面食らったことに、その隣にはまたも見知らぬ男子生徒の姿があった。

菜月は開口早々謝罪した。菜月にはめずらしく、どことなく棘《とげ》のある口調。

「あ、すみません、どうしてもお見舞いがしたいってせがまれて、連れてきてしまいました。蒼君のお友達の、田山昇君です」

蒼の友人として、以前に彼女が唯一名前を挙げた生徒だった。

紹介された彼は、決まり悪そうに両手を揉み合わせながら、頰全体を赤く上気させ、むやみに何度も頭を下げる。大人《おとな》と対峙《たいじ》することに慣れていないのか、ひどく緊張している様子だった。小柄で痩《や》せた弱々しい印象である。眼鏡の奥のつぶらな瞳は、目の前の貴子ではなく、足元をあてどなく見つめている。

貴子は緊張を解くように、なるたけ優しい声色《こわいろ》で挨拶《あいさつ》した。

「こんにちは、蒼の母です。田山君、蒼のことが心配で来てくれたの？」

「はっ、はい。円城寺君とは一年のとき同じクラスでしたし、美術部も一緒でしたし、お昼休みはたまに一緒にご飯食べてましたし、今日はよろしくお願いします」

ちぐはぐな言葉。緊張のせいか高くか細い声はところどころ裏返っている。微笑《ほほえ》ましいというより、見ていてなんとなく不安になる。

優しく頼りがいのある性格からか、菜月ちゃんといい、この子といい、蒼はどうも引っ込み思案《じあん》で大人しい子に好かれるタイプらしい。

「蒼が眠っていたら、少しだけ会うことはできるかも。せっかくだし、病院に行きましょうか」

稔との口げんかに参っていた貴子は、これ幸いとばかりに提案して、二人を車に乗せてふたたび病院へ向かった。


幸い蒼は眠っているようで、面会許可が出た。最近は日中もよく眠っていることが多い。面会時間はわずか五分だが、急がず受付を済ませ、病室に入る。

昇は蒼の姿を見るなり、魂《たましい》の抜け落ちるような深い息を吐いた。悲しんでいるというよりは、目の前の光景が信じられずに呆然としている様子だった。

菜月は以前と様子が違った。同級生の前で手を握ることは憚《はばか》られたようで、ただもどかしそうに下唇《したくちびる》を噛《か》みながら、毛布越しに蒼の腕をさすっていた。

病室を出ると、過度のショックが緊張を麻痺《まひ》させたのか、昇は変に得意げな顔で滔々《とうとう》と喋り出した。

「円城寺君は僕にとって、友達っていうか神なんです。クラスでも部活でもぼっちの僕をいつも気にかけてくれてましたし、優しくしてくれましたし。何より、うちの認知症のおじいちゃんが行方不明になったとき、見つけて通報してくれたのも彼でした」

「そんなことがあったのね」

胸がじんわりと温かくなる。蒼はこれまでにも、貴子の耳に入るだけでもかなりの人助けをしていた。迷子の子供や行方不明の高齢者を保護したり、荷物を運ぶのを手伝ってあげたり、横断歩道を一緒にわたってあげたり。そういうことが自然にできる子なのだ。

昇もどことなく誇らしげに頷いた。

「そうなんです。おじいちゃん、電車に乗って岸根《きしね》公園まで行っちゃっててぇ。あの日はむっちゃ気温も低くて、円城寺君が見つけてくれなかったらって思うと、ぞっとしちゃいます」

岸根公園。

栄林高校の、すぐ近くにある公園だった。

幼少期に何度か連れて行ったことはあるものの、通学圏からは大きく外れ、蒼からその話題が出たこともない。

貴子の胸は不穏にざわめいた。

「それって……いつの話かな？」

「ええっとぉ。去年の秋頃ですね」

考えすぎだろうか。蒼がその日そこにいたことが、今回の事件と関係している、というのは――。

「蒼、その前後で何か変わった様子はなかった？」

「うーん、とくには。あっ、でも、自分がそこにいたことは、絶対誰にも言わないでって言われました。……って、いま言っちゃったよ。おぉい、何やってんだ僕、このっ」

不穏の影が急速に広がっていく。やはり、そこで何かがあったのではないか。

言葉を失う貴子を置いてけぼりにして、昇はどんどんヒートアップしていく。

「僕は本当に彼の存在に救われてきましたし、実を言うとずっと憧れてました。同い年とは思えないくらい落ち着いてて、女子からモテるのに、絶対にそれを鼻にかけたりしない。誰とも自然体で付き合えるのに、決して群れることもない。円城寺君はそういう人でした。だから、こんなことが起きるなんて思ってもみなかったですし、今も信じられません。どうして僕みたいなのが図々《ずうずう》しく毎日生きてるのに、円城寺君みたいな神があんなことになっちゃったのか、意味わかんないです、もう」

最後のほうは涙声で、唾《つば》を飛ばしながら行き場のない感情を吐露《とろ》していた。

真に迫って語られた過剰とも言える褒《ほ》め言葉の数々に、貴子は気恥ずかしさや喜びよりも戸惑いを覚えた。卯月麗一と対峙した時とはまた別の、薄膜を張ったような不快感が胸を覆う。

「ありがとう。でも、それはちょっと褒めすぎじゃないかな」

「いいえ。クラスの誰に聞いても同じような答えだと思いますよ。円城寺君はまじで神だったんです」

「そう……」

過去形が虚《むな》しい。曖昧《あいまい》に頷《うなず》きながら、担任教師も同じようなことを言っていたことを、貴子は静かに思い出していた。たしかに年の割に落ち着いてはいるが、貴子から見ればまだまだ子供だ。彼が述べたような完全無欠の聖人君子《せいじんくんし》のように振る舞っていたのなら、学校では相当自分を押し殺していたのではないか。

一抹《いちまつ》の憂《うれ》いは水に垂らした墨汁《ぼくじゅう》のように、一瞬にして胸いっぱいに広がっていく。

加えて、およそ一年半前からの栄林高校との繋がりを示すようなエピソード。

貴子はもう少し踏み込んだ話を聞きたいと思った。

今日はちょうど、菜月と一緒に食事に行く約束をしていた。

「ところで田山君、このあと時間ある？　菜月ちゃんと近くで夕飯食べる予定なんだけど、よかったら一緒にどうかな」

「あ……えっとぉ……」

昇は困った笑みを浮かべ、視線をちらりと横に滑らせて、なぜか菜月の顔色を窺《うかが》った。

その時の菜月の顔を見て、貴子は凍りついた。

菜月は敵意むき出しの眼で、ぎろりと昇を睨《にら》みつけていたのだ。

それは瞬《まばた》きをしていたら見逃してしまうような、ほんの一瞬のことだった。だが昇はすっかり萎縮して、物凄い勢いで誘いを断ると、車で送っていくという貴子を振り切って足早に去っていった。

貴子は呆然と後ろ姿を見送った。

「田山君、お勉強が忙しいみたいですね」

菜月が素知らぬ顔でぽつりと呟いた。


国道沿いのファミレスは、辺鄙《へんぴ》な場所ながらそれなりに繁盛している。広い店内の窓際席で、二人は向かい合って座っていた。

貴子は相変わらず食欲がなく、ミニサイズのうどんを頼んだ。いっぽう菜月は、ライス大盛りのハンバーグ定食を選んだ。それでもまだ物足らなさそうな顔をしていたので、貴子が『遠慮しないでね』と笑顔を向けると、からあげとポテトフライを追加でオーダーした。

本当に食べきれるのだろうかと貴子は心配になったが、料理が届いて五分も経たぬうちに無用な心配だったと知る。

菜月はかなり食べるスピードが速かった。そして食べ方があまりよろしくなかった。精一杯気を遣っているのだろうが、ハンバーグを切り分けるたびガチャガチャ忙しく音が響く。不揃いに切り分けられた大きなひと切れにフォークを立てると、小さな口に無理くり放り込む。両頬がぱつぱつに膨《ふく》れあがり、唇の端からソースが垂れ落ちる。それをとっさに手の甲で拭う。

貴子はかなり呆気《あっけ》にとられた。少なからず幻滅した。

先ほどの昇に対する態度と言い、わんぱく男児のような食べっぷりと言い、勝手に抱いていた可愛らしいお嬢様というイメージが、むざむざと切り裂かれていくようだった。

ほとんど食べ終えて腹の空きが収まったのか、貴子の視線に気づいたのか、菜月はふいに口元を手で覆って頭を下げた。

「あっ、すみません、美味しくてつい……恥ずかしいです」

そうして頰を赤らめた菜月は、貴子の理想にかなったいつもの姿だった。

蒼が特別所作が綺麗なだけで、今どきの子はこれが普通なのかもしれない。あのひと睨みも、せっかくの恋人同士の時間を邪魔されたことで、つい気持ちに余裕がなくなってしまっただけかもしれない。やや強引な解釈で、貴子はどうにか自分を納得させようとした。細かいことに目くじらを立てるより、情報収集が先決だった。

「いいのよ。いっぱい食べてくれたほうがおばちゃん嬉しいもの。ところで、田山君ってどんな子なの？」

「あ、すみません、よくわかりません。クラスが違うし、なんの噂《うわさ》も聞かないようなほとんど目立たない子なので……」

「とくに親しくはないのね」

「はい、たまに蒼君と喋っているのを見かけたくらいです」

「でも今日は、病院まで連れてきてあげたんだね」

菜月の言葉に棘が混じる。

「どこから嗅《か》ぎつけたのかわからないんですけど、私が蒼君と面会したことを知って、しつこく付きまとってきたんです。『僕もお見舞いに行きたい』『直接蒼君のお母さんに頼んだら』『そんな勇気はない。連れて行って』の堂々巡り——。とうとう私が折れて、急遽彼がついてくることになったんです。ご迷惑おかけしてすみませんでした」

「ぜんぜん迷惑じゃないよ。だって、蒼のお友達でしょう。あの子もうれしかったと思うよ。今日は残念だったけど、次はご飯に誘おうかな」

何気《なにげ》ない言葉に、菜月の瞳にサッと翳《かげ》がさす。鉄板に残っていたジャガイモをフォークで垂直に突き刺して口に放り込み、テーブルに身を乗り出した。貴子はまたひやりとした。

「あの、正直に言いますと、蒼君は彼のこと友人だと思ってなかったんですよ。実際には田山君の一方通行な想いを、優しい蒼君が寛大な心で受け止めてあげていただけという感じです」

「でも、お昼休みとか一緒に過ごしてたんでしょう」

「田山君がしつこくつきまとったからです。……今日私がされたみたいに。みんな、蒼君は一人が好きってわかってるしその意思を尊重しているから、必要以上に干渉しないんです。でも、田山君は空気が読めないから、おかまいなしに蒼君のプライベートな領域にぐいぐい足を踏み入れる。優しいから拒《こば》まず受け入れてあげただけで、蒼君も内心は嫌気《いやけ》がさしていたと思いますよ」

「うーん。それは蒼本人にしかわからないよね。進んで話しかけてくれるお友達がいて、蒼は嬉しかったんじゃないかな」

「ないと思います。だって蒼君、田山君をお家に招いたことないじゃないですか」

「ああ、それはそうね」

「田山君はしきりに行きたがったけど、蒼君が頑《かたく》なに拒んだんですよ。本当に友情を感じていたなら、家に招いたと思いませんか。蒼君のことを思うなら、これ以上田山君とは関わらないほうがいいと思います」

「……そうかもしれないね」

貴子が折れると、菜月はようやくホッと息を吐いた。思い出したように鉄板上に点在しているコーンを、過剰なくらい慎重にフォークですくって口に放ると、貴子のうどんをじっと見つめる。

「うどん、追加で注文する？」

「さすがにそれは悪いので……」

「子供は遠慮する必要なんてないのよ。食べたいもの食べてちょうだい」

「あっ、じゃあ……」

菜月は真剣な眼差しでメニュー表を何往復もして、結局貴子と同じミニサイズのうどんを注文した。

「菜月ちゃん、お見舞いに来てくれるのは嬉しいけど、他のことは大丈夫？　部活とか、習いごととか」

「はい。帰宅部ですし、環境委員は二週間に一度しか集まらないのでぜんぜん大丈夫です」

「けど、負担になったりしない？」

「いえ、いつも暇ですから」

うどんが来る。菜月が箸《はし》を摑む。貴子の嫌な予感は的中した。

ひどい箸の持ち方だった。

でたらめなグーで箸の先っぽを鷲《わし》摑みにして大量のうどんを一気にすする。そのたび箸からぼとぼと麺がこぼれ落ち、汁が方々に飛び散る。

『みっともないからそんな食べ方はやめなさい』

もしこれが蒼なら直《ただ》ちにそう注意しただろう。だがよそ様の子供となると、口出しなんてとてもできなかった。

目の前の光景を啞然と見つめながら、貴子はある疑惑を抱いた。

もしかして、菜月も昇と同じなのではないか。

菜月自身にその自覚がないだけで、本当は蒼の優しさにつけこんで無理やり彼女の座に収まっただけではないのか。

もしそうだとしたら、蒼は誰とも心を打ち解けることなく、暗い深い孤独の中に沈んでいたのではないか。

その考えは凄《すさ》まじい勢いで貴子の胸を侵食した。

菜月はうどんを完食すると、デザートにチョコバナナサンデーを頼み、それもぺろりとたいらげた。ライスの平皿には、すり潰れた米粒がいくつもべったりと残されていて、菜月はそれを箸でこそげ取ると、先端にこびりついた残滓《ざんし》を舌先で舐《な》めとった。まるでそうするのが当然とでも言うように。

あまりの意地汚さに、貴子は思わず目を背けた。

食事が終わるころには、菜月のことがまったくわからなくなっていた。

菜月と別れたあと、帰宅する気分にもなれず喫茶店で時間を潰していると、病院から電話がかかってきた。担当の看護師からだった。彼女はどこか困惑したような口調で言った。

『あの、お伝えすべきか迷ったんですけど……ちょっと不審な男性が受付に来られました』

「不審な男性……？」

『蒼君との面会希望と仰られたので、家族以外は面会不可だと伝えたら、自分は蒼君の親戚だって。ご両親に確認してきますって言ったら、逃げるように去っていってしまいました。すみません、それだけなんですけど。見た目がちょっと見るからに怪しい感じで……黒いキャップを目深《まぶか》にかぶって、マスクですっぽり覆っていたから、顔はぜんぜん見えませんでした。ただ人目を惹くようなすらりとした体型で、ちょっと浮世《うきよ》離れした感じの雰囲気があったように思います』

さあっと血の気が引いた。

卯月麗一。

間違いない、あの子だ。

あの子が、病室に侵入しようとしたのだ。

背筋に冷たいものが走る。

いったい、何が目的なのか。

二

十月二十日、木曜日――。

曇天《どんてん》の放課後、蓮司は麗一とともに神奈川県立栄林高校の校門前にいた。横須賀《よこすか》線と市営地下鉄ブルーラインを乗り継いでおよそ四十分弱、岸根公園駅で下車。両側に緑木を従えた片倉第１７９号線のゆるやかな坂道をのぼり狭路を抜けると、密集する民家に囲まれるようにして栄林高校はあった。

学校が終わってから速攻で来たおかげで、まだ生徒らの活気にあふれている。

麗一がひとつ息を吐いてたずねる。

「俺は行く。蓮司はどうする」

「……もちろん行くよ」

「よし」

特徴のない古びた校門を抜け、運動部のかけ声がこだますするグラウンド横を通り、四階建ての巨大な校舎の前に辿《たど》り着いた。どことなく寒々しい印象を与える無機質な長方形の建物が、厚い雲を背にふたりを見下ろしている。経年劣化から、クリーム色の外壁は所々《ところどころ》黒ずみ、うっすらと亀裂が入っている。よく見ると落書きを消したような跡がいくつも残っていた。

麗一は躊躇《ちゅうちょ》なく昇降口の敷居をまたいだ。尻込みする蓮司の肩を、麗一がばしんと叩く。

「大丈夫、バレるわけない。栄林高校は一学年十クラス、全生徒数は約千二百名。上は無地の白いシャツ、下は同じグレーのスラックスだ。制服鑑定士でもない限り、誰が他校の生徒だと気づけよう」

そう言われると、そうなのだが。

蓮司は罪悪感めいたものを覚えつつ敷居をまたぐと、半歩下がって廊下を歩いていく。すれ違う生徒がみんな麗一を穴が空《あ》くほど見つめる。二度見する。何かをささやく。

麗一が、階段をあがったところですれ違った男性教師に、放送室の場所をたずねた。来月の校内放送に出演予定で、放送委員から呼ばれているのだと言うと、マンモス校ゆえか教師は疑う様子もなく、丁寧にその場所を教えてくれた。

そのわずかな立ち話の間にも、すれ違った女子生徒が麗一のことを三度見して後ろ髪を引かれたような表情で去っていった。

蓮司はなんとなく嫌な予感を覚えたが、ひとまずふたりは無事に二年二組の教室まで辿り着いた。教室後方のロッカーはいくつも中身が雪崩《なだれ》を起こし、その上にも体操袋やシューズがでたらめに置かれて雑然としている。床には炭酸飲料の空き缶が転がっていた。蓮司は習性からほぼ無意識にそれを拾《ひろ》いあげてゴミ箱に捨てた。冬汪高校では考えられない散らかりっぷりだった。

教室はしんとしていたが、幸いなことに四人組の大人しそうな女子グループがひとかたまり、片隅に残っていた。麗一がためらうことなく彼女たちの元に歩いていく。

「すみません、ちょっとお話伺《うかが》いたいのですが」

全員が肩をびくっとさせていっせいに顔をあげる。うち一人が、スマホの画面を勢いよく隠して言った。

「どっ、どちらさま」

「一年一組の佐藤です。こっちは七組の伊藤」

さらりと言われて、蓮司もぺこりと頭を下げる。四人とも若干うろたえていたが、とくに疑うそぶりは見せない。

「このクラスに、上永谷《かみながや》小学校出身の生徒っていますか？」

蒼の出身小学校だ。事前に蓮司が蒼の母親から聞いていた。四人は顔を見合わせて首をかしげる。

「さあ……。クラスメイトの出身校とか、とくに把握してないから」

「そうですか。このクラスっていじめありました？」

麗一のストレートな問いかけに、女子たちが固まった。ノートの端にアニメのキャラクターを描いていた女子が、迷惑そうな顔で答える。

「なんかいろんな人からそれ聞かれるんですけど。自分はガチで何も知らないです」

「私も知らない」「うちも」「……わ、私も」

全員が知らないと答えた。『知っている』と答えたら、いじめを見て見ぬふりしていたと言うのと同義だ。仮にそうだとしても、いじめの告発自体とてつもない勇気が必要なことだから、部外者である自分たちがどうこう言う資格などない。

「なら、そういう噂とかは聞いたことないですかね。実際に見聞きしたのではなくて」

「ないです、ないです。ってかなんでそんなこと聞くんですか？」

一人の女子が苛立《いらだ》ちの滲《にじ》む声色で言う。麗一は真顔のまま答えた。

「いじめられていた多胡典彦の友達だから」

蓮司はかなり面食らった。あのメシアこと多胡がいじめの被害者とは、考えてもみなかった。

そのとき、背後が急に騒がしくなった。

振り向くと扉を塞《ふさ》ぐように見知らぬ女子の群れ。蓮司の嫌な予感は的中した。

「いないよ。あんなイケメン絶対いない。いたらわかるもんガチで」

「てか制服ぼろぼろじゃん。草なんだけど」

「ねえガチでユーチューバーじゃね。先生呼んだほうがいいってばあ」

蓮司と麗一は顔を見合わせるなり、瞬時に立ち上がり、まだ塞がれていない前方の扉からすばやく退散した。

放送室には寄らず校舎を出てもう帰ろうと言ったのに、麗一は駐車場を見たいとずんずん校舎裏を進んでいく。蓮司も仕方なしについていく。

背後にそびえる背の高い木々のせいか、駐車場は薄暗くがらんとして、冷たい静寂に包まれていた。駐車スペースは二十台分ほどあるが、二割も埋まっていない。落ち葉が足元を虚しく舞っている。

麗一が空を仰《あお》いだ。

「蒼はそこから飛び降りたわけだな」

指をさした先。三階の角部屋の窓。しっかり施錠されていて、カーテンが閉まっているため、放送室の中の様子は窺えない。

「で、運よく車が停まっていたから、ボンネットがクッションになって一命をとりとめたと」

ほぼ真下。

今は車は停められていない。

縁石の裏に『保護者専用』の小さな立て札が立っている。

「保護者用の駐車場は十台分。当日はただの平日。がら空きだったろうに、わざわざ入り口から一番遠く、樹木に隣接して停車しづらいこの場所に、あえて車を停めるだろうか」

「……何か引っかかるの？」

「大いに引っかかる」

「そう……」

後ろからぱたぱたと、駆けてくる足音がした。振り返ると、先ほどの女子四人組の一人だった。眼鏡《めがね》をかけたショートボブの女子。

彼女はすぐ目の前まで来ると、息を切らして言った。

「前川《まえかわ》と申します。わ、私、嘘つきました。多胡さん、いじめられてたと思います」

あとから付け足すように言った。

「あっ、いじめっていうか……。その、何かと嘲笑《ちょうしょう》されがちっていうか、下に見られてるっていうか」

「どうしてだろう？」

蓮司の問いかけに、彼女は消え入りそうな声で答えた。

「……たぶん、留年してるから、だと思います」

「それだけで？」

「教室は世界が狭いので。ちょっと普通からあぶれるだけで、まるで異常者みたいに扱われる」

前川の言葉は悲しいことに的を射《い》ている。蓮司はなんだかやるせない気分になった。彼女はブレザーのポケットからスマホを取り出しながら問うた。

「あの、多胡さんの友達なんですよね。わざわざいじめの有無を確認するために、不法侵入したんですか？　なんで本人に直接聞かないんですか？」

麗一が動じない様子で答える。

「本人は頑なに否定してるから」

前川はどことなく高揚した様子でひといきに言った。

「いじめの主犯は赤間《あかま》さんです。赤間佳史《よしふみ》。彼はあの日を境に、ずっと学校を休んでいます。多胡さんの留年をさんざん馬鹿にしていた彼自身が、今度は留年するのかもしれませんね」

「君自身、恨《うら》みがあるような物言いだね」

「私も赤間さんにかなりやられましたから。趣味で描いてる漫画をクラスＬＩＮＥで勝手に晒《さら》されて、さんざんばかにされたんです。わざと聞こえるような大声で陰口を叩かれて、変なあだ名までつけられました」

麗一の顔がにわかに歪む。

「その野郎、クズだな」

「はいクズです」

前川はきっぱり答えた。


多胡の家に向かう途中、前川から教えてもらったいじめの主犯格である赤間佳史のＬＩＮＥに『いじめの件について教えてほしい』と連絡を入れたが、予想どおりなんの返事もなかった。おそらく即ブロックされたのだろう。

麗一が赤間の家を特定して乗り込むか、脅して口を割るかと提案したが、蓮司が「それではいじめと変わらないよ」と答えると、妙にすんなり納得した。

かくして目下《もっか》の頼みの綱は、メシアこと多胡だけになった。


「ところが大変！　エルダモーテはウォンポリスの怒りによって真っ二つに割れ封印されし緋色《ひいろ》の予言石が再びその力を取り戻してしまった。かくしてリインスティールの光線銃から放たれし宿命のブラッディ・マモンに呼び戻されたセシリアたんはウォンポリスの怒りを沈めてエルダモーテ復活と七つの紋章を授けられし民草《たみぐさ》の安寧《あんねい》のために巨獣セイレーン・ネメシスとの戦いに挑むのであった。第一章、完！」

メシアはひといきに言い終えると、額の汗をぐいと拭った。

夕陽は沈みかけ、カラスがカアカア鳴いている。

「で、おたくら何しに来たんだっけ」

太ももをつねりながら必死に眠気を堪《こら》えていた蓮司の横で、蒸しパンの入ったビニール袋に顔をうずめていた麗一が答えた。

「俺は蒸しパンもらいに来ただけだ。これにて失敬」

「違うだろばか。蒼君の件だろ」

「蒼の件？」

メシアの眉がぴくりと動く。床に座り込む麗一と蓮司を見下ろすように、ベッドにどかりと腰を下ろした。

「おたくらに話すことなんてないね」

麗一が身を乗り出して言った。

「なら多胡典彦。自分自身について話してくれないか」

「やだね。セシリアたんについてなら何億光年でも語れるけど、自分について語ることなんて一秒たりともないさ」

「では俺の推理を話してもいいか」

「やだねったらやだね。そんな退屈な話したいなら、とっとと――」

こんこんっ。

踊るようなノックの音がした。

「何さ」

メシアが問いかけると、部屋の扉が弾《はず》むように開いて、メシア母が満面の笑みであらわれた。

「あとちょっとでお夕飯できるからね～。ハンバーグとナポリタンだよ。食べてってちょうだいね

〜、蓮司くん、麗一くんっ」

「ありがとうございます！」

「うふふふ。のりくんよかったねえ〜」

また弾むようにドアが閉まる。スキップの足音が遠ざかっていく。

メシアはむすっとした顔で言った。

「しょうがないからおたくの妄想話を聞いてあげるさ」

「ありがとう」

麗一が蒸しパンの袋を大事そうに抱えながら姿勢を正した。

「結論として、蒼の動画には二つの目的があった。一つ、現在進行形で起きている赤間佳史を主犯としたいじめをやめさせること。二つ、過去に起きたある事件の加害者を特定して制裁を下すこと。動画ではあたかも――」

「ばかげたこと言うなっ！」

「俺たちはあんたが喋ってるとき、一度も遮《さえぎ》らなかったぞ」

その言葉に、メシアは何か感じることがあったようで、むすりと黙り込んだ。

麗一が続ける。

「動画ではあたかも一つの事柄について言及しているように聞こえたが、両者はまったく別の事件だ。蒼の真の目的は後者にある。前者についての告発は、あんたの協賛にたいする報奨金みたいなもんだろう。

流れはこうだ。

まず初めに、蒼はある事件の加害者に制裁を下そうと決意した。だがその加害者はまったくの正体不明。顔も名前も居場所も何もわからない。

そんな奴を突き止めるには、どうすればいいのか。

自分がターゲットを見つけ出すのではなく、ターゲットが自分を見つけ出すように仕向ければいいんだ。食いつかざるをえないような餌《えさ》で誘ってな。

そのためには、どこにいるかもわからないそいつに、自分の存在と目的を認知してもらう必要がある。言うまでもなくネットの拡散力が不可欠だ。そこで蒼は、日本一の告発系ユーチューバーであるあんたに相談を持ち掛けた。あんたは蒼の話を聞いて、最も効果的なあのやり方で告発を実行することを思いついた。なぜ、告発動画を直接ＹｏｕＴｕｂｅにアップロードせず、校内放送を乗っ取って中継し、さらにその動画をスマホで撮影してネットに流出させる、なんて回りくどい方法をとったのか？　――シンプルに話題性のためだろう」

「……話題性？」

蓮司の呟きに、麗一が頷《うなず》く。

「加害者に動画の存在を認知してもらわないことには、まず何も始まらない。ＳＮＳやネット媒体のみならず、テレビや新聞、週刊誌など、取り上げられる媒体が多ければ多いほど、つまり話題性が高ければ高いほど、加害者の目に届く確率が高くなる。

単にネット上に告発動画や自殺映像をアップロードしただけでは、確実に今ほどの反響はなかっただろう。不法侵入、校内放送ジャック、意味不明な映像と不可解な言動、いじめの告発、過激な自傷行為と自殺の生中継、その映像をさらにスマホで撮影し、目撃した生徒たちの絶叫や逃げ惑う声まで収めたことによる臨場性や非日常性……あらゆる要素を詰め込んだからこそ、あの映像は日本全国の関心を一挙に集めることに成功した。事件から一週間以上経過した今でも、テレビで見ない日はないくらいだし、蒼の目論見《もくろみ》どおり、加害者にもあの映像は届いているはずだ」

麗一の言葉には説得力があった。だが一方で、蓮司にはどうしても引っかかるところがあった。

「そこまでしたのに、結末を見ることなく死のうと思ったのはなんでだろう……」

「蒼は死ぬつもりなんてなかったんだよな、多胡？」

問いかけられて、多胡は過剰なほど瞬《まばた》きを繰り返した。額からは脂汗《あぶらあせ》。どうにも嘘《うそ》がつけない性分《しょうぶん》らしい。

「落下地点に車が停まっていたのは偶然ではなく意図されたものだ。あれはあんたんちの車だろう。あんたは留年してるから運転免許を取得できる年齢だし、窓辺に椅子が用意されていたのは、ここから飛び降りればボンネットの上に落ちるという、目印だったんだろう。つまり、飛び降りは単なるパフォーマンスだった」

「ってことは、直前に額を壁に打ちつけてたのも、話題性のためのパフォーマンスってこと……？」

「その可能性が高いと思う。だいたい、どんなに強い力で壁に額を打ちつけたとしても、皮膚が裂けて血塗れになるとは考えづらい。映っているのは額を打ちつけている蒼の様子だけで、壁自体は映ってないだろう？　おそらく、事前に壁にカッターの刃かなんか仕込んでたんじゃないかな。額が裂けて血みどろになったほうが、ショッキングでインパクトの強い映像が撮れるから」

「……動画が加害者の目に触れる確率を少しでも高めるために、そこまでやったわけ？」

「よほど強い恨みがあるんだろう」

「恨みじゃなくて信念だっ！」

メシアが突如《とつじょ》声をあげる。麗一が露骨に瞳を光らせる。

「おお、やっと話す気になったか」

だがメシアは右手でこぶしをつくって唇の上をなぞった。

「びーっ！　お口チャック！　僕は本件について一切話す気はない！　以上、解散！」

「このままだと蒼が人殺しになるぞ」

麗一の不穏な発言に、メシアの瞳が揺らぐ。蓮司も困惑した。

「ちょっと話が飛躍しすぎてない？」

「いや普通に考えてみろ。文字どおり捨て身で加害者を呼び出しといて、謝罪や金銭ぽっちで済ませるわけがなかろう。蒼は加害者を殺そうとしているはずだ」

蓮司は、怪我《けが》を負い心神喪失の状態でベッドに横たわる蒼のことを思い出した。

「あの状態じゃ虫も殺せない」

「きっと誰もがそう思ってる。もしかしたら、油断させることさえも、蒼の計画に組み込まれているのかもしれない」

「でも、実際問題として不可能じゃないか」

「協力者がいる。あるいは、遠隔で殺害する仕組みが用意されている。加害者が『彼女を閉じ込めた場所』に到達したら、自動的に爆発が起きるようになっているとか」

室内がしいんと静まり返る。

荒唐無稽《こうとうむけい》な話だと一蹴《いっしゅう》できないほどに、これまで信じがたいことが起こり過ぎている。

「みんな〜。そろそろご飯炊《た》けるからね〜」

扉の向こう、キッチンのほうからメシア母の陽気な声が聞こえてくる。

「息子がはからずも殺人の片棒をかついでいると知ったら、お母さんは悲しむだろうな」

追い打ちをかけるような麗一の一言に、メシアはぐにゃりと眉《まゆ》を下げて泣きそうな顔になる。

「じゃあ、僕どうすればいいのぉ」

「俺らが食い止めるから、知っている情報を全部くれ」

メシアはふーっと大きく息を吐いて「許せよ同志」と呟《つぶや》くなり、ゆっくりと話し始めた。

「悔しいけどおたくの推測はぜんぶ合っている。蒼の目的はある事件の加害者を特定して成敗すること。冒頭に映した『正』の文字やBGM、映像の順序、どれも蒼の構想だ。加害者に事件のことを思い出させるための手がかりだと言っていた。それ以上詳しいことは、ほんとうに何も聞いてない」

「その事件の詳細や被害者との関係性についても、聞かされてないのか？」

「被害者は命の恩人だと言っていた。蒼は小学生のころ、赤間佳史を主犯とした四人組から、壮絶ないじめを受けて、自殺を考えるまで追い詰められていた。だがある日、人目のない河川敷でいじめられていた彼を、偶然見つけて救ってくれた。だから恩返しのために、ずっと彼女を苦しめ続けていた事件の加害者を突き止めるんだって、たしかにそう言っていた！　事件の内容については、もう固く口を閉ざしていたからわからない」

「そうか。赤間という男は、あんたのことをいじめていた奴だよな」

「……ふん。そこまで突き止めてるとはね。そうだよ、僕の心を殺したあの男。あいつは過去に蒼の心をも殺していたんだ。その事実を偶然知ったとき、僕の中でも復讐の業火《ごうか》が燃え立ったのさ」

「やはり、蒼の告発は全く異なる二つの意味を持っていたわけだな。そして、一つめの目的は偶然にもあんたの復讐と合致したってことか」

「そうさ。僕の望みは、驚くほどあっさり達成されたよ。いっぽう蒼のほんとうの望みは、未だ星なき闇夜《やみよ》のラビリンスってわけ」

「被害者の性別は女、いわば蒼の命の恩人で、年齢はおそらく同い年か年上、横浜市内在住説が濃厚――ヒントはそれだけか。蒼が指定した日は、もう明後日だよな。厳しいな。非常に厳しい」

麗一が前髪を掻《か》きあげて眉をひそめた。

「『加害者に事件のことを思い出させる』って、どういうことだ？　加害者がすでに忘れている可能性があるくらい、昔のことだというのか？　たとえばその女性の幼少期や学生時代のこと？　そんな昔のことを、今になってなぜ……」

麗一がついに黙り込む。室内が不穏な静寂に包まれる。

「みんな～。ご飯炊けたよ～」

メシア母の朗《ほが》らかな声が、やけに澄みわたって響いた。蓮司はなんだか泣きそうな気持ちになった。

三

十月二十二日いわばXデー、だがその日は呆気《あっけ》なく終わろうとしていた。

現在の時刻は二十三時四十二分。

安心感と脱力感がないまぜの複雑な感情を抱えたまま、蓮司は自室の座卓に頬杖《ほおづえ》をついていた。向かいに座り、めずらしく真面目に英語の課題に取り組んでいる麗一に目を向ける。

「結局なんも起きなかったね」

「あ？　……ああ」

麗一はノートに何か書き連ねながら、気のない返事をした。

「もっと残念がるかと思った」

「落胆していないと言えば嘘になるけど、蓮司が危険な目に遭うことなく今日が終わろうとしているので、正直ほっとしている」

なかなか情に厚い台詞だが、いかんせん感情がこもっていないので胸に響いてこない。

二人は今日、蒼の周辺動向を注視すべく、朝一番に横浜総合病院へ出かけた。開院から十四時ごろまで、病院の関係者に怪しまれないよう適度に場所を変えつつ、待合室付近を見張っていた。だが院内ではなんの動きも見られなかった。

十四時過ぎには菜月とバトンタッチして、今度は円城寺家へ向かった。

自宅周辺には、明らかに野次馬と見られる若い男女が複数名たむろしていた。ネットに流出した情報から自宅を突き止め、バズるネタでも撮れないかと待機しているのだろう。蓮司が注意喚起しても誰も見向きもしなかったが、麗一が警察に通報するそぶりを見せると、嘘みたいな俊敏さで皆去っていった。

心配になった蓮司が貴子に連絡を入れたところ、明け方から野次馬連中が入れ替わり立ち替わり周辺をうろついているそうで、今日はもう一歩も家から出ないようにする、ということだった。

同じように、夫の稔が正午過ぎに仕事の打ち合わせから帰宅した際も、野次馬たちが家の前をうろついていたという。マスコミらしき影もあったため咄嗟《とっさ》に引き返して、しばらく駅前のネットカフェで時間を潰しているということだった。

その話を聞いた蓮司と麗一は、円城寺家を見張ることは断念して、蓮司の家に戻った。

菜月は十七時ごろまで辛抱強く病院で待機しており、帰りぎわ蒼の病室にも足を運んだそうだが、やはりなんの変化もなかったという。

かくして時は過ぎ今に至る。

蓮司の煮え切らない様子に気づいた麗一が、どことなく愉快そうな表情を浮かべた。

「拍子抜けみたいな顔してんな」

「してないよ」

「本当は何かが起きるのを期待してたんじゃないか」

蓮司は胸の奥底を探り当てられたようでひやりとした。慌てて首を横に振る。

「そんなわけあるか。何も起きないに越したことないでしょ」

「俺らの観測した範疇《はんちゅう》が無事だからと言って、何も起きていないとは限らない。まさにこの瞬間、どこかで蒼のターゲットが殺されているかもしれない。あるいはすでに死体となって、東京湾にでも沈んでいるか」

「やめろよ。縁起でもない」

蓮司は恐怖に身のすくむ思いがした。それから先日訪問した際に、メシアが怯《おび》えていた様子を思い出して胸が痛んだ。

「もし本当に加害者が危害を加えられていたとしたら、多胡はきっと責任を感じて、ひどい罪悪感に苛《さいな》まれると思う……」

「その時はちゃんとフォローするから大丈夫だ。情報がほしかったから少々乱暴な物言いをしただけで、多胡に責任があるなんて俺自身まったく思ってないし。それに――」

麗一は言葉を切ると、呟くように言った。

「別に死んでもいいと思うんだ」

穏やかではない発言に、蓮司は眉をひそめて問うた。

「それってどういう意味」

「ターゲットが死に値するような悪人ならば、復讐のために殺されていても構わないという意味だ」

「私刑を肯定するなんて正気か。日本は法治国家だぞ」

「法治国家だからこそ、だよ」

刺すように冷たい声色に、蓮司は押し黙ってしまう。

麗一はふいに鉛筆を持つ手を止めて、ノートのあるページを蓮司のほうに掲げてみせると、一転して朗らかな口調で言った。

「ほら見ろ蓮司。ウルトラブンブクだ」

「はあ……？」

視線を向けると、毛むくじゃらの大福餅みたいな球体がA4いちめんにでかでかと描かれていた。不気味だし意味がわからない。蓮司の困惑を置いてけぼりに、麗一はどことなく高揚した様子だった。

「ウルトラブンブクは深海で暮らすウニの一種だよ。直径二十センチもある」

「脈絡《みゃくらく》もなくこれ見せられて、俺はどう反応すればいいの？」

「かわいい顔してるだろう」

「もしかして課題そっちのけでずっとこれ描いてたの？」

「ああ。最近ウニが好きなんだ。俺はウニ食ったことないから、ウニも俺に友好的だと思う」

「よかったね。さっきの話との関連は？」

「ないよ」

「そう」

彼の突拍子のなさは毎度のことだし、今日はもう眠いので、蓮司は早々に突っ込みを放棄した。くだらぬ会話のおかげで心が軽くなったのはありがたかった。麗一はウルトラブンブクのページをびりりと破ってノートから切り離すと、なぜか得意げな様子で蓮司に差し出した。

「あげるよ」

「いらねえ」

「一生懸命描いたんだ」

「ありがとう」

受け取るとき麗一の手元をちらりとのぞいた。ノートの横に置いてある提出用プリントの記述欄は、悲しいくらいまっさらだった。

「全然進んでねーじゃん。どうすんの、明日は夜までバイトでしょ」

「あー……」

「手伝うから今終わらせちゃおうよ」

「うーん……」

麗一は気怠《けだる》そうに頭を掻いて天井を仰ぐと、ふらーっと立ち上がってベッドに倒れ込んだ。

「早起きしてやるわ〜」

腑抜《ふぬ》けた声で宣言した数秒後にはもう、世にも健やかな寝息を立てていた。

蓮司は白けた視線を送ったあと、ため息をついて座卓に突っ伏した。

いつの間にか時刻は零時をまわっていた。

四

――こんなあばら屋に名門冬汪高校の生徒さんが住んでいるとはな。

鎌倉湖畔《こはん》に佇む築六十八年のボロアパートを見上げて、尾崎警部補は信じがたい気持ちに襲われた。赤茶けたトタン屋根は腐食してボロボロで、外壁は剝《は》がれ落ちて黒ずみ、ところどころ深刻な亀裂が入っていた。

今日は鋭《するど》く乾いた秋風が吹きすさび、いっとう底冷えがする。尾崎は身体を縮こまらせながら、新米の丸巡査とともに、すすけて穴の空《あ》いた階段を恐る恐るのぼった。二階の角部屋の前に到着する頃には、手の平いちめんが手すりの鉄錆で赤茶色に染まっていた。

玄関チャイムは存在せず、薄い木戸は軽く叩いただけで濡れせんべいのごとくへにゃりとしなった。

「はい」

ひとりの少年が顔を出す。得《え》も言われぬ美しい面差《おもざ》しに無造作《むぞうさ》でみすぼらしい身なり。そのアンバランスさに、尾崎はなんとなく不気味な感じを覚えた。

「こんにちは、卯月麗一君かな?」

「そうです」

「私たちこういう者です。お友達の円城寺蒼君の件で、ちょっとお話を伺いたいんだけど、いいかな」

「ええ、どうぞ」

麗一は無表情のまま二人を中へ招き入れた。まだ十月下旬に差し掛かったばかりというのに、襤《ぼ》褸《ろ》切れのような藍色のどてらを羽織り、軍手をはめている。その理由はすぐにわかった。四畳半一間の侘《わ》びしい和室は、どういうからくりか、外よりさらに寒かった。窓は閉まっているのに、ひゅるるるるる——とうら寂しい音とともに隙間風が絶えず吹き込んでくる。

麗一に促され、尾崎と丸はかたかた震えながら、ちゃぶ台の傍らに腰を下ろした。ちゃぶ台もかたかた震えていた。

「君、ご両親は？」

「諸説あります」

「はあ？」

「僕は一人暮らしです」

「高校生で一人暮らしって、大変じゃないかな」

「慣れたもんですよ」

こんな環境に慣れちゃいけないよ。尾崎はいたく不安になった。つい自分の高校生の息子と重ねてしまう。ちゃぶ台と座布団しかない室内はひどく殺風景で、それが余計に寒々しさを際立たせている。

だが麗一本人は飄々としていた。身なりこそえらくみすぼらしいが、背筋はぴんとして動作も機敏、身体的にはいたって健康に見える。

「何か飲まれます？　水かお湯かぬるま湯か」

「気を遣わないで大丈夫だよ」

「ホットコーヒーが飲みたい……」

隣でずずっと鼻をすすりながら、丸が消え入りそうな声で呟く。

「難件《なんけん》だな」

麗一は独《ひと》り言《ご》ちると、すうっと二人の背後へ回った。直後、バリバリバリイッと壁板を力任せに引っ剝がしたような爆音がして、猛突風が吹きこんできた。腕に抱えていた調査ファイルから書類が舞いあがって落ち、丸が慌てて畳を這いずり掻き集める。何事かと尾崎が振り返ると、後ろの窓が全開になっていた。立てつけが劣悪すぎて、麗一が普通に開けただけで木枠が絶叫をあげたらしかった。

彼は見ているこっちがはらはらするほど脆弱《ぜいじゃく》な窓向こうにひょいと身を乗り出して、抑揚のない大声を出した。

「橋本さーん、コーヒーくださーい」

「あひィよぉ」

声ともつかぬ奇怪な声が微《かす》かに聞こえたあと、キィコキィコ……と金属同士が擦《こす》れるようなノスタルジックな音が響いた。

やがて窓向こうに、洗濯ばさみに吊るされたインスタントコーヒーらしき袋があらわれた。袋の底には茶色い液体が滲んでいる。麗一がそれを慣れた手つきで取り外す。

「……今のは？」

「僕と橋本さんの連絡船です。まれに久米《くめ》がまぎれ込んできます」

「はあ」

どうやらたこ糸にフックを通して、それを滑らせて物の行き交いをしているらしい。

「うちのコンロ、五徳が盗まれちゃいましてね」

麗一はそう言うなり、やかんを手に靴下のまま外に出ていった。ほんの数秒後となりの部屋から、壁など存在しないかのように麗一の声が筒抜けで聞こえてきた。

「久米、コンロ借りるわ」

ブッ。

「サンキュー」

屁《へ》だ。久米なる人物は屁で返答したのだ。しかも卯月少年はそのことに突っ込みもしなかった。尾崎の背に緊張が走る。連絡船の橋本しかり、屁の久米しかり、今のところおかしな人間しかいないではないか。よくよく考えれば、こんなボロアパートに泥棒が入り込んで、五徳が盗まれたというのもちゃんちゃらおかしい。警官になって三十年経つが、五徳泥棒など聞いたことがない。

なんなんだ、このアパートは。

あれこれ考えているうちに麗一が戻ってくる。

「すみませんね、いま向こうでお湯沸かしてますから」

彼はちゃぶ台を挟んで、二人に向き合うように腰を下ろした。

「話ってなんでしょう」

尾崎は邪念を必死で振り払い、ちゃぶ台に身を乗り出した。ミシミシィッと不穏な音がしたので、慌てて身体を離す。

「ちょっと聞きたいことがあってね。五日前、今月十九日の十七時から十八時ごろ、君はどこで何をしていたのかな」

「ええと……その時間は、大家さんと一緒に『大岡越前《おおおかえちぜん》』の録画を観てましたよ」

「そう。大家さんもこのアパートで暮らしてるのかな」

「ええ、一階の左から二番目の部屋です。ときに刑事さん、『大岡越前』のオープニングテーマはご存じですか」

「唐突になんだい」

「うちの大家はとんでもない偏屈でしてね、初対面の相手には必ず大岡越前を交《まじ》えたイントロどんを仕掛けてきます。これに正解しないと門前払いされるんで、気をつけてくださいね」

そんなばかげた話あるか、と一蹴できないのがこのアパートの不気味なところだった。

隣で『越前門前払い』という腹が立つほど語感のいいメモをとる丸を片手で制して、尾崎は咳ばらいをひとつする。

「率直に言おう。実はね、君が十九日の夕方、蒼君の家族を装《よそお》って面会に訪れたという通報が入ったんだよ」

「通報したのは蒼君のお母さんですね」

瞬時に当てられて、尾崎は内心びくりとした。

「――心当たりがあるのかい」

「まあ、以前お宅に伺ったとき、ひどい扱いを受けましたからね」

「それは君が失礼な態度をとったからだろう。なんでも、蒼君の行動を揶揄《やゆ》するような態度をとったそうじゃないか」

「あの方、そんなこと仰《おつしや》ってましたか。でも先ほど申し上げたとおり、僕にはアリバイがありますし、病室に不審な姿形《なり》で出現した事実なんてありません。必要とあらば大家さんに裏をとっていただいて結構です」

「そうかい。では、一昨日《おととい》二十二日の行動について教えてくれるかな」

「はあ。ふつうに夕方まで友人と遊んで、そのまま彼の家に泊まりました」

「その友人の名前、教えてもらえる？」

「同級生の滝蓮司です」

「君ともうひとりの女の子と蒼君の家を訪れていた子だね。ああ、君は蒼君の塾仲間だと言っていたそうだけど……失礼を承知で、君の経済状況であの予備校に通う余裕なんてあるのかな」

「ないですね。あれはホラです」

「ホラ？」

「実際は滝を通して親しくなりました。別に悪気があって嘘をついたわけではありません。あの母親、偏見や差別意識が強いですから、塾仲間と言ったほうが警戒心を解けると思って偽《いつわ》っただけです」

やけに棘のある物言いだった。まるで、蒼の母親に何か非があるような口ぶり。まだ二度しか会ったことはないが、上品で優しそうな母親という印象だったが。

尾崎が少し考えている隙に、麗一が畳みかけるように続けた。

「僕は誓って何も悪いことはしてませんよ。ところで蒼君は今や、氏名や学校名、顔写真を始めとした個人情報の全てをネット上に晒されていますね。ご家族を含め反吐《へど》が出るほどひどい誹謗《ひぼう》中傷《ちゅうしょう》も繰り返されている。さらに、『正』の字が書かれた場所を特定しようと躍起《やっき》になるあまり、全国各地で不法侵入や器物破損に抵触《ていしょく》する輩《やから》まで出ているそうじゃないですか。……僕なんかよりそちらの取り締まりに注力すべきでは？」

「もちろん、並行して厳正に対処しています！」

丸が食い気味に反論する。これでは痛いところを突かれたと白状しているようなものだった。

麗一の言うとおり、真相を突き止めようとするネット民の狂乱ぶりは凄まじい。蒼やその周囲に対するネットストーカー、有名掲示板における誹謗中傷、『令和Ver. 呪《のろ》いのビデオ検証班』『加害者特定班』『A君を救済する会』などのコミュニティの乱立、それに伴うリアルでの迷惑行為や触法行為……悪質なものは順次摘発に動いているとはいえ、日に日に膨れ上がるそれらは、とても対応しきれる量ではなく、ほとんど放置状態にあるのが実情だった。

麗一は、それを知ったうえで警察を挑発するような発言をしたのだろうか。

尾崎は麗一を見据えたが、その瞳は暗闇に閉ざされて、感情の機微《きび》など読み取れない。

「……先ほどから表情ひとつ変えないね、君は」

「なぜ二十二日の行動をたずねたんですか」

「捜査中だよ」

「二十二日と言えば、蒼君が動画内で指定した期日でしたよね。表沙汰になっていないだけで、やはり事件性の高い出来事が起きたというわけですね。蒼君の母親の曖昧な通報から無関係な僕をたずねてきたということは、刑事さんはまだ手がかりさえ摑めていない状況でしょうか」

「悪いけど素人《しろうと》探偵さんの推理に付き合ってあげるほど、われわれは暇じゃないんだ。これで失礼するよ」

つられてつい嫌味な言い方をしてしまったが、麗一は気分を害したふうでもない。むしろ、こちらの神経を逆なでして口を滑らせる思惑があったように感じられて、尾崎はまた不快な思いがした。

「わかりました。何はともあれ僕は関与していません。大家さんに僕のアリバイを確認して、それでもなお疑わしいようであれば、またいつでもお越しください」

「そうするよ。急に押しかけて悪かったね」

この少年どうも食えない。まずはアリバイの裏をとるのが先決と考え、尾崎は丸を促して立ち上がる。

麗一は玄関先まで見送って、ふと思い出したように言った。

「ああ失敬。ホットコーヒー出すの忘れてました。賞味期限が二十年ばかり切れてましたが、僕の見立てだとまだまだイケますね。飲んでいかれます？」

「遠慮します」

退散した二人は、またおっかなびっくりボロ階段を降りてゆき、さっそく管理人の元へ向かった。

粗大ごみのような破れかぶれの扉を、丸がのんびり指さした。

「あそこが管理人室ですねえ」

「イントロどんだかなんだか、ふざけたこと言ってたな」

「イントロが流れるのは」

とつぜん上から清明《せいめい》な声が降ってきた。見上げると、麗一が手すりにもたれてこちらを見下ろしていた。

「『木枯《こが》し紋次郎《もんじろう》』『ご存知！　女ねずみ小僧』『大岡越前』のいずれかです。九割がた『大岡越前』ですが、銭湯の湯加減しだいでまれに『木枯し紋次郎』が流れます。僕の知る限り『ご存知！　女ねずみ小僧』はまだ一度も出たことがありません。まあ、今日がその日になるかもわかりませんがね……」

麗一は言うだけ言ってすうっと部屋に戻っていった。

もしほんとうに門前払いなどされたら、たまったもんじゃない。

尾崎はひとしきり唸ったあと、苦しい声で言った。

「丸、『大岡越前』と『木枯し紋次郎』のオープニング・ソングがＹｏｕＴｕｂｅにアップされてないか至急確認してくれ」

「はいっ」

「……念のため『ご存知！　女ねずみ小僧』もだ」

「はいっ」

五

めずらしく快晴の放課後。普段は薄暗い旧校舎の部室も、磨り硝子《すりガラス》から射《さ》し込むささやかな白い日差しを浴びていた。少しだけ開いた窓から秋風が流れこみ、木枠にぶら下がる季節外れの風鈴がときおり、ちりいんと鳴っている。

「道が開けたぞ蓮司」

連日の疲労がたたって爆睡していた蓮司は、その声ではっと目を覚ました。

麗一はなぜだか浮足立っている様子だった。こちらから訳を聞かずとも、向かいの席に座るなり、昨日警察と接触したことを明かした。

蓮司はかなり戸惑った。

「そんなことがあったのか。俺んとこには誰も来てないけど」

「じゃあ別の方面からアリバイの裏がとれたのかもな」

「というか大丈夫なの？　君も疑われてるってことじゃん」

「ここ連日は、蓮司んちか大家の越前御殿に泊まらせてもらってたから、身の潔白は証明できるんだ」

「そう、よかった」

ほっと胸を撫で下ろしたのも束《つか》の間《ま》、蓮司はすぐ別の不安に駆《か》られた。

「それじゃ、病室に不法侵入しようとしたっていうのは？　蒼君のお母さんが、君だと言って警察に通報したんだろう」

「俺じゃない」

「えっ？」

「さすがにそこまで非常識じゃない。誰かは知らんが、別の人間だ。で、蒼の母親がそいつを俺と勘違いして通報してくれたおかげで、はからずも警察との対面が実現したというわけだ」

蓮司はいっそう不安な心持ちになる。

「何それ。麗一のドッペルゲンガーがいるってこと？」

「いや、そいつのことを蒼の母親が直接見たわけじゃない。病院から連絡があったんだろう。おそらくマスクや帽子で顔は隠してたんじゃないかな。彼女の中で怪しい男イコール俺という短絡的な図式ができあがっていたせいで、ろくに確認もしないまま警察に相談したんだろう。単なる野次馬だったんじゃないか。それより、まずはこいつを見てほしい」

麗一は皺くちゃの胸ポケットから四つ折りのコピー用紙を取り出して、机の上で雑に広げてみせた。

ウェブページを印刷したらしい。

白衣姿の見知らぬ中年男性が、真っ先に目に飛び込んできた。柔和《にゅうわ》な目をした、理知的な面差し。

顔写真の右下に『院長　葛城宗次郎』の文字。

「ええと……どちら様？」

「大阪にある天王寺《てんのうじ》かつらぎクリニックの院長、葛城宗次郎《かつらぎそうじろう》氏だ」

突拍子《とっぴょうし》もなく大阪という地名が出てきて、さらに困惑する。

「蒼君の件と何か関わりがあるの？」

「ああ。捜査線上にあがっているということは、十中八九、この男が蒼が探していた人物もしくは過去に起きた事件の関係者とみて間違いなかろう。問題は今どこに、どういう状態でいるのかだ」

「いったいどうやってその情報を得たんだよ」

「新米刑事の女性が腕に抱えていた捜査ファイルに、この男の顔写真と氏名が載ってたんだ。どうやら行方不明らしいぞ」

「……盗み見たのか？」

「偶然見えたんだ」

「ほんとうに偶然？」

麗一がふっとため息をつく。

「何が書いてあるか気になって、窓を開けるという口実で背後に回ったんだ。その一瞬で盗み見た。あのあと突風でうまいこと俺んとこにファイルが飛んで来てくれたら、もっと詳しい情報を得られたんだけど」

「けど、大阪の医者がなんでまた……」

「普通、大の大人《おとな》が失踪してほんの数日で警察が動くことなどないだろう。ということは、警察は事件性が高いと踏んでいるわけだ。大阪在住の人間が失踪したのに、神奈川県警の刑事が動いている。かつ、円城寺貴子の通報から俺をたずね、二十二日当日のアリバイを求めたということは、蒼の件との関連を疑っているということだろう」

「蒼君が動画で指定した二十二日に、行方不明となったってことか……」

「そうだ。おそらく葛城は例の動画を見て、自分が告発を受けているのだと知った。そして、『彼女を閉じ込めた場所』に一人で向かい、なんらかの理由で行方不明となっている」

ぴんと来ない蓮司は、『天王寺かつらぎクリニック』をスマホで検索した。そして、すぐに首をひねった。

「ちょっと納得いかないな。クリニックのホームページに掲載された経歴によると、葛城さんは一九八一年生まれの四十一歳だ。兵庫県出身、小中高と私立大阪和泉《いずみ》に通い、阪大《はんだい》医学部卒、現在は大阪市にある天王寺かつらぎクリニックの院長を務めている。たいして蒼君は生まれも育ちも横浜の十七歳。なんの関連も見出《みいだ》せないよ」

「母親はどうだ」

「へっ?」

蓮司の母親よりはだいぶ若い印象だった。四十代前半どころか、三十代でもおかしくはない。

「蒼の母親はどこ出身だ?」

また話が飛んだ。蓮司はいぶかしげに思いながら、確認するために菜月に電話をかけた。暇していたのかワンコールでつながり、すぐにその情報を聞き出すことができた。

『母親というか、ご両親とも函館《はこだて》出身で、高校卒業後に上京してからはずっと関東在住らしいよ』

「何ッ」

麗一が珍しく顔を歪《ゆが》めた。どうも当てが外れたらしい。蓮司はなんとなくいい気分になった。

「ほらな、俺の言ったとおりじゃん。そもそもどうして急に蒼君のお母さんの話になるんだよ」

「それは……」

麗一は言いかけて、はたと口を噤《つぐ》んだ。それから視線を落としたまま言った。

「たとえば、ずっと昔、葛城が被害者に暴行を加えた。蒼の母親もそれに関与していた。被害者は、それが遠因で最近になって死亡した。蒼はそれを知って、被害者の仇《かたき》を討つために、加害者を見つけ出すことにした」

「麗一にしては珍しく無理筋な推理だね。推理とも呼べないような。そもそも、どうしてこの件に蒼君のお母さんをねじ込んでこようとするの？」

「それは……」

麗一は言いかけて、また口を噤んだ。蓮司は訝《いぶか》しがるように目を細めた。

「なんか俺に隠してない？」

「ない」

「……まあ言いたくないんならいいけど。あっちはどうなんだ？　病室に不法侵入しようとした、麗一に似てる男は？」

「もしかしたらそいつが重要な鍵を握っているのかもしれないが、今はまだ見当《けんとう》もつかない。ひとまず、登場人物がやたら多いから整理しようか」

二人は黒板の前に移動した。

麗一が白いチョークを手に持って、淀《よど》みなく文字を書き連ねていく。

・円城寺蒼（17）　横浜聖英学園2年。過去に起きたある事件の加害者を突き止めたい。
・円城寺貴子（30代〜40代？）　蒼の母。善人風。怪しい。
・田崎菜月（17）　横浜聖英学園2年。自称蒼の彼女。怪しい。
・メシア再臨こと多胡典彦（18）　栄林高校2年。ユーチューバー。蒼と結託。
・葛城宗次郎（41）　天王寺かつらぎクリニック院長。行方不明。ある事件の加害者か？
・不審者　詳細不明。蒼の母は俺と勘違いした。
・被害者　生死不明。横浜市在住。女性。蒼と同い年か年上？　小学生時代、6〜10年前に蒼をいじめから救った。蒼にとっての『命の恩人』。

「こんなところか」

麗一がチョークを置く。蓮司はまもなく顔をしかめた。

「なんだよ『善人風』って。優しくて素敵な方だったよ。それに、田崎さんのことを『怪しい』って、いくらなんでも——」

そのとき急《せ》き立てるような足音が近づいてきて、部室の扉が勢いよく開き、不機嫌そうな顔をした菜月が二人の前に姿をあらわした。

「私抜きで事件のこと話してんの？」

開口一番喧嘩腰《けんかごし》。

「えっと……」

怒りに満ちた眼差しにうろたえて、蓮司が言い淀む。

「なんの用？　あんたのことは呼んでない」

麗一のぶっきらぼうな声に怯《ひる》むことなく、菜月は一気にまくし立てた。

「それが不満なんだけど。ぜんぜん情報くれないし、こっちから連絡しても曖昧にはぐらかすし、私のこと軽く見てんでしょ」

菜月は勢いそのまま板書を睨みつけ、低く押し殺すような声で言った。

「……っつーか、何これ。自称彼女とか怪しいとかさ、失礼すぎんだろクソが」

あまりに乱暴な口調に蓮司は固まったが、麗一は淡々としていた。

「正直な感想だ。横浜聖英に通う良家の子女が大量のピアスを開けていて、恋人の母親にたいしてさえ自宅の場所をはぐらかし、帰宅に難色を示していたら、何かわけがあると思うのが普通だろう。信頼できない人間に手のうちは見せられない」

菜月は怒ったように口を開きかけたが、うまい返しが思い浮かばなかったのか、むすっと黙り込んでしまった。

険悪なムードが薄暗い部室を包みこむ。

沈黙のあと、菜月は静かに口を開いた。

「……この後、暇？」

二人は目配《めくば》せしたあと、揃って頷いた。

「じゃ、うち来なよ。ぜんぶ話すからさ」

菜月の自宅は、横浜の金沢区《かなざわ》にある老朽化著《いちじる》しい木造アパートだった。

彼女は道中ずっとむすっとしていて、自宅前に着くなり、いっそう不機嫌な様子で言った。

「このボロアパートがうちです」

麗一の眉がぴくりと動く。

「築何年？」

「……四十年くらい」

「新築じゃないか」

「はあ？」

「俺の基準では築半世紀以下の物件はすべて新築だ」

「ざる過ぎでしょ」

「麗一はね、世界最古の木造建築物である法隆寺《ほうりゅうじ》に基準を置いているんだよ」

蓮司がまじめに解説を挟むので菜月は鼻白《はなじろ》んだ様子だったが、なんとなく気が楽になったようで、階段をあがる足取りは軽くなっていた。

玄関扉を開けると、短い廊下の先にある居間から、焦《こ》がしソースのいい匂いがしてきた。

「ただいま」

「おかえりー」

スポーツ刈りのふくよかな少年が、どたどたとこちらに向かってくる。彼は蓮司と麗一の姿を認めるなり、好奇心で目を輝かせた。

「田崎勇也《ゆうや》っす。姉ちゃんがいつもお世話になってまっす。で、どっちが彼氏？」

「この二人は違うってば。何、出かけんの？」

「うん、和樹《かずき》んちでマリパ。フライパンにうどん残ってるから食っていーよ」

「ありがと。八時までには帰ってきなよ」

「ウッス」

少年はなおも好奇心丸出しの視線を二人に向けつつ、入れ替わり玄関を出ていった。

「元気な弟さんだね。いくつ？」

「中三。受験勉強でよっぽどうっぷん溜まってるみたいで、たまにああして羽伸ばしに行ってんの」

蓮司の言葉に、菜月はどこか嬉しそうな声で答えた。

通されたリビングダイニングは、大半のスペースを大きな食卓が陣取っていた。フローリングにはチラシや段ボールの空き箱が散乱して雑然としている。

「すぐ隣が両親の寝室で、玄関の側に私と弟の共有部屋。四人家族なのに、三部屋しかないの」

「十分じゃないか」

麗一の言葉を無視して、菜月は蓮司に視線を投げかけた。

「滝君の家は何人家族で、いくつ部屋がある？」

「えっと……四人家族で五部屋だけど……」

菜月はやっぱりね、という表情で笑った。蓮司はなんとなく居心地悪い思いがする。

「それが一般的なんだよね。あ、弟が作ったうど――」

「いただきます」

麗一が即答すると、菜月は苦笑しながらフライパンを火にかけた。

リモコンやチラシや灰皿が散乱する食卓のど真ん中に台拭きが敷かれ、その上に湯気の立つフライパンが置かれた。

もやしとまいたけの入ったソース焼きうどん。

プラスチック製の平皿とコップが目の前に置かれ、コップには煮出しの麦茶がつがれた。麦茶の色も味も、滝家のものよりずっと薄かった。

菜月は少し不安げな顔をしていたが、夢中でうどんを頬張る麗一と蓮司を見て、ホッとしたように肩の力を抜いた。

「これに豚肉が入るとうちでは特別なごちそう。で、誕生日にはサイダーかコーラがつく」

「このままでもごちそうじゃないか」

「ね。味が濃くてめちゃくちゃおいしい」

麗一と蓮司が素直に感想を述べると、菜月は少し寂しそうな笑みを浮かべた。

「あの頃そう言ってくれる子が一人でもいたら、また違ったのかも。小四んとき友達をうちに呼んでこのうどんを振る舞ったら、ついたあだ名が『こじきうどん』。それがトラウマで、どんなに仲良い子でもぜったい家には呼ばなくなった」

「これは今日から『ごちそううどん』だ。未来永劫《えいごう》それ以外の呼称は認めない」

麗一がきっぱり告げると、菜月は一瞬泣きそうな顔になった。

「そうさせてもらうわ。あーあ、卯月君みたいに堂々としていられたらなあ。君だってたぶん、揶揄《からか》われたりとかあったでしょ」

麗一が眉をわずかにひそめた。

「うーん。まあ、強《し》いて言えば自宅アパートが『落ち武者の宴会場』と命名されて、心霊スポットとして全国ネットで取り上げられたくらいかな」

「強いて言えばのレベルじゃないよそれ。超有名な都市伝説じゃん」

「二、三年前だっけか」

たしかに異様な取り上げられようだったと、蓮司はなんだか懐かしくなった。

「人が住んでるってことはフェイクだったんだね。窓辺に映る落ち武者をはっきり捉えた映像も残ってたのに」

「たぶんそいつは住人の橋本さんか山根《やまね》だろう。彼らはもう二十年以上落武者ヘアーを貫いている」

「心霊よりホラーだよそれ」

麗一はうどんをすっかりたいらげると、あけすけに尋ねた。

「田崎さんが家をやたら隠したがってたのって、単純に見られたくなかったからか」

「そうだよ。今までさんざん貧乏貧乏って馬鹿にされてきたから、文句あんなら来んじゃねえボケカスどもってふてくされてたの。でも君らは違ったね、ごめん」

「俺の感覚じゃわからないけど、君んちは世間的には貧乏なわけか。なんで？」

「そっちこそなんで、そんなところで一人暮らししてるの？」

「親もいないし金もないから」

「それでどうやって生活してるの？」

「皆様のあたたかいご支援で」

「はあ……」

「共有スペースの掃除と花壇の世話をする代わりに、家賃は無料なんだ。銭湯は出世払いＯＫだし、家具とか服とかは漏れなく全部貰いもの。制服はもちろん、寝間着も私服もタオルも靴下も。チャリは蓮司のお下がりだ。知人のツテでたまに日雇い労働してるから、食費とかその他雑費はそこから出してる。金欠だが貧苦ではない」

「ははあー。すごい高校生がいるもんだ」

菜月が感嘆《かんたん》の息を漏らした。

「うちは両親共働きだけど、母さんはパートだし、父さんは去年腰やってからできる仕事が限られちゃってね、正社員には戻れなくて。うちは変な客につきまとわれたのがきっかけでバイトやめちゃったし。それでいて叔父さんの借金もあってさ、まあ。卯月君に比べたらぜんぜんだけど、やっぱりいろいろ厳しいんだと思う」

「冬汪は私立にしては学費がべらぼうに安いから、就学支援金制度のおかげで実質無償なんだ。だが横浜聖英は、そうはいかないだろう。君の家にあの学費を払う余裕などない。おそらく君は、横浜聖英の生徒ではないのだろう」

麗一がさらりと衝撃の発言をした。蓮司は思わず声をあげたが、菜月はもはや取り繕う姿勢はないようだった。

「……嘘ついててごめん。うちホントは、お近くの県立舞岡《まいおか》東《ひがし》高校の生徒です」

かなり自由な校風で有名だが、偏差値的には横浜聖英学園に引けをとらない進学校だ。

「な、なんでそんな嘘ついたの？」

蓮司が素直な疑問を口にした。菜月はいじけた様子で答えた。

「蒼のお母さんに好印象を与えたくてさ」

それだけの理由でわざわざこんな大掛かりな嘘をつくなんて、蓮司にはぜんぜん理解できなかった。麗一が納得した様子なのが不思議だった。

「制服までわざわざ揃えたの？」

蓮司の問いに、菜月はなんでもない様子で答えた。

「適当に似た感じの選んで着てるだけ。うちは制服指定ないからさ」

麗一が頭の後ろで両手を組んで問う。

「あの入学式のエピソードも嘘か。本当はどうやって蒼と知り合ったんだ？」

「桜並木は盛りすぎたね。けど、あれは半分ホント。蒼と出会ったのは高校一年生の春。学校で嫌なことあってさ、行きたくなくて、でも親に心配かけるのも嫌で、舞岡川の河川敷でサボってたの。サボってたってか、もう、地べたで膝抱えて泣いちゃって——。そこにたまたま通りかかった蒼が、心配して声かけてくれたの。で、寒い日だったし、学校が嫌で家にも戻れないんだったら、うちに来なよって言ってくれて。自転車の後ろ乗っけて、蒼んちまで連れてってくれたの。そこから仲良くなった」

菜月は頬杖ついて投げやりな感じで続けた。

「ちなみに私が蒼の彼女っていうのも嘘。彼女のふりをしてただけ」

これには麗一も眉をひそめた。

「なんのために？」

「うち、時間を潰せる場所がほしかったんだよね。弟が受験生だから、あまり家にいたくなくて。人がいると気が散るでしょ。うちが受験生のときは、弟はずっと両親の部屋にいてくれたんだけど、父が怪我で自宅療養になったタイミングだから、避難場所がなくてさ。夏頃からはたいてい蒼の家で時間つぶしてたの」

「だから蒼の彼女のふりをして、円城寺家を頻繁《ひんぱん》に訪れていたってことか。単純に〝友達〟じゃだめだったのか？」

「ただの女友達が頻繁に遊びに行ってたら、なんか逆に不純じゃんって思って……」

「そうやって蒼を言いくるめたわけか。ふりでもいいから蒼の彼女になりたかったんだな」

麗一の無遠慮な物言いに、菜月は肩をびくりとさせた。どうやら図星らしかった。

「この前やけに帰りたがらなかったのは、弟にたいするチンケな見栄のためか。今まで彼氏の家に入り浸りだった姉が急に早く帰ってくるようになったら、フラれたと思われるもんな」

「やっぱヤな奴」

吐き捨てるように言う。麗一はまるで気にするそぶりも見せない。

「蒼はなんのメリットもないのに、君の申し出を受けたのか」

「違うよ。私は居場所がほしかった。蒼は親にバレないように出かけたかった。目的が一致したから、協力することにしたの」

「それって、どういう意味？」

蓮司の問いに、菜月も首をひねった。

「なんていうか……カモフラージュのため、かな。私と出かけるとか言って、よくどっか行ってたみたい」

「どっかって、どこに？」

菜月の表情が一気に曇る。悔しそうに下唇を噛んだあと、ふてくされたような口調で言う。

「詳しく教えてもらってないけどさ、たぶん女の家だな、あれは。なんか訳ありな感じだった。『親には絶対言えない相手』って言ってたから」

メシアとの会話が脳裏《のうり》を過る。その人こそ蒼をいじめから救った女性ではないのか。だとしたら、ある事件の被害者である女性は今も生きているか、少なくともごく最近まで生きていたということになる——。

麗一が身を乗り出した。

「なるほど、そいつは今回の事件の鍵となりそうだな」

「その女が、蒼をそそのかしてあんなことさせたってこと？」

「そこまでは言ってない」

「もしそうなら絶対に許さない。蒼と同じ目に遭わせてやる」

「血気《けっき》盛んだな。すぐバテるぞ」

「その女性を探せばいいのか」

蓮司の問いに、菜月はあっさり首を振った。

「無理でしょ。いっさい手がかりがないんだから」

「残念だが、あんたが言うなら間違いないだろうな。蒼が留守の間、女の手がかりを掴もうと部屋中探し回ったことも、一度や二度じゃなかっただろうから」

麗一があっけらかんと言う。

菜月は頬をカッと赤くさせて、身を縮こまらせた。これも図星のようだった。

麗一はとくに言及することもなく、蓮司のスマホを手に取って、先ほどの板書を画面に映した。

それから菜月にかいつまんで情報を明らかにした。

「俺らが紐解くべきは、比較的手がかりが掴みやすい蒼の母親と葛城宗次郎だ。俺はこの二人になんらかの関連があると考えている」

「まあ、考えたくないけど、ね」

菜月が声を落とす。蓮司には、二人の腑《ふ》に落ちた様子がなんとも不思議だった。

「だから、そこでなんで蒼君のお母さんが出てくるの？」

二人の視線が蓮司を捉える。深い闇の底に、透明なガラス板で蓋《ふた》をしたような眼差し。

「滝君にはやっぱりわからないよね」

「え？」

「それでいい。蓮司は俺たちとは違うし」

きっぱりと言われて、胸の奥を冷ややかな痛みが刺した。

「私があの人の前で、なんであんなふうにお上品に振る舞ってたかわからない？」

「あの人って、もしかして、蒼君のお母さんのこと？」

「私、蒼と出会う前にあの人に偶然会ったことあるんだよ。中一のとき、近所のコンビニでね。レジの前に並んでたあの人が、小銭を落としたの。足元に転がってきたから、拾って渡そうとしたら――」

菜月が苦い顔になる。

「びっくりしたよ。腐ったゴミでも見るような目つきで見下されたんだもん。で、物凄い引き攣《つ》った顔のまま『違います』って。『いや、落としましたよ』って言ったら、『私のじゃないです』って逃げるように去っていった。まるで、私が触った小銭なんて汚くて受け取れないとでも言わんばかりに。こっちは親切のつもりでやったのにさ。あーっ、今思い出してもホント腹立つな」

頭を殴られたような衝撃が蓮司を襲った。

麗一が頬杖ついたまままたずねる。

「そんなにひどい恰好してたのか」

「うち、中学んときはちょっとグレてたから。金髪で上下灰色のスウェット着て、ピアスもいっぱいつけてた」

「ちょっとじゃないいな」

「でも、それがあんな態度とっていい理由にはならないでしょ？　ホント嫌な気分になったし、ずっと記憶に残ってた。だから高校生になって蒼の彼女として再会したとき、あの時の人だって、一目でわかったよ。私は高校に入ってからすっかり落ち着いてたし、事前に蒼から言われて注意してたから、向こうは気づいてなかったけどね」

「『自分の母親は見た目で人を判断するから気をつけろ』とでも言われたのか」

「もっと遠回しな感じで、なんていうか、『母は人の本質に気づかないようにしているから、どうしても見た目や肩書で判断してしまう』みたいなこと言ってた。横浜聖英って嘘ついたのも、そこんとこ。蒼から提案されたの。舞岡東はけっこう派手な生徒が多くて、あの人はよく思ってないようだったから」

「人の本質に気づかないじゃなくて、気づかないようにしている、か」

麗一が意味深に呟く。

「……麗一も同じだったの？」

蓮司は微かに息苦しさを覚えながら、尋ねた。

「俺の知らないところで、同じような態度をとられたのか」

菜月がばつの悪そうな苦笑いを浮かべた。

「知らないところで、っていうか、滝君の目の前で、だよね」

「え？」

「三人で訪問したあの日。まさに対面した瞬間。卯月君のこと残酷なくらい見下すような目で見てたの、滝君は気づかなかったんだ」

菜月の言葉に、蓮司はかなり動揺した。

「いや、だってそれは麗一があんな態度をとったからで……」

「その前だよ蓮司。まだ挨拶さえ交わす前だ。一目見て、俺を軽蔑すべき対象だとみなしたらしい」

「そんなことは、まったく……」

「まあ、ほんの一瞬だったからな。あの人、それきりもう二度と俺と目を合わせようともしなかった」

麗一は視線を落として静かに吐き捨てた。

「あれは人として駄目だろう。さすがに腹が立ったし、だからつい必要以上に失礼な態度をとってしまった」

違和感の背景にそんな理由があったなんて。蓮司は腹の奥が鉛《なまり》のように重くなった。気づかなかった自分まで断罪されている気分になる。

暗く冷たい沈黙のなか、麗一が取りなすように言った。

「要するに、あの母親は異常なほど他人を見かけや肩書で判断する。少しでも許容範囲から外れると、憎悪や軽蔑に近い目で見てくるんだ。しかも、そういう視線を向けられたことがある人間にしかわからないやり方で——。だからそうじゃない大多数の人間にとっては『いい人』とみなされている。もしかしたら母親の二面性が、今回の事件に少なからず影響しているかもしれない。だから、母親は協力者ではなく、調査対象として接触を続けるべきである。あともう一点」

麗一は菜月の目を見据えて言った。

「すべて解決したら、経過も結果も子細に報告する。必ずだ。だから、こちらから協力を依頼したとき以外は、首を突っ込んでこないでくれ」

　厳しい口調だったが、菜月はもう反論したり怒ってみせたりすることはなかった。下唇をきつく噛んでうつむいたあと、麗一を力強い眼差しで見上げた。

「わかった。約束する。そこまで言うからには、解決できる自信があるんだよね」

「ああ、道筋は立っている」

「信じていいんだよね」

「大いにけっこう」

　ここで弱腰になるわけにもいかないので、蓮司も「もちろん」と頷いた。

　麗一がふっと息をつく。

「よかった。ところであの日以降、田崎さんは蒼の母親と会ったりした？　差し支えなければ詳細を聞きたいんだけど」

「ああー」

　菜月は頭を掻いて、困ったような笑みを浮かべた。

「もうだめかも」

「ん？」

　たちどころに、菜月は泣きそうな顔になる。

「本性バレちゃったよ。先週、蒼の同級生だった田山と一緒に会いに行って、面会させてもらったんだけど。田山ってすっごいオドオドしてるけど優しくていい奴なの。うちに蒼の学校での様子いろいろ教えてくれるし。あの人に嫌な思いさせられたらかわいそうだなーって思って。だから会わせたくなかったんだけど、どうしてもって言うから仕方なく連れて行ったんだ。……でも、案の定だよ。あの人最初はニコニコしてたのに、田山があまりにもオドオドしてるからか、明らかに表情がイラついていったの。このままだとやばいなって思って、わざと田山にキツく当たってさっさと追い返したわけ。そこまではよかったんだけどさ」

菜月は酒を呷《あお》るような豪快な仕草で、コップの麦茶を一気飲みした。

「そのあと、あの人にガストに連れて行ってもらったの。ガストだよ！　めったにありつけないごちそうじゃん。涙が出るくらい食べたいじゃん。あの人も『遠慮しないでいい』なんて優しいこと言ってきてさあ。むかし私のことあんな目で見てきたくせによぉ。それでついたくさん注文しちゃった。悶絶するくらい超おいしくて、気づいたらやばいくらいがっついて食べちゃってて、ハッとして見上げたら、あの人が、あのときと同じ氷のように冷たい目で、うちのこと見てるわけ。もう、さあ。今までずっと『菜月ちゃん』、『菜月ちゃん』って言ってたのがさあ。たった一瞬、気を抜いただけで、あの時とまったく同じ目で私のことを……ううっ」

菜月は鼻をずずっとすすると、酔っ払いのごとく勢いよくテーブルに突っ伏した。

狭い室内に、くぐもった声がサイレンみたいに響く。

「えっ？　もしかして泣いてるの？　えっ、田崎さん。大丈夫？」

蓮司はうろたえたまま菜月の元に駆け寄った。そして幼子をなだめるように、その背中をさすった。なんだかこんなことが前にもあったなと思いつつ。

菜月はなかなか泣き止まなかった。鼻をすすりすぎたのか、ヒィーンッと痛々しい音が鳴っていた。

「どうしよう」

蓮司は途方に暮れて麗一を見た。麗一は微動だにしない。

「大丈夫だ蓮司。そのうち泣き止む。この世に永遠に泣き続けられる人間なんて存在しないからな」

「そういう問題じゃないだろうが」

ううう｜っ、ヒィーンッ。ううう｜っ、ヒィーンッ、ヒビィィーンッ。痛々しい掠《かす》れた高音。よほど鼻水が出るのか、しきりに鼻ばかりすすっている。

「田崎さん、つらかったよね。よしよし」

菜月はぜんぜん泣き止まない。蓮司はただ背中をさすってやることしかできない。

麗一がようやく立ち上がって、菜月のそばに寄ってきて、つっけんどんな調子で言った。

「おい、そんなやけくそで泣いてると鼻の粘膜ザックリ裂けて血ぃ出るぞ。あれ地味にすげえ痛いぞ」

麗一の一声が効いたのか、菜月は急にすんっ……となった。

サイレンが止んで、室内がしぃんと静まり返る。

「ほら見ろ、泣き止んだ」

飄々とした麗一を、菜月が真っ赤な目で睨みあげた。

「ふん。ポーカーフェイス気取ってるくせして、あんたも大号泣した経験があるってことじゃんか」

今度は麗一が黙り込んだ。

十九時過ぎに田崎家を出て、横須賀線で北鎌倉駅に戻った。踏切のところで麗一と別れて、蓮司はひとりで県道沿いを歩いた。冷たい風が髪を揺らし頬を過ぎ去る。

思い出したように胸がじくじく痛んでくる。

麗一にはっきりと、蓮司は俺たちと違う、と言われてしまった。

蒼の母親の二面性に、自分だけがまったく気づけなかった。

菜月があれほど悩み苦しみ続け、麗一さえもはっきり怒りを感じていたというのに、自分は何も気づけなかった。それがすごく苦しかった。自分は人の表面的なところしか見えていなくて、実は誰の心にも寄り添えていなかったのではないか。

打ちひしがれて帰宅すると、台所から味噌汁のいい匂いがした。

「……ただいま」

「おかえりー」

母の明るい声が返ってくる。なぜだか鼻の奥がつんとなる。

自分にはいつも待っててくれている人がいる。

後ろめたさが胸を塞ぐ。用事があるからと足早に帰っていった麗一を、無理にでも連れてくればよかった。

室内灯が明るく照らすあたたかいリビング。ふかふかのソファで花梨があぐらをかいて漫画本を読んでいた。めんどくさそうに蓮司に視線をやる。

「兄ちゃんおかえりい」

「ただいま」

リビングを抜けて洗面室に直行する。手を洗おうと蛇口のレバーを引く。あたたかいお湯が出て、冷たい指先にえらく沁みた。

自分がどれだけ恵まれているかなんて、真剣に考えたこともなかった。自分には見抜けない闇の中で、苦しんでいる人がいるということも。

　形容しがたい焦燥感というか、自己嫌悪のようなものが胸にどんどん押し寄せてくる。

「蓮司」

　名前を呼ばれ、振り向くとエプロンをかけた母が首をかしげている。

「どうしたの、暗い顔して。何かあった？」

「ううん、別に……」

「あったんでしょ」

　蓮司は視線を床に落として、ぽつりと言った。

「俺は人の悪意に鈍感すぎるから、その悪意に苦しむ人の気持ちに気づくことができない」

「気づかないでいてくれるほうが、救われる人もいるでしょう」

　母の声は優しかった。

　いろんな感情が混ざり合ってせめぎ合い、布団に潜《もぐ》り込んだあとも蓮司はなかなか寝つけなかった。

第四章　沈黙と憶測

一

——貴子ちゃん、ほんとうに来てくれるよね。信じていいんだよね？
——何言ってんの、凜子《りんこ》。当たり前でしょ。

貴子が目を覚ますと、柔らかなブランケットがかかっていた。時刻は二十時を過ぎている。どうやら夕飯の支度《したく》をしたあと、ソファでうたた寝してしまったらしい。稔は十八時過ぎに客先訪問があると言っていたから、出かける前にブランケットをかけてくれたのだろう。さり気《げ》ない優しさが、胸に深く沁みる。

ひとつ咳《せき》をして、ゆっくりと上体を起こす。軽い頭痛とともに、おぼろげに記憶がよみがえって、うっすらと寒気を覚える。

なぜ、あのときのことを夢に見たのだろう。

額《ひたい》を嫌な汗が流れる。

骨ばった手の甲で額の汗を拭《ぬぐ》う。

あの日も、十月十一日だった――。

ただの偶然に決まっている。つながりなど、あるわけがない。

それなのに、どうしてこんなふうに動悸《どうき》がするのだろう。

静寂のなか、玄関扉がガチャリと音を立てる。「ただいま」と、どこか軽やかな稔の声。

貴子はふらりと起き上がり、玄関先へと向かった。

「おかえりなさい。ごめん、私寝ちゃってて、ご飯の支度とか何もしてないの」

「いいよいいよ、適当に食べるから。まだ顔色悪いね。僕のことはいいから、ゆっくり休みなよ」

稔やかな稔の優しさに、貴子はまた救われるような思いがする。だが、胸の奥底にうずまく不安は消えない。

なぜ今になって彼女の夢を見たのだろう。

震える肩。

凍える林道。

とめどなく流れる血。折れ曲がった手足。浅い呼吸。脳内をかけ巡るサイレンの音。

あれから二度と、帰らなかった。

急なめまいを感じて、貴子は壁際に手をついてもたれた。稔は靴を脱ぎ捨てて、慌てた様子で貴子の肩に両手を添えた。

「わっ、ほんとうに大丈夫なの？」

「ええ、ごめんなさい」

「熱があるんじゃないの。風邪薬を買ってこようか」

稔が心配そうな顔で、貴子の額に自分の額を合わせた。

「大丈夫よ。ありがと」

「うん、熱はないみたいだ」

久しぶりに間近で稔と向かい合った。心なしか、普段より健康そうに見える。目の下の青黒いクマは薄れて、顔色も不思議と明るい。貴子の視線に気づいたようで、稔は罪悪感をにじませた。

「悪いね、僕だけ健康的で」

「どうして謝るの。いいことでしょう」

稔は小さくかぶりを振って、はあーっと途方もなく長いため息をついた。

「なんだか、職場のみんなにすごく気を遣われてるんだ。定型業務や雑務に関しては同僚がほぼ全部引き受けてくれてる。本当は、来週から山形工場の装置立ち上げに向かう予定だったんだけど、それも部下がバトンタッチしてくれて」

「そう……。よかったじゃない」

たしかに、普段なら帰宅は深夜をまわることがほとんどだが、ここ数日は二十一時を過ぎることはない。稔は申し訳なさそうな表情でうつむきがちに言った。

「僕は……ここ数日だいぶ身体の調子がいい。常に残業残業で万年寝不足気味だったのが、ここ数日は、本当によく眠れているんだ。蒼も君も暗闇をさまよっているというのに、僕だけ……。そんな自分が申し訳なくて」

「蒼のこといろいろ考えてくれてるから、疲れがたまっているんでしょう」

稔がいじけたように鼻をすする。

「でも、自分がすごく薄情な人間に思えてね」

「気にしすぎだってば」

貴子はふいに愛《いと》おしい衝動に駆《か》られて、ゆっくりと右手を伸ばし、稔の頭をぽんぽんと叩いてやった。稔が照れくさそうに口元をゆるめ、それから貴子の身体をそっと抱きしめた。稔は男性にしては小柄で、互いの胸がぴたりと重なり合う。心音と体温が交《まじ》わると安心した。

胸底にはびこる異物を、ふいに吐き出したくなった。

「早川《はやかわ》凜子って」

貴子はほとんど無意識にその名を口に出していた。

だがその瞬間、空気が一変した。温かみのある稔の体温が、氷漬けされたような錯覚に陥《おちい》る。けれどもう後戻りはできない。

「早川凜子。覚えてるでしょう。私、彼女のことを夢に見たの。それで、思い出したの。たしか、あの日も十月十一日で——」

「関係ない」

低く押し殺した声。顔をあげると、稔の瞳は深い闇色のなかに閉じていた。傷口がこじあけられるのを、必死で食い止めようとするその瞳。しかし、貴子は話さずにはいられなかった。

「私も信じたくないけれど、もしも、関係があるとしたら——」

稔は抱きしめていた貴子の身体を引き離し、両肩に手を添えて真正面に向かい合った。それからぽつりと告げた。

「あれはとっくに終わったんだよ、貴子」

まるで自らに言い聞かせるような、稔の声。顔に振りかかる荒い息。

「君は何も悪くない。悪いのはぜんぶあいつらだよ。見方を変えれば君だって被害者じゃないか。それに、今さら誰がなんのために蒸し返すんだ？　関係なんてあるはずがない」

「でも、そもそもの発端《ほったん》は私が――」

「誓っただろう。あのことは永遠に忘れて前を向くんだって。君はそう誓ったじゃないか」

その言葉が、貴子の胸を閃光のように鋭《するど》く貫いた。

稔の言うとおりだった。

「ごめんなさい。もう二度と、こんなことは口にしない」

貴子がそう告げると、稔はようやく手の力を緩《ゆる》めた。闇色の瞳が徐々に温みを取り戻していく。

「……僕のほうこそ、感情的になってごめん」

「ううん」

稔はもう一度貴子を優しく抱きしめると、洗面室のほうへ向かっていった。その後ろ姿を見つめる。小さくも逞《たくま》しい背中を。あの日からずっと、私のことを守り続けてくれた背中を。

――そう、誓ったのだ。

私は絶対に、二度とあちら側の世界には関わらない。

安全で健やかで正しいものに囲まれて、不穏な気配がするものはすべて排除する。

過去に起きたあの忌々《いまいま》しい事件は、私が犯《おか》した取り返しのつかない罪は、すべて忘れて生きていく。

そうしなければ、私は壊れてしまう。

守るべきものを、守れなくなってしまう。

貴子はなお不穏に高鳴る鼓動を沈めるよう、そっと胸に手を押し当てた。

男子高校生の自殺未遂放送事件　両親がコメント発表

10月25日17時15分配信

11日、横浜市にあるX高校の男子生徒が近隣のY高校に侵入し、校内放送網を用いて自殺未遂の様子を特定の教室に放送した事件について、男子高校生の両親が報道機関にコメントを発表した。全文は以下のとおり。

この度は息子の行動によって多大なるご迷惑・ご心配おかけした皆さまに深くお詫び申し上げます。大変申し訳ございません。

誠に恐縮なお願いでございますが、報道機関の皆さまにおかれましては、周囲の方々にご迷惑をおかけするような取材行為、私共のプライバシーを侵害するような行為を控えていただきますようお願いいたします。

先日公表がありましたとおり、学校ではいじめ行為はありませんでした。医師の見解によりますと、精神障害の疑いということで、今も懸命な治療が続けられています。

私たちはこれ以上第三者による詮索や報道が続けられることを望んでおりません。息子の一日でも早い回復と社会復帰のためにも、どうかこれ以上本件については触れずに、私共のことはそっとしておいてくださいますよう、心からお願い申し上げます。
何卒、ご配慮のほどよろしくお願いいたします。

コメント：12589件

こういうことです。マスコミや我々部外者が騒げば騒ぐほど、ただでさえ心と体に深い傷を負った少年を追い詰めることになる。彼が一日でも早く回復するよう、私たちはただ見守りましょう。

▼返信
完全に同意します。第三者が面白がって好き放題言うのは絶対によくない。

▼返信
そのとおりです。彼の行為は、偶然それを目撃してしまった人々、彼の通う高校、現場となった高校にものすごいダメージを与えた。ただ、心身共に大きな傷を負い、ネット上で無限に拡散されプライバシーを全て暴かれた彼は、もう十分すぎるくらいの制裁を受けたはず。
興味本位な憶測やプライバシーを侵害する報道は絶対にやめるべきだが、警察は捜査を続けて原因を明らかにするべき。警察から捜査を終了したという発表はないから、まだ事件性ありと見ているってことだよね？　単なる精神障害であそこまで用意周到に自殺する様子を中継するなんてありえない。絶対に誰かに脅されてやったんだと思う。

▼返信
あなたのそのコメント自体が『興味本位な憶測』にあたるんですけど…。

▼返信
私も黒幕がいると思います。

彼がとった行動よりも、彼をおもちゃにして何百倍もことを大きくしてるネット民たちのほうが、よっぽど恐ろしい。彼が悪魔に憑かれたんじゃないかと考察する人たちがいるが、悪魔に憑かれているのはあなたたちではないの？

▼返信
心無い書き込みや推測には反吐が出る！　全員まとめて名誉棄損で訴えるべき！
まさに呪いのビデオですね。リングをリスペクトしてつくったんでしょう。遠く及ばないクオリティーですが、現代の若者にしては良い着眼点です。

彼がまだ中学生のころ、用水路に転落した高齢者を助けてあげたというネットニュースを見つけました。本当に心の優しい少年なんだと思います。何が、彼をこうさせたのか。ほんとうに悲しく、謎に満ちた出来事です。

▼返信
それ以外でも、やたら迷子とか行方不明の高齢者とか見つけて保護してたって話、聞きますよね。なんか逆に闇を感じるんですけどね。親の愛情不足で、誰かに褒めてほしかったのかなって。

二

「あれって結局なんだったの？」

「狂言自殺ってやつでしょ」

「狂言って意味違うから」

「つーか自殺って、あの子まだ死んでないっしょ」

「社会的には死んだも同然じゃない？」

「あーあ。せっかく横浜聖英まで行ったのに、もったいない」

「つーか受験で頭おかしくなったんじゃないの？」

「それな」

——早く帰ってくれないかな。

夕暮れどき、上大岡駅前のドトール。右隣に座る女子高生たちの会話に不快感を覚えながら、蓮司は小さく息を吐いた。氷が溶けて透けたオレンジジュースから、隣に座る麗一に視線を向ける。目を閉じてCDプレイヤーで音を聴いている。完全に自分の世界に入っている。

後ろから、また別の会話が聞こえてくる。

「もしかして本気で信じてるわけ」

「いや、さすがに単なる都市伝説だと思いますよ。けど、やっぱり霊的な何かが悪さして、ああいう狂った行動をとったんじゃないかとは思ってますけども」

「まあ正気の人間がやることじゃないわなー」

「でしょでしょ。やっぱなんか乗り移ってるんですよ。やばい怨霊《おんりょう》的なのが。で、そいつがあの少年の身体を借りて、昔自分を殺した犯人を見つけ出そうとしてるわけですよ」

「そんなんガチで言ってるやついないっしょー」

「いやいやネットだと結構有力な説ですよ。怪奇現象でもないと、あんなの説明つかないでしょう」

「『正』の場所がわかりゃあなー」

「特定班が総出で探してんのに、未だ見つかってない。異例中の異例ですよね、コレ。実はこの世には存在しない場所だったりして。ひひ」

振り返ると、声の主はフリーターか大学生か若い男性二人組だった。

ほんとうに誰しもこの話題ばかり口にしている。学校や仕事のこと、好きな芸能人や漫画のこと、何気《なにげ》ない会話の流れにあの事件が共通の話題としてあがっている。

蒼の両親は『そっとしておいてほしい』とコメントを発表していたが、当分は落ち着きそうもない。

ストローでオレンジジュースを飲み干して、隣を見るとまるで初夏の森林で日光浴しているかのごとく、心地よさそうに目を瞑《つむ》っている麗一がいる。

蓮司はなんとなく腹が立って、片方のイヤホンを軽く引っ張った。

「何聞いてるんだ」

「神の啓示」

「はあ?」

「冗談だよ。シュレッダーの音だ」

「もっとわけがわからない」

「アイリスオーヤマ製の細密オフィスシュレッダーが奏でる裁断音が、俺の一推しなんだ」

「こんなに返事に困る話題はじめて」

まあ、あの事件を茶化すような話題よりは、シュレッダーの音でも聞いていたほうがマシか。そう思いながら片方のイヤホンを借りようとしたとき、前方から二十歳前後の女性がやってきた。

「ごめーん、遅れちゃった」

「いえいえ」

麗一が立ち上がってお辞儀《じぎ》したので、蓮司もそれにならう。

「すみません、お忙しいところ。お時間いただきありがとうございます。こっちは同じく事件のことを調べている同級生です」

「滝蓮司です。よろしくお願いいたします」

明るい茶髪のよく似合う活発そうな女性は、蓮司にからっとした笑顔を向けた。

「どーも、山木千夏です。貴子さんと同じ、リズ上大岡店で働いています」

向かい合って座ると、千夏はテーブルに身を乗り出した。

「大親友の蒼君のために、バディ組んで真相を突き止めようとしてるんでしょ。いいねー、アツいね。うちが答えられることなら、なんでも協力するよ」

そういう話になっていたのか。

麗一は嘘を嘘とも思わせぬ慇懃《いんぎん》な態度だった。

「ありがとうございます。僕らがお聞きしたいのは、蒼君のお母さんについてです。山木さんから見て、どんな方ですか」

千夏の笑顔にわずかに翳《かげ》がさしたのは、気のせいだろうか。

「普通にいい人だよ、貴子さん。うちが急に体調悪くなったときとか、交代してくれるし」

「誰にたいしてもですか」

千夏が困惑した表情を浮かべる。

「えっとー、もしかして貴子さんのこと疑ってるのかな」

「いえ。ただ蒼君は学校や塾ではいじめやトラブルがなく、バイトもしていなかったと聞いています。残るは家庭問題の有無だけなので、そこをクリアにしておきたいな、と」

「なるほどね。まあ、なんていうかパッケージで人を見るところはあるよね」

「パッケージ……ですか」

蓮司は、昨日の話を思い出していた。円城寺貴子の清らかな印象が、徐々に歪んでいく。

「最初は、めちゃくちゃ優しくて面倒見がよくて、すごくいい人だと思ったんだよね。けどさ、休憩時間に家族の話題になったとき、うちの弟がちょっと荒れちゃって、たまに喧嘩して帰ってくるって話をしたら、すっごい目で見られたの。あれはヤバイよ。かなり冷たい目で見られてゾッとしたもん。ほんの一瞬だったたし、べつにそれ以降どうこうってわけじゃないけど……なんか、ね。あの目を思い出すと多少モヤるとこはあるよね」

「たしかにそれは、引っかかりますね。でも、そういうわかりづらい違和感をのぞけば、いい人ということですか」

蓮司の問いに、千夏はソイラテを一口飲んでから答えた。

「紗枝《さえ》ちゃんっていう子がいて。高校卒業と同時にやめちゃったんだけど、貴子さんすごくかわいがってたの。なのに、この前紗枝ちゃんからＬＩＮＥが来てさ、『駅前のスーパーで貴子さんを見かけたから「お久しぶりです！」って声かけたら、一瞥《いちべつ》してから逃げるように去っていった』って。ガチでへこんでた」

「もしかして、その方、バイトをやめてから、身なりがすごく派手になったりしてますか？」

千夏はテーブルにぐっと身を乗り出した。

「よくわかったね！　そうなんだよ。紗枝ちゃんバンギャだしさ。高校は校則超厳しくて真面目〜な恰好してたんだけど、大学入ったら、髪はピンクとシルバーに染めて、ここらへんにピアスとか開けちゃって」

そう言って小鼻のきわを指さした。

「メイクもだいぶ変わったし、あの見た目が貴子さんは気に食わなかったんだろうね。だから一瞬で拒絶した。――要するにさー、貴子さんって中身とか関係なしで、極端に人をパッケージで見ちゃうタイプなんだよ。見た目とか家庭環境とか、家柄とか」

今までずっと不満に思っていたのかもしれない。こちらから続きを促すまでもなく、彼女はソイラテ片手に滔々《とうとう》と話し続けた。

「私と同い年で、佐川若菜ちゃんって子がいるんだけど。あの子が貴子さんのお気に入りナンバーワン。正直かなりどんくさくて、もう一年以上いるのにミスばっかするし、シフトの融通《ゆうずう》もきかないし、いっつもウジウジしてる。けど、小学校から慶應《けいおう》なんですよ、あの子。実家が由緒《ゆいしょ》ある呉服屋さんだとか。だから貴子さんに気に入られてるんだろーね。純粋でおしとやかで正しいお嬢様……っていうのは、やっかみも入ってるかもだけどさ」

千夏はばつが悪そうに視線を落とした。

「まあ、こんなところ」

麗一はふだん見せないような愛想《あいそ》笑いを浮かべた。

「すごく参考になりました。どうもありがとうございます。他に円城寺さんにまつわる印象的なエピソードがあれば、差し支えない範囲で教えてください」

千夏はほとんど悩むでもなく、口を開いた。

「秘密主義なところかな。たとえば、出身地とか」

「たしか、北海道でしたっけ」

「そうそう。貴子さん、函館出身なの。で、半年くらい前に新しく入ってきた子も偶然函館出身で。地元トークで盛り上がりそうでしょ？　けど、貴子さん頑《かたく》なにその話題を避けるの。その子が『函館のどこらへんですか』って聞いても、『中心部のほう』って言ったきりだんまり。なんか違和感あったなあ」

「故郷に嫌な思い出があるのかもしれないですね」

「そうそう、自分のことぜんぜん話さないんだよ。警戒心が異常に強いっていうか。たしか高校卒業とともに上京して、横浜にはお子さんが生まれる前に越して来たらしいけど」

「年齢とかってわかりますか。高校生の親にしては、ずいぶん若く見えますけど」

「スタイルいいし美人だからねー。うちの職場、ざっくばらんになんでも話す感じだから、年齢をぼやかすのも貴子さんくらいなんだよね。アラフォーとは言ってたけど。なんかいろいろ謎な人だよ」

千夏はひとつため息つくと、思い出したようにスマホを見た。

「ごめん、そろそろ彼氏帰ってくるから」

「はい。ご協力どうもありがとうございました」

蓮司と麗一は立ち上がって深く頭を下げた。

去りぎわ千夏は麗一だけをじっと見つめたまま、意味ありげな笑みを浮かべた。

「ねっ、一枚だけ写真撮ってもいい？」

「はあ」

蓮司は早々に意図を汲《く》み取って、麗一からすばやく距離を置いた。千夏は当然のごとく麗一だけにスマホを向け、一枚と言わず何枚も写真を撮った。

「ヤバいよねー、ガチの美形。人生楽しくてしかたないでしょ」

「はあ」

「彼女も美人？　写真あったら見たいな」

「いません」

「ああ、特定の女は作んないタイプね。なるほどねー」

千夏は最後まで麗一に目線を固定したまま、名残《なごり》惜しそうにその場を去った。

蓮司は空気だった。しょっちゅうあることだし、それで自分自身が不利益を被《こうむ》るわけでもないのだが、毎回微妙に傷つく。

麗一は麗一で、また白けた顔をしている。

「円城寺貴子は人を見かけで判断する奴だと苦言を呈《てい》した直後にあの発言。みごとなブーメランだ」

「いいじゃん。褒《ほ》め言葉なんだから」

「まあ、円城寺貴子のあの視線よりはマシだが」

蓮司は先日のことを思い出してまた気分が暗くなった。

「麗一が嫌な思いしてることに気づかなくてごめんな」

反して麗一は狐《きつね》につままれたような表情になる。

「なんで謝るんだ？　気づかなかったってことは、蓮司は俺がそんな目で見られるような人間だとは、全く思ってないってことだろう。嬉しかったよ」

「……そっか」

本心からそう言ってくれているのだと十分に伝わり、蓮司は心底ほっとした。ずっともやもやしていた、胸のつかえがとれたようだった。母が言ってくれた言葉の意味が、ようやくわかった気がする。

二人は喫茶店を出て京急線から横須賀線に乗り換え、最寄《もよ》りの北鎌倉駅に降りた。秋風のなか、金木犀《きんもくせい》がいっそう濃く香る。冴えた夕陽が白く照らすコンコースを並んで歩く。

「さて蓮司、先ほどの山木さんの話を受けてどう思った？」

「蒼君のお母さんは、過去に出身地である函館で何かあったんだろうね。周囲に素性《すじょう》をぼやかしているのも、それと関連があるかもしれない」

「今回の事件とどう繋がるかだな」

「ああ。俺は蒼の母親と葛城宗次郎の双方とも、過去のある事件にかかわっていて、それが時を経て今回の事件に繋がったと考えている」

「けど葛城さんはずっと関西圏にいたんだろう。二人が知り合う機会なんてあったかな」

「短期間でも、ほんの一瞬でも二人が交差するときがあったかもしれない。そこも調べないとな」

ポケットに入れていた蓮司のスマホが振動した。母親からの着信だった。たいていLINEで済ませるのに、電話とはめずらしい。

『もしもし、蓮ちゃん？』

うろたえたような母の声。

「何かあったの？　大丈夫？」

『いや、あのね、さっき警察の方が来たのよ。尾崎さんっていうおじさんと、丸さんっていう女の人。麗一君が二十二日の夜ここに泊まっていたかどうかを聞きに来たって』

気づけば麗一がスマホを挟むように耳を寄せていた。蓮司はスピーカーをオンにした。線路脇の雑草が生《お》い茂る場所で、二人とも立ち止まり耳を澄ます。

「それで？」

母はなぜか怒ったような声になる。

『もちろん、泊まってましたって答えたわよ！　夜中にこっそり抜け出したりとかはなかったかって聞かれたから、ありえません。私は葉擦《はず》れの音で目が覚めるくらい耳がいいので、自信がありますって答えてやったの』

「なんか怒ってない？」

『そりゃ怒るでしょ。だって麗一君のこと、まるで犯罪者みたいな物言いで、アリバイがどうたらとか、同じこと何度も何度も聞いてきて……ほんとう、失礼しちゃう。丸さんだっけ？　女性のほうはとっても感じがよかったんだけどねえ。男性のほうはダメだね、尾崎さんって人』

麗一が恐縮そうに身体を縮こまらせる。

「僕のことでご迷惑おかけして申し訳ありません、まさかほんとうにアリバイを確認しに行くとは思わなくて……」

『うん？　ま、とにかく安心してちょうだい。あらぬ疑いは私が一掃したから』

母はひとつ声を落として言った。

『ねえ蓮司、大丈夫だよね？　また危ないことに首突っ込んだりしてないよね？　お母さん、とにかくそれだけが心配なの』

「……大丈夫、それは、絶対に」

蓮司はほとんど自分に言い聞かせるように言った。横から麗一が口をはさむ。

「お母さん安心してください。僕がいるので蓮司君は無敵です」

『無敵ねえ……』

母の声が一気に曇る。

「余計なこと言うな」

麗一の肩を小突《こづ》いて、蓮司は取り繕った。

「俺も麗一も前回の件ですっかり懲《こ》りたから、危ないことには絶対関わらない。大丈夫だよ」

「そうです。僕ら受験に落ちようとも、命は決して落としません」

「だから余計なこと言うなってば」

三

「夜分にお電話すみません、夕方にメールさせていただいた卯月です。佐川若菜さんのお電話でお間違いないでしょうか」

『はい、佐川です。こんばんは』

「こんばんは。お忙しい中お時間つくっていただきありがとうございます」

『いえ、こちらこそ。私もネットとかで円城寺さんが根拠のない悪口を書かれているのを見て、物凄く嫌だったので。その疑いが少しでも晴らせるなら、ぜんぜん、なんでも協力させていただきます』

「ではさっそく。佐川さんから見て、円城寺貴子さんはどんな方でしたか？」

『それはもう。優しくて頼りがいがあって綺麗で、すごく尊敬している方です』

「そうですか。一緒にお仕事されていて、何か引っかかる点はなかったですか」

『いえ、何も……』

「山木さんの話だと、とにかく秘密主義だとか」

『それはだって、理由がありますから』

「教えていただけますか」

『ちょっと……。円城寺さんから誰にも言わないでって言われてるので……』

「根拠のない誹謗中傷《ひぼうちゅうしょう》がこれ以上激化するのを防ぐ手がかりになるかもしれません」

『……誰にも言いませんか？』

「もちろんです。決して他言しません」

『それであれば……。私は一年前からリズで働き始めて、円城寺さんには一番お世話になっています。誘っていただいて、何度かランチもごちそうになって。そういうときに、たまたま出身地の話題になったんです。円城寺さん、函館出身って嘘ついてるって言ってました。はっきりどこかは聞かなかったですけど、関東圏出身って言ってました』

「円城寺さんは、なぜそんな嘘を？」

『地元のことを思い出したくないから、って。たくさん旅行したことがあったから、適当に函館出身ってことにしてるって』

「よほど地元にトラウマがあるんですね」

『高校生の頃、ひどいいじめに遭《あ》っていたそうです』

「被害者側ですか」

『はい。私も一時期いじめに遭っていたので、トラウマの克服方法とか、いろいろアドバイスいただいたり』

「具体的な話って、聞いてます？」

『いえ。いじめられて不登校になった、としか』

「卒業はできたんですか」

『いえ、中退したと伺《うかが》いました。三年生の秋頃だったと』

「家族関係は何かわかりますか」

『ご実家とは、完全に疎遠《そえん》だそうです。円城寺さん、授かり婚なんですけど、ご実家がすごく厳しいらしくて、妊娠を告げたと同時に勘当《かんどう》されたって言ってました』

「そんな理由で勘当されるんですか」

『たぶん、今とは時代が違うので……』

「円城寺さんにご兄弟はおられますか？」

『一人っ子だそうです。私が姉と仲良しだっていうと、すごく羨《うらや》ましいって仰《おつしや》ってました』

「ご家族について他に何か話されてました？」

『義実家というか、義母が近くに住んでいるようで、すごく困っている様子でした』

「介護か何か？」

『いえ、お義母《かあ》さんがアポなしでよく押しかけてくるから、ストレスがすごいって言ってました』

「なるほど。過干渉な姑《しゆうとめ》がいるんですね」

『そのせいでインテリアとかも好きにできないって言ってました。お義母さんにネチネチ言われるのがしんどいから、反感を買わないようにかなり気を配ってるって……』

「飾りたくもない写真を、姑のために飾っていたりとか」

『そこまで具体的なことは聞いてないですけど……』

「失敬。ほかに何かエピソードはありますか」

『うーん……。メールいただいた時点でいろいろ考えたんですけど、とくに、思い浮かばないですね……。なんというか、あまり話したくなさそうな感じだったので』

「そうですか。それにしても、すごく信頼されていたんですね。秘密主義の円城寺さんが、家庭のことを打ち明けるなんて」

『そうだったら嬉しいですけど、たぶん違います。私、バイトでも孤立してるんで……。円城寺さん以外ろくにしゃべってくれる人いないから、私に何かしゃべっても、噂を流される心配がないってだけだと思います……』

四

「きのう、警察の方がうちに来たの」

時計の音が鮮明に聞こえる。重い扉越しに看護師が速足で過ぎ去っていく。大きな窓向こうでは、染まり始めた銀杏《いちょう》の葉が揺れる。薄灰色の空をゆっくりと雲が漂う。

目に映るいろんなものが動いている。音が聞こえる。

目の前のベッドで眠る蒼だけ、時が止まっているようだった。

貴子はパイプ椅子から立ち上がり、白い掛け布団をめくった。薄水色の患者衣の、痩《や》せた胸はたしかに上下している。その様子をしばらく眺めて、布団を戻し、また椅子に腰を下ろした。

「前にも少し話したよね。尾崎さんっていう風格のあるベテランと、丸さんっていう新米のちょっと危なっかしい女の子。ドラマみたいな組み合わせでしょ。蒼がどうしてあんなことしなきゃいけなかったのか、その理由をずっと調べてくれてるのよ」

貴子はうつむきがちになり、自分の青白くかさついた両手を見つめた。

「こんなこと、蒼に話すべきじゃないかもしれない。でも、あの日からあなたは変わってしまった。一言も口を開かないばかりか、私たちと目を合わせようともしない。あなたはどこか別の世界にいる。このまま永遠に心を通い合わせることができないんじゃないかと思うと、お母さん、すごく怖いの」

蒼はあの日から何も変わらない。ほとんどずっと眠り続けている。起きているあいだは、ただぼうっと虚空を見つめている。食事は少量だがきちんと摂っているし、排泄や入浴などは決まった時間に一人でできる。だが、すべて機械仕掛けの動作で、感情が欠落していた。

こちらの呼びかけにはいっさい応じない。答えのない永遠の暗闇を彷徨《さまよ》っているようで、貴子には耐えがたい恐怖だった。

静寂の病室で、貴子の声だけがわずかに反響する。

「だからお母さんの判断で、こう決めたの。警察から聞いたことを全部蒼に打ち明けるって。何かのきっかけで、あなたが正常な思考を取り戻してくれるかもしれないし。

あの映像はインターネット上で拡散されて、日本中の――ううん、世界中の人の目に触れた。こうして大勢の人から注目を浴びること、警察はそれが蒼の目的だったんじゃないかって言ってるの。

だって、蒼があの動画配信者の高校生に自分から連絡をとって、協力を仰《あお》いだんでしょう。

動画配信者の人は、蒼とのやり取りを全部削除して足がつかないようにしてたみたいだけど、警察はそんなに甘くない。データを全部復元して、あなたが二か月以上前からこのことを計画していたと摑んだの。それが昨日のこと」

蒼の表情はひとつも変わらない。閉じられた瞳の奥に何が見えているのかもわからない。

壁にかけられた時計を見上げる。面会終了の時間が迫っている。

明日も会えることに変わりはないが、決心が鈍《にぶ》らないうちにすべて話しておきたかった。

「あの映像は、誰かを脅《おど》すためにやったのよね？　……ごめん、言葉が悪かったかも。警告するためよね。でも、警告を発するべき相手の身元がわからないから、ああいう手段を取らざるを得なかったんじゃないかって、警察の方は言ってたの。それでね、葛城宗次郎さんっていう方が、二十一日の夜からずっと行方不明らしいの」

その名前を口にしても、蒼は目を閉じたまま、表情を変えることはない。貴子は辛抱強く続けた。

「ご家族の話によると、葛城宗次郎さんはテレビであの映像が流れた途端、顔を真っ青にして、言葉もなく、部屋に閉じこもってしまった。そして、蒼が指定した日の前日、『急な用事で出かける』と言って、行き先も告げずに出ていった。それからずっと、帰ってこないんだって。

蒼が警告したとおり『彼女を閉じ込めた場所』へ取引をしに行ったけど、なんらかの理由で戻ってこれなくなった……警察はその可能性もあるって考えているみたい。

ねえ、その人が蒼の言っていた『加害者』なの？　天王寺かつらぎクリニックの院長、葛城宗次郎さん。知らない？」

貴子はひときわ大きな声でその名前を告げた。しかし、蒼の表情に変化は見られない。

「悔しいけど、お母さんには全然わからないの。医院のホームページを見たけど、生まれも育ちも関西の方で、蒼と関わりがあるとは思えなくて……。当然、お母さんもお父さんも、まったく知らない人だし。葛城さんが、自分のことだと勘違いしちゃったのかな。だとしたら、どうして行方不明のままなんだろう？　警察には、蒼も心当たりがなさそうだったって伝えるけど、もし何かあったら、警察の方が直接ここに話を聞きにくるかも……。お母さん、それだけは避けたいの」

ひとり話し続ける自分、物言わぬ蒼。虚しさと悲しみと焦燥感が加速度的に増していく。

「……蒼はいったい、誰をなんの目的で、どこに呼び出そうとしてあんなことをしたの？　あの場所はどこなの？　加害者って誰のことなの？　蒼は誰のいじめを目撃したの？　……お母さん、ずっと蒼のことをいちばんに考えて生きてきたのに、どうしてわかってあげられないんだろうね」

鼻の奥がつんとして、乾いた目頭が熱くなる。扉が少し開いて、看護師が面会終了を告げた。

立ち上がってパイプ椅子を壁際に立てかける。蒼のほうを振り返る。

「……お母さんが過去に犯した罪が、関係してるの？」

消え入りそうな声。

蒼は何も答えなかった。貴子の視界は涙で滲《にじ》んでおり、表情に変化があったかどうかも、わからなかった。

＊

いじめは続いています。続いてるけど、もう大丈夫。

ううん、先生がいるから。先生が僕を見つけてくれたから。

来週もまた来ます。再来週も、その次の週も、ずっと。

ずっと、先生に会いに行きます。

第五章　渾渾沌沌《こんこんとんとん》

一

十月二十七日、木曜日――。

一限の数学が終わると、めずらしくA組の教室に麗一がやってきた。一番前の窓際にある蓮司の席にまっすぐ向かってくる。相変わらず無表情だが、放つオーラがなんとなく上機嫌そうである。

「やあ蓮司君、こんなところで奇遇だね」

「ここ俺の席」

やはり浮かれている。麗一がこういう芝居がかった口調になるのは、面倒ごとを頼むときだと相場が決まっている。

麗一は蓮司の肩に大仰《おおぎよう》に腕を回した。いっそう嫌な予感が強まる。

「蓮司の母さん、赤福《あかふく》が大好物だろう」

「そうだけど……急に何？」

蓮司の母は、あの美しいフォルムの高名な餅《もち》菓子をこよなく愛しているのだ。

「母の日も近いし、そろそろ赤福がご入用じゃないか」

「いま十月」

「担任が言ってたんだけど、新大阪《しんおおさか》駅の土産物屋に赤福が売ってるらしい。ということは蓮司、赤福を買いに大阪へ行かなくてはならないいな？」

「いや通販で買えるし」

「ワンクリックで買う赤福より、足を運んで手に入れた赤福のほうがなんとなくプレミアムな感じするだろう。どうだ蓮司、今週末ぜひ赤福を買いに大阪へ――」

「本心はなんだよ」

「葛城宗次郎」

「はっ？」

麗一は胸ポケットからくしゃくしゃに丸まった紙くずを取り出して、素早く広げた。くすんだ曇り空を背景にして、薄水色の四角い建物が写っていた。

「ここ天王寺かつらぎクリニックは二階建てで、上階が自宅になっている。赤福を買うつ
いでに葛城一家を訪ねてうまいこと言いくるめて家にあがらせてもらい、いい感じの理由をつけて葛城の自室に侵入して事件の手がかりを探し出そう」

「ついでの難易度が高すぎるだろ」

「成功した暁《あかつき》には赤福で乾杯だ」

「おそらく乾杯に最も向いてない部類の食べ物だよ」

「なあに二人とも、赤福買いに行くの？」

横からクラスメイトの古田《ふるた》すみれ子《こ》が会話に入り込んでくる。

「うちのおばあちゃんも赤福大好き」

「僕は小島屋《こじまや》のけし餅をおすすめするよ」

いつの間にか志田もあらわれた。

「うちは萩《はぎ》の月《つき》ー」

「その系統ならかもめの玉子《たまご》でしょ」

「通《つう》は金萬《きんまん》を推《お》す」

「通《とお》りもんがいいなあ」

「鎌倉市民たるものクルミッ子と鎌倉半月《はんげつ》だろ」

「鳩《はと》サブレーを忘れたとは言わせない」

「多数決で決めようぜー」

「待ちなさい、ここは代議員の僕が仕切らせてもらう」

クラスメイトたちが知らぬ間に好き勝手割り込んできて、いつの間にかお土産総選挙に発展した。

急に騒がしくなった室内で、麗一がわざとらしく目配《めくば》せをする。

「ほら、な。こういうことだ」

「どういうことだよ。ちなみにいつ？」

「早いほうがいい。土曜の朝、向こうに着くように、金曜の夜行バスに乗りたい」

急は急だが早いに越したことはない。蓮司が便利屋としてしょっちゅう出払っているのは両親も承知済みなので、うまい理由をつければ、とくに問題ないだろう。

「わかった。どう転ぶかわからないけど、できる限りのことはやろう」

金曜日の夜、蓮司はリュックサックに必要最小限の荷物を詰めて家を出た。北鎌倉駅で麗一と合流し、横浜駅に向かった。仕事帰りの父と待ち合わせて夕食に焼き肉をたらふく食べて、酔っ払い気味の父に見送られて二十三時五十分横浜駅発の夜行バスに乗り込んだ。

四列シートの最後部座席に並んで腰を下ろす。熾烈《しれつ》なじゃんけん三番勝負を勝ち抜いた蓮司が窓際を獲得した。

後から乗り込む人の姿はまばら、ほとんど空席のままバスは大阪へと発《た》った。

冷たい夜気が恋しくなるほど、バスの中は生ぬるい空気がこもっている。遠くで缶ビールのタブを開ける音。プシュッと気泡の抜ける音。荷物をがさごそ漁《あさ》る音。ささやき合う声。

海老名《えびな》サービスエリアにて最初の休憩をとってからは、それらも静まった。

どうにも座席が硬くて寝心地が悪く、蓮司は途中何度も目が覚めたが、隣の麗一はたいそう心地よさそうにぐっすり眠っていた。

蓮司はときおりカーテンの隙間に指先を差し込んで外の景色を眺めた。移りゆくネオン。遠景にのぞむ海辺の鉄塔。明かりのまばらな眠った住宅街。窓に触れるとひんやり冷たい。

なんとなく心が浮ついている。不思議だった。なぜ恐怖よりも好奇心が勝《まさ》るのだろう。前回の事件ですっかり懲りたはずなのに、こうしてまた麗一とともに事件の真相を突き止めようと奔走している。何が自分を突き動かすのか、蓮司にはわからなかった。

前回の事件は、友達を救いたいというはっきりした目的があった。今回は違う。もちろん、依頼人の力になりたいという思いはある。しかし、それよりもずっと大きな感情。純粋な好奇心が自分を駆り立てているような気がした。

やがて閉め切ったカーテンの隙間からわずかに光が射し込む。スマホを見る。午前六時三十分。終着である大阪梅田《うめだ》プラザモータープールの到着予定は、七時だ。眠っていた車内が徐々に明るくなり、乗客がめいめい動き出す気配が伝わってくる。麗一はまだ熟睡している。

到着十分前にアナウンスが流れる。それでもまだ麗一は眠っているので、カーテンを全開にする。まぶしい白い光が視界を眩《くら》ませて、蓮司は顔をしかめた。だが麗一はまだ眠っている。肩を揺すっても頬をつねっても起きない。リュックサックから昨夜サービスエリアで買ったごぼう天の包みを取り出し、その鼻先に近づけてみる。麗一は瞬時に目を覚ました。最初からこうすりゃよかった。

「おはよう。もう着くよ」

麗一はごく自然な動作で蓮司の手からごぼう天を奪い取り、綺麗にたいらげたあと思い出したように「おはよう」と呟いた。


『最恐絶叫‼　新世紀オカルト伝説』

十月二十九日、午前七時半、大阪駅桜橋《さくらばし》口のまだ人影少ないマクドナルド。向かいの席に座る麗一がリュックから取り出した雑誌のタイトルを見て、蓮司は眉をひそめた。

「何それ」

「『最恐絶叫‼　新世紀オカルト伝説』だ」

「見ればわかるよ。麗一そんなの興味あったっけ」

色褪《あ》せてくたびれた表紙、古めかしい字体、よく見ると〈二〇〇五年新春スペシャル特大号〉とある。自分たちが生まれた年に刊行されたものだ。

麗一は本をぱたりと閉じると、なぜか得意げな顔で問うた。

「ところで蓮司、『天王寺かつらぎクリニック』の『院長つれづれ日記』はもう読んだか」

「医院のホームページにリンク貼ってあったやつ？　たしか、十月の上旬まで更新されてたよね」

「八年前の開業と同時に開設されたブログの総記事数は三百二十四。俺は執念で読破して、気になる記事を見つけたんだ」

そう言って麗一は、胸ポケットからひび割れたスマホを取り出した。

「スマホ買ったの？」

「山根から借りたんだ。あの人四台持ってるからさ」

「はあ」

差し出された画面には、ブログの記事が映っていた。

時を刻むということ　　2016/08/21
今日は快晴。早起きして、妻と一緒にテーブルビートの苗を植えた。昼間はテラスで流しそうめん。姪っ子が喜ぶから、フルーツミックスの缶詰は欠かさずに。夜は野球中継を見ながらすき焼きの予定。いつもと変わらぬささやかな幸せの休日。
昨日は、大学の同級生の三回忌だった。妻と一緒に京橋の霊園へ向かった。あれからもう二年も経つのかと、にわかに信じがたい思い。彼はあの日からずっと、この場所で眠っている。あれほど快活に笑っていた彼が、医師としての志を熱く語っていた彼が、静寂の中で一人眠っている。いのちのなんと儚いことよ。

なぜ彼があんな目に遭わなければならなかったのか。私にはとうていわかりえない。誰にもわかりえぬ理不尽な出来事であろう。今はただ、彼の冥福を祈るとともに、目の前にあるささやかな幸せを噛みしめ、ただゆっくりと時を刻んでゆきたい。

「やたら鼻につく文章だが、問題はそこじゃない。葛城の友人が二〇一四年八月二十日に理不尽な死を迎えたという事実だ。それを踏まえたうえで、次にこれを読んでほしい」

戸惑う蓮司の手からスマホを抜き取り、何やら操作したあと、麗一は再びスマホを蓮司に返した。Ｗｉｋｉｐｅｄｉａのあるページが表示されている。

淀川外科医猟奇殺人事件

淀川外科医猟奇殺人事件（よどがわげかいりょうきさつじんじけん）とは、２０１４年８月に大阪府淀川区で発生した殺人事件。未だ容疑者の特定・逮捕に至っておらず、未解決事件となっている。

□事件の概要

２０１４年８月21日午後８時頃、大阪府淀川区のマンション一階で一人暮らししていた外科医の男性（当時32歳）と連絡がとれず、不審に思った当時の交際相手が、合鍵を使って室内に入ったところ、寝室で全身から血を流して死亡しているのを発見、警察に通報した。死亡推定時刻は、20日の午後10時から翌21日の午前２時頃。

□現場の状況
玄関の鍵はかかっていたが、寝室の窓の鍵は開いており、犯人はここから侵入・逃走をはかったとみられる。室内が荒らされた形跡や金品が盗まれた形跡はなく、後述の遺体の状態からも、物取りではなく怨恨によるものという見方が強い。

□遺体の状態
・被害者はベッドに仰向けの状態で発見されており、就寝中に襲われたものとみられる。
・頭部は鈍器で百回以上殴打され、原型を留めていなかった。
・みぞおちから下腹部まで縦に大きく切り裂かれていた。
・両手足の指がすべて切断され、部屋に散乱していた。
・司法解剖の結果、死因は出血性ショック死。

□その後
物証や目撃情報もなく、被害者の交友関係に目立ったトラブルも認められず、捜査は難航している。


蓮司は背筋が冷たくなるのを感じた。麗一は淡々《たんたん》と言った。

「淀川外科医猟奇殺人事件の発生は、二〇一四年八月二十日の夜。葛城の友人が死亡したのも同年月日。さらに、被害者は葛城と同い年。同じ人物を示していると考えられないか」

身を貫くような恐怖に息苦しささえ感じた。蓮司は手元のオレンジジュースを一口飲み、深く息を吐きだした。

「今から八年前に起きたこの殺人事件と、今回の蒼君の告発、葛城さんの失踪、すべてがリンクしている可能性がある……ということ？」

「ああ。俺は、この殺された外科医——梶木弘毅《かじきひろき》も、関係者の一人だったんじゃないかと考えている。事件の加害者で、復讐のために殺されたか。あるいは、事件の重要な証拠を握る人物で、口封じのために殺されたか。ただ、警察の見解が示すとおり、怨恨《えんこん》による殺害の可能性が高いから、おそらく前者だろう」

「とすると、蒼君があの動画が拡散することで見つけ出そうとしていた加害者は、複数いたってこと？」

麗一は横に首をふると、紙ナプキンにボールペンを走らせた。

① 発端の暴行（？）事件　二〇一四年以前　…　関係者が複数名いる
② 梶木惨殺事件　二〇一四年　…　殺されたのは①の関係者（加害者と推定）　梶木弘毅
③ 葛城失踪事件　現在　…　葛城宗次郎　＝　①の加害者と推定

「事件の加害者は複数人いたが、現時点で生き残っていたのは葛城だけだったということだよ」

「えっ。ちょっと待って。じゃあ梶木さんは誰に殺されたの？　蒼君は、ありえないでしょ。まだ九歳じゃん」

「それは俺にもわからないけど。おそらく①の事件の関係者だろう。怨恨による殺害であれば、発端の事件の被害者あるいはその近親者の可能性が高い」

「っていうか葛城さんだって、加害者だと決まったわけじゃないでしょ」

「ああ。だからそれを今から確かめに行くんだ。だが訪問にはまだ早いな。話を続けよう。動画の冒頭に映っていた不可解な映像について。蒼はメシアにたいして、加害者に事件のことを思い出させるための手がかりだと言っていたようだな。それを踏まえて、ちょっとこれを聞いてみてほしいんだ」

麗一はそう言ってスマホでYouTubeを立ち上げると、有線のイヤホンを接続して片方を蓮司に差し出した。麗一がまだワイヤレスの世界へ到達していないことになぜか安心しつつ、耳に差す。

聞こえてきたのは、こつ、こつ、こつ……という一定間隔で刻まれる音。

「……メトロノーム？」

「ああ。これを0・5倍速にして音量を上げると」

聞き終え覚えのある不穏な音が、聞こえてくる。金槌《かなづち》で何かを打つような、ごっ、ごっ、ごっ、ごっ……。まさにあの動画でずっと流れていた音だった。蓮司は怖くなってすぐイヤホンをとった。全身に鳥肌が立っていた。

「なんだよ、これ」

「YouTubeにアップされているテンポ60のメトロノームだ。ここのところ俺は本当にシュレッダーの音に惚れ込んでいて、とにかくたくさん聞きたくて調べているうちに、世の中にはさまざまな音の愛好者がいることを知ったんだ。スライムをこねる音とか、ホワイトノイズの音とか、氷砂糖の咀嚼《そしやく》音とか……」

「ASMRか」

「なんだって？」

「なんでもない。そうやって調べていくうちに、メトロノームの音に辿り着いたんだね」

「そうだ。あの打音の正体はテンポ60のメトロノームだ。ではなぜメトロノームの音が流れていたか？　画面に映っていた『正』の字を思い出してほしい。木板の壁をびっしり埋め尽くすように書かれた歪《いびつ》なあの文字。加害者は、録音したメトロノームの音を流しながら、被害者にあれを書かせ続けたんじゃないかな」

麗一の説明どおり思い浮かべてみたが、ぴんと来ない。一定間隔で音が鳴る中、ただひたすら『正』の字を書かされる……。

「いったい、なんの意味があるの？」

「意味なんてない」

「え？」

「意味がないからつらいんだ。中世の拷問のひとつに、来る日も来る日もただひたすら無益な労働に従事させ続けるという拷問がある。最も有名なのはドストエフスキーの『死の家の記録』の記述だ。水を一つの桶《おけ》から別の桶に移して、また元に戻す。これをひたすら繰り返す。あるいは、半日かけて穴を掘って、また半日かけて土を戻す。こういった無益な労働に従事させられた囚人たちは、ほんの数日のうちに精神を病《や》んでしまうのだという」

なんの意味もない単調な動作を、休みなく永遠に繰り返さなくてはならない――。

考えるだけでもぞっとするような話だ。先ほどぴんと来なかった話が実像を持って迫ってくる。

「もしかして、途中で休んだりさせないため、メトロノームの音で時間を測っていた……？」

「おそらく。どこかに長時間閉じ込めて、一定速度で決まった文字数を書き続けることを強要した。途中途中できちんと規定数が書けているかチェックが入る。もしそれに達していなかったら、たとえば大量の水を浴びせられるとか」

「……人間の所業じゃないよ、そんなの」

麗一は先ほどの古びたオカルト本を掲げて見せた。

「意味のない動作をひたすら繰り返させ、神経衰弱に至らしめるという拷問は、世界各国の収容所や刑務所で行なわれた歴史があるそうだ」

「例の暴行事件の加害者が、被害者にたいしてそうさせていた可能性が高いってことだよね」

「ああ。精神加虐は身体加虐と違って見た目にはわからないから、今まで明るみにならなかったのではないか。俺らの推測通りなら、蒼が突き止めようとしている加害者というのは、邪知《じゃち》に長《た》けた相当な鬼畜だ」

蓮司はこれ以上このむごい話を続けるのが堪えられなくなってきた。救いを求めるように壁掛け時計を見上げる。

「そろそろ葛城さんの家をたずねても、非常識じゃない時間だよ」

「そうだな。行こう」

二

大阪環状線の京橋《きょうばし》方面に乗り、巨大なターミナルビルを構えた天王寺駅で降りる。中央改札口を抜け、コンコースを通って公園口から地上に出た。青く澄んだ空と活気ある先進的な街並み。これが観光目的ならどれほどよかっただろうと思う。

先ほどの件で蓮司はすっかり怖気《おじけ》づいていた。未解決の殺人事件まで関連しているとなれば、いよいよ自分たちの手に負える事件ではない。自分たちが真っ先に向かうべきは葛城家ではなく警察だ。警察に相談するべきだ。

頭ではそうわかっていても、足取り軽やかに先を行く麗一を引き留めることも、自分自身引き返すこともできなかった。自分では認めたくなかったが、根源的な好奇心が蓮司を動かしていることは明らかだった。

交通量の多いビル街を抜けて路地裏に入ると、人通りはぐんと少なくなる。七分ほど歩いた先に、クリーム色の二階建ての建物。つやつやとした白い看板に『天王寺かつらぎクリニック』の文字が見える。

時刻は九時半を回ったところだ。

三台分ある駐車場は落ち葉が寂しく舞うのみで、ガラス張りの扉には急ごしらえの張り紙があった。

『葛城が体調不良のため、しばらくのあいだ診療をお休みさせていただきます。患者様には大変ご迷惑おかけして誠に申し訳ございませんが、何卒よろしくお願い申し上げます』

なるほど中は薄暗く人の気配もない。

「あの外階段から二階に行くらしい」

麗一が、住まいの玄関口へ続く洒落《しやれ》た階段を指さした。幅広でゆったりとした段差には、色とりどりの花が咲き誇るプランターが丁寧に並べられていた。ほんの数日前までは平穏だったであろう日常の気配に触れて、蓮司の心は重くなる。

「ほんとうにあの作戦で行くのか」

「ああ。あれしか突破口はない」

言うなり麗一はためらいなくインターホンを押した。ややあって「どちら様？」と女性の低い声が返ってきた。

「突然申し訳ありません、わたくし卯月麗一と申します。葛城さんのことで少々お話を伺いたいのですが」

大きなため息のあと、疲労のにじむ声が聞こえてくる。

「患者様ですか？」

麗一が明朗な声で返す。

「いえ。僕の父が宗次郎さんと親交があり、同じように行方不明になっているんです」

インターホン越しでも、空気が変わるのがわかった。

「……すぐ行きますので。階段をあがってください」

焦燥をはらんだ声。ゆるやかな階段をのぼったタイミングで、ちょうど扉が開いた。

顔を出したのは線の細い女性だった。憔悴した様子で、顔色が悪く髪も乱れている。オフホワイトのVネックニットにネイビーのスキニージーンズ。黒髪のワンレングスロング、細やかなつくりの品のある顔立ち。年齢はよくわからないが、葛城よりかなり年下だろう。

女性は警戒心あらわな視線を二人に向けた。

「冬汪高校二年の卯月麗一と申します。急にお伺いして申し訳ありません」

「同じく冬汪高校二年の滝蓮司と申します」

二人はぺこりと頭を下げた。

「どうも、葛城恵里佳《えりか》です。宗次郎の妻です。……冬汪って、鎌倉にあるあの冬汪ですか？」

「そうです」

「そんな遠くから――」

恵里佳は言葉を切って神経質そうに周囲を見回すと、扉を大きく開いた。

「とりあえず、中にどうぞ」

広やかな廊下を渡り、白を基調とした優雅なしつらえのリビングダイニングに通してもらった。

ソファの上で洗濯物が雪崩《なだれ》を起こしている。テーブルには高級そうなお酒の空瓶。彼女の心の写し絵みたいに、室内は雑然としていた。

「片づいていなくてすみません」

恵里佳は気まずそうに「とりあえず座ってください」と言い、それらを手早く片づけた。

美しいティーカップに紅茶を用意して、二人の前に置き、自身も向かいに腰を下ろした。

「すみませんね、お茶菓子切らしてて」

麗一がここぞとばかりにリュックサックから紙袋を取り出した。

「どうぞお納めください」

中身を見て、恵里佳は少し困惑した顔になる。

「鎌倉なのに『ままどおる』？」

「お土産総選挙第一位ですから」

「はあ……」

「さっそくですが、本題について話しましょう」

麗一が無用なやり取りでぼろを出さぬよう、蓮司は慌てて遮《さえぎ》った。

恵里佳が背筋をぴしゃんと伸ばす。

「あの、夫が行方不明だということはどこで知りました？　誰にも言っておりませんし、警察が情報を漏らすとも考えにくいのですが」

麗一が事前に打ち合わせていたとおりに答えた。

「僕の父が行方不明になったのは二十二日のことです。父は出かける前、『もし自分が帰ってこなかったら、葛城宗次郎さんを訪ねてほしい。彼なら事情を知っている』という言葉を残しました。そこでインターネットで氏名を検索したところ、クリニックのホームページに二十四日から休診しているとあり、父と同じように行方不明になっているのではないかと考えたのです」

「そうでしたか……」

恵里佳は少しだけ警戒心を解いたようだった。

「それで、夫が行方不明だと知っていながら、わざわざ大阪まで来たのはどうして？　申し訳ないですけど、警察に話した家庭のことや夫のプライベートを、初対面の方に話す気はないですよ」

「でもこうして家にあげてくださいましたね」

蓮司の言葉に、恵里佳はいっそう表情を険しくした。

「藁《わら》にも縋《すが》りたい気持ちですから。夫が行方不明になって一週間経つのに、未だなんの手がかりもない。このまま帰ってこなかったらって考えると、気がおかしくなりそうで……」

震える声。心から夫の身を案じている様子に、蓮司は胸を痛めたが、麗一は淡々と話を進めた。

「申し訳ないですが、僕たちが現時点で提供できる手がかりはありません。むしろ手がかりがほしくて伺ったんです。それが手に入れば、ふたりの行く先がわかるかもしれないと思って」

「そう仰《おっしゃ》られても、手がかりになるようなものなんて……」

「昔の写真を見せていただけませんか」

「……写真？　夫の？」

「ええ。医院ホームページの個人ブログに、ご自身の写真もたくさん載せておられたので、撮るのがお好きな方ではないかとお見受けしました。僕の父はかなりの写真嫌いでして、家族写真もほとんど父だけが写っていないんですよ。昔の写真も、実家を建て替えるときにすべて捨ててしまったそうです。だから、葛城さんの写真を見せていただければと」

　恵里佳が訝しげな視線を向けてくる。

「昔の写真を見ただけで何かわかりますか？」

「父と葛城さんはかつて親交がありました。そして同時期に行方不明になっている。二人はおそらく同じ理由で行方不明になり、その理由を突き止めるには二人の過去を洗い出す必要があると考えています。というか、もう現時点で僕らにできることはそれくらいしかないんです」

　恵里佳はふっとため息をつくと、視線を落としたまま静かにうなずいた。

「わかりました。あなたたちのこと疑うわけではないけど、まず警察に――」

「警察には言わないでください」

「……どうして？」

「実父と隠れて会っていたことが義父にばれたら、僕は今度こそ殺されます」

　麗一は意味深《いみしん》なことを言って両腕をさすり、至極思いつめた表情になった。どういう設定かは謎だが、演劇部の助《すけ》っ人《と》で技術を培《つちか》ったおかげか、かなりさまになっている。

　恵里佳は気の毒そうな表情で頷いた。

「ご家庭に複雑な事情があるのね……わかりました」

　恵里佳は二人に学生証を提示させ、スマホで撮影すると「決して疑うわけではないけれど、もし少しでも不審な行動をとったら、すぐ学校に連絡させていただくので」と釘《くぎ》をさした。

それから準備をすると言ってリビングの奥へ消えたあと、十五分ほどして戻ってきた。二人は彼女に連れられて廊下の突き当たりに位置する部屋へ足を踏み入れた。

十畳ほどの広やかな書斎。四方の壁に沿う本棚には、英字の学術書や医学書類が隙間なく並んでいる。きちんと整頓されたダークブラウンのデスク上に、分厚い写真アルバムが十冊以上置かれていた。

「ここは夫の書斎です。家族写真以外はそこのアルバムで全部だと思うので、好きに調べてください。私はリビングにいますから、お手洗いに行くときは必ず声をかけてください」

そうして彼女は扉をそっと閉めた。二人はどちらからともなく大きく息を吐き、ひとまずデスク上にあったアルバムをすべて、濃緑色のペルシャ絨毯《じゆうたん》の上に置いた。そして傍らに腰を下ろした。重厚な柔らかみのある素材で、抜群《ばつぐん》に座り心地がいい。蓮司はむやみに手のひらで絨毯を撫でながら、呆《ほう》けた顔であたりを見回した。

「ドラマのセットみたい」

「金持ちの家には書斎なんてものがあるんだなあ」

麗一が感嘆しながら、リュックサックからクリアファイルを取り出した。中から三枚のコピー紙を抜き取り、アルバムの横に一枚ずつ並べる。人物写真を拡大印刷したものだった。

「まず例の写真」

伏せてあった写真立ての写真。昨日の放課後、蓮司が単独で円城寺家を訪れた際に、トイレを借りるという体《てい》でリビングを抜け、こっそりスマホで撮影したものだ。むろん罪悪感はあったものの、なりふり構っていられる状況ではない。

「向かって右、黒髪ショートヘアで色の白い女性が円城寺貴子。真ん中、金髪ロングヘアで日焼けした女性が身元不明——仮にIと呼ぼうか。向かって左、黒髪天然パーマの小柄な男性が円城寺稔。蒼の父親だ。彼については現在の写真もある」

そう言って麗一は二枚めの写真を指さした。

理知的な面差しの男性が、紺色の作業服を着て、腕を組んでいる。傍らには大きな機械。——稔の勤務先である国内トップクラスの産業用空調装置メーカー新卒採用サイト『現役社員のインタビュー』より入手したもの。父親の下の名前が『稔』だという情報を菜月から入手し、だめもとで検索をかけたところ引っかかったのだという。これによって、例の写真に写っている男性が蒼の父親だと判明したのだ。

また、稔については大学院生時代の論文が、学術論文サイト上に複数掲載されており、氏名は『箕浦《みのうら》稔』となっていた。このことから、なんらかの理由で円城寺の姓を名乗っているのではないかと推測された。

「そしてラスト、未解決殺人事件の被害者・梶木弘毅」

ピースサインを送る、どこかなよっとした求心顔の男性。襟足《えりあし》の長いふわふわした赤っぽい茶髪、真っ白な肌と茶色いそばかす、金色のピアスに十字架のネックレス。これは医大生時代の写真らしい。当時は最先端のファッションだったのだろうか。画質は粗くぼやけている。ニュース映像のキャプチャー画像をネットから引っ張ってきたのだろう。鎖骨のあたりに『殺害された　外科医・梶木弘毅さん（三十二）』のテロップ。

「この四人が写っている写真を地道に調べていこう」

当然、加齢による変化、体型や髪型、ファッションの変化、写り方による差異などすべて考慮に入れなくてはならない。少しでも似た人物が写っていれば、とりあえずピックアップする。

蓮司はためしに手近な一冊を手に取って、ぱらぱらめくってみた。

葛城は顔が広く社交的な人物らしく、さまざまな顔ぶれに囲まれて笑顔を振りまいていた。豪奢《ごうしゃ》なパーティー会場、ゴルフ場、学会と思われる厳かな席、国内外の観光スポットを背にした姿、スライドを背に白衣でプレゼンをしている姿、総じて彼の充実した人生を物語っていた。

「最近のものは後回しでいいだろう」

「そうだね」

蓮司はそのアルバムを閉じると、青年期と思われるアルバムから調べ始めた。それから一時間近く二人は一言もしゃべらず、黙々と精査した。見知らぬ人の半生をつぶさになぞっていることに、蓮司は不思議な感覚に陥った。

めぼしいものが見つからぬまま、蓮司は三冊目のアルバムを手に取った。葛城の若かりし医大生時代を収めた一冊だった。

二ページめをめくって、すぐに気づく。

居酒屋で撮られた男性六人のスナップ写真。そのうちの一人。

「梶木弘毅だっ！」

蓮司が興奮して声をあげると、麗一が横からのぞきこんで一言。

「まあ、そりゃいるよな」

「え？」

「葛城と梶木が医大生時代の友人であることは織り込み済みだろう」

「そりゃそうだけど……。もうちょっと褒めてくれてもよくないか」

「表彰状、滝蓮司どの。あなたは十人並の洞察力によって――」

「黙れ」

気が立ったままアルバムをめくる。出てくる出てくる梶木弘毅。先ほど砂粒からダイヤを探り当てたように興奮した自分が恥ずかしくなるほどに、彼はあらゆるスナップ写真に写っていた。

意気消沈して最後までぱらぱらとめくり終えたとき、ある点に気づく。

「麗一、この段に写真を剝がしたような跡があるよ」

写真の一部が貼りついて残っているポケットを指さすと、横からのぞきこんだ麗一が、今度は明らかに興味を惹《ひ》かれた顔つきになる。

「アルバムは全部で十一冊ある。そのうち、これは古いほうから六冊めだ。確認した他のすべてのアルバムは、最後のページまで余すことなく使っているのに、このアルバムだけ見開き一ページちょっと余っている。そして、余ったページには写真を抜いたような跡がある。要するに、医大生時代の写真のいくつかに、人に見られたらまずい写真があった。だからそれらを抜いたあと、以降の写真を前に移動させたのではないか。歯抜けになっていると違和感があるから」

言われてみると腑《ふ》に落ちた。何か後ろめたいことがあるから、抜いたことがばれないようにわざわざ写真を移動させたのではないか、とも。

「抜き取った写真に、関係を隠したい人物が写ってるってこと?」

「おそらく。このアルバムの他の写真を、一枚ずつ見ていこう。葛城のチェック漏れがあるかもしれない」

あらためて医大生時代のアルバムを丹念に一枚ずつ見ていく。

ピントのぼやけた人物までひとり一人、指さしでダブルチェックして追っていく。

後半に差し掛かったころ、麗一の指がある一点で止まる。

浜辺で友人と思われる男と、肩を組んでピースサインしている葛城。

その後方、浅瀬ではしゃいでいる人物が写り込んでいる。麗一が指さしているのは、金髪ロングヘアの女性だった。

「同一人物だろう」

麗一はそう言って、印刷した例の写真を横に並べた。円城寺夫妻と共に写っていた、身元不明の女性I。ピントはぼやけているものの、髪型や日焼けした肌、顔立ちもさることながら、ギャザーの入ったビビッドオレンジのキャミソールまで一致している。

「葛城と円城寺夫妻は面識があったってこと？」

「二つの写真は同時期に撮られたものだろうが、別の場所で別の日時だ。葛城とIに面識があるイコール、葛城と円城寺夫妻も面識があるとはならない」

その後も一枚残らず精査したが、女性Iも円城寺夫妻も確認することができなかった。

「おそらく、抜き取られているのはIの写真だろう。葛城は、彼女との関係が第三者にばれるのを恐れていたんだ。そこに事件を解く鍵があるかもしれない」

「Iは何者なんだろう……。年齢的にも、円城寺夫妻どちらかのきょうだいとかいとこだと思うんだけど……」

「貴子は一人っ子らしいから、九分九厘、稔のきょうだいだろう」

はっと思いついて、蓮司はポケットのスマホを取り出した。

「何するつもりだ」

「Iの写真をいちおうグーグルの画像検索にかけようと思って。何か情報が出てくるかもしれないでしょ」

「……画像で検索なんてできるのか？」

「えっ。知らないのか！」

蓮司はかなり愉快な気持ちになった。麗一がむっとした顔になる。

「今知ったぞ」

「表彰状、卯月麗一どの。あなたはようやく十人並の知識を獲《かく》――」

「黙れ。とっとと調べろ」

前回の事件以降、アナログ人間だった麗一が急速にインターネットスキルを発達させていくことにもやもやしていたが、どうも知識に偏りがあるらしい。蓮司はなんとなく安心した。ずっと横並びだったはずの幼馴染から、置いてけぼりを食らうのはどうにも癪に障る。

だが束の間の充足感と安心感は、検索結果『ゼロ』によって即座に吹き飛ばされた。

「なんも出ないね蓮司君」

「別に、有名人でもないかぎりヒットするとは思ってないよ。で、君の推理だとどうなんだよ」

ため息交《ま》じりにたずねると、麗一はぼそりと呟いた。

「Iはすでに死亡している」

「えっ」

「断言はできないが。俺の推測だと、Iは稔の姉か妹だ。この写真が撮影されてから、そう年月を経ずに亡くなった」

「根拠は？」

「佐川若菜さんの証言については共有しただろう。貴子が、義母の頻繁な突撃訪問に参っていて、インテリアも好きにできないと。それであの写真立ての謎が解けたんだ。なぜ見たくもない写真を飾っていたのか。義母に飾れと言われたからだ。なぜ義母はそんなことを言ったのか。若くして亡くなったIを偲《しの》びなさいということだろう。あの写真立ては、義母が襲来したときだけ立てているんだ」

「ううん?」

頭がこんがらがる。

「佐川さんの証言と例の写真の謎を掛け合わせて、これ以上腑に落ちる説があったら教えてほしい」

そう言われると何も浮かばない。

自分より立場の強い者から強要されないかぎり、嫌いな人の写真などわざわざ飾る理由がない。そしてもしIが存命ならば、十年以上も昔のスリーショットをあえてチョイスするのは明らかに不自然だ。

「ってことは、Iが起点となる事件の被害者?」

「それは無理筋だ。被害者は小学生の蒼をいじめから救出し、以降彼と親交がある。だからまだ存命か、亡くなったとしても最近だろう」

「頭が痛い」

「Iは稔の姉か妹であり、葛城と親交があった。さらに、葛城は彼女との関係が明るみになるのを恐れていた。ということはつまり、彼女も事件の関係者だと見ていいだろう」

「事件の関係者のうち、梶木とIの二名がすでに死亡している……」

「蒼は被害者の仇を討つために、加害者を突き止めて殺そうとしている。そして、事件の関係者であった葛城は『彼女を閉じ込めた場所』へ向かったのか、行方不明になっている——現時点ではやはり、彼が蒼の狙っていた加害者だと考えるのが妥当ではないか」

背中に冷たいものが走る。麗一が腕を組んで視線を落とした。

「俺が気になるのは、円城寺夫妻の立ち位置だ。事件について知らないふりをしているのか、本当に何も知らないのか」

「この写真を見る限り、仲良さそうに見えるけど……」

「事件を契機に関係に亀裂が生じたのではないか。現時点ではなんの根拠もないが。断片的な情報ばかり集まって、核心が見えてこない」

麗一が大きく伸びをして絨毯の上に倒れ込む。

蓮司も同じように横になった。ものの数秒で意識が落ちかけ、慌てて起き上がる。夜行バスではほとんど寝られなかったせいで、眠気がとんでもないことになっている。

「そろそろ引き上げたほうがよくない？　これ以上長居したら迷惑だろうし、頭も動かなくなってきた」

「そうだな」

麗一も疲れた目をしている。

アルバムを丁重に戻して、リビングへ向かう。

ソファに座る恵里佳の後ろ姿。彼女は少女を抱っこしていた。三歳くらいだろうか。

少女は恵里佳の首に両腕をまわし、肩に顎先を乗っけている。赤い目をしていた。

恵里佳はこちらを振り向くと、小さく会釈した。

「終わりましたか」

「はい。長らくお邪魔してすみません。どうもありがとうございました」

「何かわかりましたか」

「手がかりをいくつか見つけました。帰宅後に精査して、何かわかったらご連絡いたします」

「パパなんでかえってこないの」

少女が悲しそうな声で聞く。蓮司の胸がぎゅっとなる。

恵里佳はその小さな頭を撫でながら、ぺこりと頭を下げた。

「娘の由美佳《ゆみか》です。私がこんな状態なので、午前中は母に預かってもらってて……」

「パパどこにいるの」

「みんなで力を合わせて探してるんだ。きっとすぐに会えるよ」

嘘をつくことに蓮司の胸は痛んだが、永遠に会えない可能性が高いなんて口が裂けても言えない。

「ほんとうに？」

「……うん」

「ぜったいに？」

蓮司が無理に笑顔をつくって頷いて見せると、由美佳の表情が柔らかくなった。

「ゆびきり」

ちいちゃな小指がすっと差し出された。蓮司は息苦しさと動悸を覚えながら、由美佳のそばに近づいてしゃがみこむ。

その横に麗一がぬっとあらわれて言った。

「実は、きみのパパは宇宙人に連れ去られた」

「えっ」

「宇宙にはお医者さんがひとりもいないから、パパがこっそり連れてかれたんだ。地球でいちばんいいお医者さんだからね」

「ええーっ。じゃあ、いつかえってくるの」

由美佳の丸い瞳が、途端にはしゃいだように輝いた。

「パパに病気を治してもらいたい宇宙人が百人くらいいるから、まだまだ時間がかかりそうだよ」

「でもはやくあいたい」

「パパも由美佳ちゃんに会いたいって思ってるよ。でも、困ってる宇宙人をほうっておくわけにはいかないからね」

「……うん」

「地球で由美佳ちゃんが考えてることは、ぜんぶ宇宙にいるパパに伝わるようになってるんだ。だから、心のなかでパパのこと応援しててあげて。できるかな？」

「できる」

「じゃあ、指切りしよう」

蓮司の代わりに、麗一が小指を差し出す。二人は声をそろえて指切りげんまんをした。

恵里佳がささやくような涙声で「ありがとうございます」と呟いた。

葛城宅を後にして、大阪駅まで戻る道中、二人はいつになく静寂の中にいた。

恵里佳と由美佳。ふたりのことを思い出すと、蓮司の胸は張り裂けんばかりに痛かった。

葛城は蒼が復讐しようとしていた相手であって、つまり重罪人の可能性が高い。梶木弘毅が八年前に殺害されていたことも考えると、すでに死亡しているかもしれない。

その事実を彼女たちが知ったときの苦しみなど、自分にはとうてい計り知れないものだった。

「さっきはごめん。つらい役回りを引き受けてくれて、ありがとう」

並んで歩く麗一に、視線を合わせずに蓮司は言った。

「幼い子供相手でも、守れない約束なんてするべきじゃない。その場しのぎの嘘は自分への優しさであって、相手への優しさではない」

麗一の言葉は痛いほどよく沁みた。すぐ会えるなんて、なんの根拠もない安易な嘘に逃げた自分に自己嫌悪が湧き起こる。

蓮司が苦しい顔で黙り込むと、麗一は焦った様子で言った。

「今のは蓮司に向けて言ったんじゃない。自分自身に向けて言ったんだ。目の前のあの子が悲しそうだし、蓮司も苦しそうだし、どうしようと思って、とっさにあんな無責任なこと言ってしまった……。事件が片づいたら、ちゃんと謝りに行かないと。こういうやりきれないことがあるから、蓮司のことを巻き込みたくなかったんだ」

「君に巻き込まれたんじゃなくて、俺の意思でやってることだから」

「でもつらいだろう」

「うん」

麗一が、蓮司の背中をぽんと叩いた。

てっきり慰めの言葉でももらえるのかと思いきや、

「これからどんどんつらくなるぞ」

その身も蓋もない発言に、蓮司はかえって救われるような思いさえした。

三

やまもりもり@yaaaaaaaaaamori_01
――みんなしてEのこと褒め散らかしてんの草

やまもりもり@yaaaaaaaaaamori_01
――だいぶ歪んだ思考回路の持ち主だったじゃん

やまもりもり@yaaaaaaaaaamori_01
――留年確定ルートなんはさすがに同情するけどな

「こいつは、横浜聖英学園二年二組、小森朱里《こもりあかり》、十七歳」

「田崎さんなんか、圧が強い」

「怒ってるから」

菜月は眉間《みけん》に皺《しわ》を寄せ、頬を膨《ふく》らませた。まるで迫力はない。

大阪からまた深夜バスで帰宅したその日の午後。舞岡駅のすぐ近くにあるひっそりとした純喫茶。一番奥の四人掛けの席に、蓮司と菜月が並んで座り、向かいに麗一が座った。

麗一は真剣な顔で、シュガーポットを見つめていた。

菜月が呆《あき》れたような視線を向ける。

「どうしたの？」

「角砂糖をコーヒーに入れて溶かしてしまうか、そのまま食べるか迷っている」

蓮司はシュガーポットの蓋を開けた。角砂糖がこぼれんばかりに入っていた。

「一個コーヒーに入れて、一個はそのまま食べりゃいいじゃん」

「二個使いは仁義に反する」

「どんな仁義よ。ほれ」

菜月が一個をコーヒーの中にとぽんと落とし、もう一個を麗一の手の甲にひょいと載せた。

「あぁっ！」

「隕石が落ちてこようが全く動じなさそうなのに、角砂糖ひとつでそんな動揺するんだ。ホント意味わかんないわ」

そう言ってころころ笑っていた菜月が、ふいに麗一の背後を見上げて真顔になった。

蓮司も見上げると、クールな雰囲気の背の高い女子高生が突っ立っていた。黒髪のショートヘア、こざっぱりとした顔立ち、背中にはシルバーのギターケースを抱えている。

彼女は菜月を見下ろして、ふんと鼻で笑った。

「元気そーだね菜月ちゃん。新しい彼氏？」

「ちげえよ」

菜月がどすの効いた声で返す。空気がぴりつく。蓮司はもう帰りたくなる。

角砂糖ショックから立ち直った麗一が彼女のほうを振り返って、ごく真面目な調子で言った。

「こんにちは。あなたが、やまもりもり——」

「小森だよ」

朱里はキレ気味に言うと、空いていた座席を引っ張ってどすんと腰を下ろした。菜月に負けず劣らず気が強そうだ。

「仲がよさそうで」

麗一の言葉に、朱里はにわかに顔をしかめた。

「ンなわけあるか。菜月とは小学校が一緒ってだけ。急に呼び出されて面食らったわ」

朱里はひとつため息つくと、メニューを見るともなしにクリームソーダを注文した。

「今日来てもらった理由わかるよね？」

すでに臨戦態勢の菜月が、スマホを朱里の眼前に差し出した。映っていたのは先ほど見せてもらったTwitterのつぶやきだ。この裏アカのフォロワーを執念深く辿って、朱里であることを突き止めたという。

朱里は頬杖《ほおづえ》ついたまま、かったるそうに口を開いた。

「Twitterで円城寺のこと揶揄《やゆ》したのはよくなかった。それはごめん。けどさ、わざわざ裏アカ特定して呼びつけて、説教しようとするほうがよっぽど陰湿っていうか非常識だと思うんだけど、そのへんは理解してんの？」

ブチ切れそうな菜月をいさめて、麗一が答えた。

「説教しようなんて考えていません。ただどうしてそういうふうに思ったのかを、知りたいだけです」

「っつーか誰よアンタら」

「はじめまして。たこ糸研究会です」

「馬鹿にしてんのか」

「ざっくり言うと便利屋です。僕らは蒼君の事件のことを調べていて、田崎さんに協力をお願いしているんです」

蓮司が慌てて補足する。朱里はまだ不信感が拭《ぬぐ》えないようだが、クリームソーダのアイスをスプーンでつつきながら言った。

「で、たこ焼きブラザーズは何が目的なの？」

焼かれてしまった。軽くショックを受ける蓮司の横で、麗一がしゃんと背筋を伸ばした。

「円城寺蒼は歪んだ思考回路の持ち主だと、あなたの主観では思ったわけですよね。その理由を伺いたいです」

「こっわ。言論弾圧する気満々じゃん」

「いたしません。事件のことを調べているので、手がかりになりそうなことは、なんでも知りたいだけです。あなたがいかなる発言をしようとも、僕らは誓って反論したり怒ったりはしません」

「さすがに私の前だと話しづらいだろうし、席外すからさ……」

菜月の言葉に、朱里はフーッと息を吐いた。

「わかった。じゃー、アンタだけ残ってよ」

そう言って蓮司を指さした。自分が指名されるとは思っておらず、蓮司は驚いた。

「えっ？　俺？」

「うん。カノジョの前で本音ぶちまけんのはさすがに無理だし、そっちのイケメンは論破してきそうで怖いし、アンタなら余裕で勝てそうだから」

つまるところ舐められている。

だが菜月から「よろしく滝君」と肩を叩かれ、麗一から「任せたぞ会長」と目配せされ、蓮司は「俺にまかせろ!」と言うほかなかった。

幸いがら空きなので、二人にはいちばん離れた席に移ってもらう。店内はゆったりとしたジャズが流れている。

蓮司は緊張しながらも、ポケットのスマホに汗ばんだ手を伸ばして、こっそり録音を開始した。

朱里はアイスクリームをぜんぶ食べ終えると、背もたれに深く身体を沈めた。

「で、わざわざ直接話を聞こうとしたのはなんで? あんなTwitterの呟きひとつ槍玉にあげてさ」

「はじめて聞いた意見だからです。僕たちはこれまでに蒼君の小学校、聖英中高の同級生、生徒だけじゃなく担任教師からもFacebookなどを通じて話を聞き、加えてワイドショーや週刊誌に載った知人のインタビュー記事なども読みつくしました。誰ひとりとして、蒼君のことを悪く言う人はいませんでした。みんな口をそろえて『正義感の強い優しい子』だと言っている。蒼君にたいして否定的な意見を述べていたのは、小森さんが初めてなんです」

朱里が鼻で笑う。

「そりゃ、うちだってインタビューされたら、みんなと同じように答えるだろうね。本心では、円城寺に不信感を抱いてるやつだっていたと思うよ」

「どういうところに、ですか?」

「正義のヒーローになりたがってるところ」

「正義のヒーロー……」

乾いた『正義』という響きに、なぜか蒼の母・貴子の顔が思い浮かぶ。

「そう思ったきっかけがあるんですか?」

「去年の夏頃、円城寺が花火大会で迷子を保護してあげたっていうエピソードは知ってる?」

「うん、テレビのインタビューで同級生が喋ってるのを見ました。迷子の男の子が住所を答えられなかったから、蒼君が二キロ先の交番まで送り届けてあげたんですよね」

「あれさ、迷子になりそうな子を物色してたんだよ」

「え?」

「うち、見ちゃったんだよね。帰り道、みんないっせいに会場からはけていくのに、円城寺だけ路肩にぽつんと突っ立って、人波をキョロキョロ見渡してたんだ。わかる? 自分を正義のヒーローに仕立ててくれるのに都合の良い、迷子の子供を探してたってこと」

あまりにも穿《うが》った見方だと、蓮司は思ってしまった。

「それはさすがに言いがかりだと思いますよ。一緒に来てた誰かとはぐれちゃって、探してただけじゃないでしょうか?」

「水あめの屋台で円城寺に会ったよ。一人で来てるって言ってたけど」

「そのあと誰かと合流したんじゃないかな。で、帰り道はぐれちゃったから探してたとか」

だが朱里は見下げるように鼻を鳴らした。

「じゃあ年がら年中誰かとはぐれてんだ、あいつ」

「……どういう意味ですか?」

「円城寺っていろんな場所で迷子とか徘徊老人を保護してんの。そういうエピソードがたくさんあるのは、アンタも知ってるでしょ。路上とか駅とか海水浴場とかショッピングセンターとか。二年前だったかな、ららぽーと横浜でやっぱり円城寺を見かけたの。視線をキョロキョロさまよわせてた。セントラルガーデンのところ、吹き抜けになってるでしょ。そこで人だかりを見下ろしてたの。フードコート行ってから戻ってきたときも同じ場所で、やっぱりキョロキョロしてて。鳥肌立っちゃったよ。そこまでして自分をヒーローに仕立ててくれる獲物を見つけたいのかって」

うまい反論が見つからず、これには蓮司も困惑した。自分自身、迷子を保護したことは何度かあるが、自ら迷子を捜し出そうという発想はなかった。

「小森さんは、蒼君が周囲から『正義のヒーロー』として賞賛されたいがために、そういう行動をとったと思ってるんですよね？」

「そうとしか思えない。迷子エピソードだけじゃないよ。中学から今までの正味四年間だけで、嫌というほど見せつけられた。とにかく『あざとさ』っていうか、『わざとらしさ』がすごいの。道端に落ちてる空き缶を拾うときも、通学バスで高齢者に席を譲《ゆず》るときも、周りをチラッ、チラッて窺う。『優しい僕を見て』ってアピールがすごい」

「誰でも少なからずそういう面はあると思うけどな」

やんわりと反論したつもりが、自分でも想像以上に非難めいた声色が出たので、蓮司は驚いた。朱里も蓮司から強く言われるとは思っていなかったようで、意表をつかれた顔つきになる。

それから大きなため息をついた。

「これは言うつもりなかったんだけどさー」

小森はちらりと蓮司を見上げた。瞳がわずかに淀《よど》んで見えた。

「円城寺が中学生のとき、用水路に落ちた老人を助けてあげたエピソードは知ってる？」

蒼の善人ぶりを示すエピソードの中で、それは最も有名だった。五年前の初夏、荒天の夕暮れ。認知症の九十代女性が自宅を抜け出して行方不明になった。彼女が用水路に転落していたのを助けて、警察に通報したのが蒼だった。もし蒼が見つけなかったら、雨で用水路の水位があがり、女性の命は危なかったという。

「警察から表彰されたっていうネットニュースのアーカイブがまだ残ってますね」

「そのおばあさん、徘徊癖がひどくて、しょっちゅう行方不明のアナウンスが流れてたみたい。それに娘の顔もわからないくらい、ひどい認知症だったの」

「そうなんだ……。あの日は台風が近づいていたというし、ほんとうに危ない状況だったんですね」

「台風の日に、円城寺はなんでそんな遠くをほっつき歩いてたわけ？」

「行方不明者のアナウンスを聞いて、探しに行こうと思ったんじゃないかな。小森さんはそこに違和感を覚えるんですか？」

「違和感しかなかった。みんなして褒めちぎって警察に表彰されて、朝礼でも全校生徒の前でスピーチなんかしちゃって。大好きなカノジョにもさんざん自慢したんじゃないの？　……ごめん、横道にそれたわ。で、違和感ありまくりだったうちは、おばあさんが落ちたっていう用水路がどうしても気になって確認しに行ったの。車道の小脇にちょろちょろ水が流れてるようなちっちゃい用水路。身体をこう縮こまらせて、無理やりねじこまないと入んないくらい幅が狭かった。あんなところ、ふつう落ちないよ」

そう言って朱里は、自分の肩をぎゅっと窄《すぼ》めてみせた。

「おばあさんは深刻な認知症で、誤って用水路に入り込んでしまったのかも――」

「発見されたとき、背中から落ちないとできないようなところに怪我《けが》をしてたんだって。自分から身体をねじこんで入ったんだとしたら、まず背中から落ちるなんてことありえないでしょ？　だからうち思ったんだよね」

朱里は呆気なくその言葉を放った。

「おばあさんは落ちちゃったんじゃなくて、円城寺に突き落とされたんじゃないかって」

四

「たしかに、ここに人は落ちないな」

道路脇に膝をつき、用水路に頭を突っ込んでいた麗一が顔をあげた。額に泥土が付着している。

「いくら小柄な女性だろうと、幅が狭すぎる。向かいの用水路なら十分な幅があるけど……小柄な中学生があの深さから人ひとり引き上げるのは無理がある。かと言って、この狭い場所に横向きに転落したということもないだろうし」

「……じゃあ麗一も小森さんの推測に賛成？」

「この狭さの用水路に背中から落ちるには、第三者が勢いよく突き落として、無理やり押し込まないと無理だろうな」

蓮司の胸に暗澹《あんたん》たる気持ちが広がる。

喫茶店での一幕を終えて菜月と別れたあと、二人はその足で現場へと赴いていた。広い二車線道路と田園間に続く幅の狭い用水路。両脇に生い茂る雑草と、その下をゆったりと流れる濁り水。横浜の外れとも言っていいこの場所には、歩行者はおろか自動車もたまにしか通らない。

麗一もさすがに参ったように前髪をかきあげた。

「蒼が周囲から賞賛を受けたいがために、その女性を用水路に突き落として、『転落していたのを助けてあげた』と通報したというなら、途轍《とてつ》もなく醜悪な話だな。女性が重度の認知症ではっきりした証言がとれないという点を利用しているわけだし」

「そうだったら最悪だよ。考えたくもない……」

「あるいは――」

麗一が何かを思い出すように視線を斜め上にやった。

「小森はかなり背が高かったな」

「俺より十センチ以上高かったから、百七十ちょいかな」

「声もハスキーな感じだったな」

「うん。急にどうして？」

「彼女が帽子を被ってマスクをしていたら、男に見えるだろうか」

「見ようによっては。もしかして、このあいだ蒼君の病室に侵入しようとした男が、小森さんだと考えてるの？」

「え？」

「確信はないけどな。……それにしても、蓮司がこんなことをするとは思わなかったな」

麗一は眉をひそめて向かいの用水路を見つめた。

麗一が蓮司のブレザーの胸ポケットを軽く叩いた。中にはスマホが入っている。

「小森との会話を録音してくれとは、俺は一言も頼まなかった。てっきりメモでもとるか、頭で記憶しておくのかと」

「えっと……だって、録音したほうが細かいニュアンスとか正確に伝わるかなって思って……」

「彼女に許可はとってないんだろ？」

「断られると思ったし、本音が聞けなくなると思って……」

そう言いながら、背中に冷や汗が流れた。他人との会話を無断で録音するなんて、これまでの自分では考えられないことだった。明らかに非常識な行為なのに、深く考えることもせず、こっそり会話を録音していた。そのことを思い返して、今さらながら物凄い罪悪感がこみあげてくる。

自分でもわかるくらい顔から血の気が引いていくのに、麗一はなぜか嬉しそうだった。蓮司の肩をバシッと叩いて、珍しく笑顔をみせた。

「よくやったな蓮司。常識なんか振り切ってやっていかないと、こんな難事件の真相には辿り着けないからな」

十九時ごろ帰宅した蓮司は、まっすぐに自室に向かった。

麗一はああ言っていたが、やはり録音したことへの罪悪感は拭えなかった。関係者ならまだしも、小森朱里はこの件に関しては完全なる部外者だ。

菜月に教えてもらい、朱里のスマホに電話をかけると、ワンコールでつながった。

会話を録音していたことを打ち明けて謝罪すると、帰ってきたのは想定外の言葉だった。

「そんなのとっくに知ってるけど」

「えっ。あ、もしかして麗一から連絡ありました?」

受話器の向こうから笑い声が漏れた。

「いや、だってアンタわかりやすすぎてさ、あんなのバレバレだよ。『恐れ入ります、今から録音させていただきます。何卒ご了承くださいませ』みたいな萎縮《いしゅく》しきったオーラ発して、そわそわしちゃっててさ」

蓮司は恥ずかしくて頬が熱くなった。自分では決してバレないよう、こっそりやったつもりだったのに……。

「じゃあ、わかってて黙っててくれたんですね」

「もちろん菜月にもシェアしたよね？」

「いや。録音データは俺と麗一だけで共有して……」

「ダメじゃん、あの子に聞かせてよ。そのために気づかないふりしてたんだし」

「へっ、そうなの？」

思わず間抜けな声が出る。

「そーだよ。あんなん聞いたら、菜月だってさすがに円城寺に愛想《あいそ》つかすでしょ？　だいたい、彼女ができたっていうからどんな美人かと思ったら、あんなちんちくりんって……。恋愛なんて全然関心なさそうな顔してたくせに、男子って結局ああいうあざとい女子が好きなわけ？　はっきり言って見損なったよね」

「……もしかして、小森さんは蒼君のことがずっと好きで、二人の仲を引き裂くために録音データを聞かせたかったたってことですか？」

恐る恐るたずねると、受話器の向こうで小森の怒声が炸裂した。

「ンなわけねーだろバーカ！」

電話がブツッと途絶えた。室内が急にしぃんとなる。

唐突なキレっぷり、どうやら図星のようだった。

蓮司はようやく腑に落ちた。

朱里がなぜあそこまで蒼に執着し、長年にわたり行動を監視し、悪意ある推測を並べ立てて断罪し、ネット上で誹謗中傷までしたのか。病院にあらわれたのは朱里だという麗一の推測もうなずけた。

単純に、彼女もまた蒼のことが好きだったからだ。

菜月にとられたことで、蒼への恋愛愛情がやがて歪《いびつ》な憎しみに姿を変えたのだ。

なら、蒼は？

蒼の行動の裏には、いったい何が隠されているというのか。

蓮司は再び録音データを再生した。

きっと嘘は言っていないだろう。

だが、解釈の仕方が違うかもしれない。

なぜ蒼は、異常とも思えるほど『良い子』に見られることに、腐心していたのか。

もしも、蒼が高齢者を用水路に突き落としたという推測が真実だったなら。

もしも、その延長線上にあの行為があったとしたら。

いったい何が彼をそうさせたのか。

*

先生、どうして僕のこと見つけてくれたんですか。あの日、あのタイミングで。奇跡とか、運命とか、僕はそういうものを信じたくなるんです。

だって僕はあの日、本気で死のうと思っていたんです。先生が声をかけてくれなかったら、今ここに僕という人間はいないんです。

次はいつ会えますか。どこに行けば先生に会えますか。
僕は今もずっとあの場所で待っています。先生が来なくなってからも、ずっと。
先生、本当のところが知りたいです。
あの日、僕のことを見つけてくれたのは、本当に偶然だったんですか。

第六章　失われた環《ミッシング・リンク》

一

夫の考えていることがわからない。

稔が蒼の病室を最後に訪れたのは、もう四日前になる。それも、客先が病院の近くにあったから、空《あ》いた時間に顔を出しただけだという。

疲れているのはわかる。半導体業界は活況で、その工場に空調装置を供給している稔の会社は繁忙期が続いている。それに、一社員の貴子と違って、管理職という責任の重い立場にある。会社側の配慮で残業が減ったとはいえ、忙しいことに変わりはない。

だから仕方がないことだと割り切るべきだろうか。日曜日の昼前というのに、夫が病院に行くそぶりも見せず、ソファで寝転んでいるのは。

ろくに眠れず食事も喉《のど》を通らない貴子にたいして、稔はよく眠りよく食べている。働き詰めだった事件前に比べると、むしろいきいきとして見えるくらいだ。

テレビにはバラエティ番組が映し出されて、耳障《みみざわ》りなほどの笑い声がこだましている。

こんなものを見ている暇があるなら、蒼のそばにいてあげたら？

喉元まで出かけた言葉をぐっと飲みこんで、貴子は読み終えた臨床心理に関する分厚い書籍を閉じた。不満が無意識に出たのか、ばんっと想像以上に大きな音が出る。

稔がゆっくりと起き上がり、貴子のほうに視線をやる。

「ごめんね、寝てた？」

「いや」

「ご飯の支度《したく》するね。煮込みうどんでいいかしら」

「それより――」

稔は思いきり伸びをして、大きなあくびをした。どうしてこんなに暢気《のんき》でいられるのだろう。その緩慢な動作に、貴子の心にさざ波が立つ。

「久しぶりに、外食しないか。西口にできた定食屋のカツ丼がうまいらしいんだ」

「せっかくだけど、カツ丼を食べる気分でもないし……」

「刺身定食とかあじフライ定食とか、いろいろあるらしいぞ。それともパスタとかのほうがいいかな」

「そのあと一緒に、蒼のお見舞いに行く？」

「いや、行ったばっかりだからね」

「もう四日前でしょう。外食する余裕があるんだったら、あの子に会いに行ってあげたいとは思わないの？」

稔の顔に困惑の色が浮かぶ。

「僕たちが会いに行くことで何か変わるのか？　君は毎日会いに行っているようだけど、それで何か変わった？」

　言葉が刃のように鋭く胸を刺す。稔の言うとおり、蒼は依然としてなんの好転も見られない。大半の時間をただ目を閉じて横になって過ごしている。事件からまだ一度も口を開かないばかりか、視線が交《まじ》わったことすらない。

「でも、諦めないで毎日通い続ければ、いつか私たちの気持ちが蒼に通じて、何かが変わるかもしれないでしょう」

「そう思い込みたいだけじゃないの？　そうして気づかないうちに、自分のことを余計に苦しめてしまう」

「何を言ってるの？　ねえ、どうしちゃったの。蒼があんな目に遭ったのに――」

「子供が病気で苦しんでいる間は、親もずっと苦しみ続けていなきゃだめなのか。子供が回復しない限り、バラエティ番組を見て笑ったり、美味しいご飯を食べたり、温かい布団で眠ったりすることは許されないのか」

「それは――」

「貴子ちゃん。僕たち、そろそろ蒼との向き合い方を考えるべきなんだよ」

　落ち着いた声。真剣な眼差《まなざ》し。

「蒼はたぶん、そうすぐには戻らない。もしかすると、もう数年、下手すると十数年……あのままかもしれない。今の君みたいな向き合い方をしていたら、とうてい身も心も持たないよ。治療については専門の医師が、事件のことは警察が調べている。僕たちがするべきことは、蒼がいつ帰ってきてもいいように、今までどおりの日常を営《いとな》むことだよ。僕らが焦ったり悲観していたら、きっとそれは蒼にも伝播《でんぱ》してしまう。必要以上に干渉せず、適度な距離を保ったほうが、蒼も心が落ち着けると思うんだよ」

稔の言うことはわかる。痛いほどわかる。真っ当で冷静な意見だ。

自分の行動は、本当に蒼のためになっているのだろうか。毎日欠かさず通い詰めて、捜査のことまで細大《さいだい》漏らさず打ち明けるというのは。逆に蒼のことを追い詰めているのではないか。結局早く元通りになってほしいという、自分の願望を押し付けるだけの、独りよがりの行為なのではないか。

そんな想いが何遍も脳裏《のうり》を過《よぎ》る。額のあたりがずきずきと痛み出し、同時に息苦しさを覚える。

けれど――。

私は母親だ。蒼の、たったひとりの母親。

どうして、ただ見守っているだけのことができるのだろう。

「大丈夫？」

稔の声に穏やかさが戻っている。だが儚《はかな》かった。

「ええ、大丈夫よ。あなたの言うこともわかった」

「よかった。じゃあ、気分転換に外食でもしようか」

「ううん。うちでうどんを食べて、花屋さんに行ってガーベラの花束を買う。それから、蒼のお見舞いに行くわ」

また空気がぴんと張りつめた。テレビから漏れる笑い声が虚《むな》しい。貴子は静かに立ち上がった。

「あなたの行動には干渉しない。でも、私は母親として自分が正しいと思った行動をとる」

稔はため息さえつかず、ただ視線を床に落とした。窓辺から差した陽《ひ》が、その横顔にはっきりと陰影をつける。

「……好きにすればいい」

独り言のように呟《つぶや》いたきり、稔は口を閉ざした。

＊

お久しぶりです。ようやく会えましたね。

やっぱり、やっぱり運命は僕たちに味方しているんだと思います。

次の待ち合わせ場所はどこにしますか。先生。

二

「君も知ってのとおり、僕は君の友達でもなんでもない。田崎さんの依頼で、君がどうしてこんなことをしたのか調べてるんだ。僕ともう一人いるけど、そいつはちょっとここには来れない。君のお母さんとトラブったから……」

病室で二人きり。変わらずベッドに横たわって目を閉じている蒼に、蓮司は小声で話しかける。やけに緊張して声が上ずってしまう。

「時間がないから、手短《てみじか》に言うね。ベッドの裏にスマホが入ったクリアケースを貼り付けておく。僕らの調査状況を逐一《ちくいち》メールで送るから、もし、何かを話してくれる気になったら、連絡してほしい。あ、別に事件に関係ないことでも、なんでも大丈夫。暇つぶしに八文字しりとりとか、たこ糸小噺《こばなし》とか。二十四時間いつでも待ってるから、どうか連絡してくださいね。……じゃあ」

言い終えると、蓮司はベッドの下に潜《もぐ》り込んで粘着テープの付いたクリアケースをぺたりと貼って病室の扉を開けた。

だが開けた瞬間、貴子が目の前にいたのでひやりとした。

「あら、驚かせちゃってごめんね。遅いから心配になっちゃって。菜月ちゃんの定期入れは見つかった?」

「あ、はい。見つかりました」

蓮司はごく自然なそぶりで、定期入れをかざして見せた。貴子の朗《ほが》らかな表情から、会話の内容は聞かれていなさそうだとわかり、胸を撫で下ろす。

雑談をしながら歩いていくと、菜月は廊下の突き当たりにある自販機脇にいた。貴子に買ってもらったであろう、りんごジュースを飲んでいる。蓮司は彼女の元に足早に近づくと、平静を装《よそお》って定期入れを手渡した。

「花瓶の横にあったよ」

「ありがとう。取りに行ってもらっちゃってごめんね」

「どういたしまして」

「滝君はオレンジジュースだよね?」

そう言って貴子が缶ジュースを差し出した。心地よい冷たさが手のひらに伝わった。

「すみません、いつもありがとうございます」

「それはこっちの台詞《せりふ》よ。蒼のこと気にかけてくれてありがとね」

品のある優しい笑み。悪意などとても感じられない。

その裏に差別主義にも似た感情を隠し持っていて、麗一のことを軽蔑《けいべつ》するような目で見ていたなんて、蓮司は考えたくもなかった。

気丈に振る舞ってはいるものの、貴子は数日前に会ったときよりまたさらに痩《や》せていた。瞳はまだ希望を宿していたが、顔色は心配になるほど悪かった。

早くなんとかしなくちゃ。

蓮司の胸を焦燥感が襲う。

このままでは、蒼が立ち直るよりも前に、この人が挫《くじ》けてしまう。


家の近くまで送っていくという貴子の申し出を断り、二人は横浜駅ホームのベンチに並んで腰かけた。

菜月が立て続けにくしゃみをしたので、蓮司はブレザーを脱いで手渡した。菜月は「サンキュ」と呟《つぶや》いて、それを膝掛けにした。

「さっきはありがとね。手伝ってくれて」

「ぜんぜん、大したことじゃないし」

菜月にはわざと定期入れを病室に置き忘れてもらったのだ。蓮司が代わりに取りに戻るために。

「どうして病室で一人になる時間がほしかったの？」

「それは、えーっと」

スマホをこっそり仕掛けてきたなんて言えるわけがない。バレたら大事になりかねない。思い出すとまた、動悸《どうき》がしてきた。

「言えないようなことなんだ」

「そうかもしれない」

「私にも言えない？」

「今はちょっと。ごめん」

話すということは罪を共有するということだ。菜月を巻き込むわけにはいかなかった。

菜月は責めることも問いただすこともせず、ただ苦しそうな顔でうつむいた。

「事件のことを調べるために、人にバレたらいけないようなことまでしてるんでしょ。ほんとにごめん。大変なことに巻き込んじゃって」

「何も気にしないで。自分たちの意思でやっていることだから」

菜月はうつむいたまま、さらに難しい顔をする。

「でも、もしバレちゃまずいことがバレちゃったら、ぜんぶ私のせいにして。お願いだから。そうしないと、私、自分のことが許せない」

「わかった。ありがとう」

もちろんそんなつもりはなかったが、そう言ったほうが菜月は安心するだろうと思った。予想どおり、菜月はほんのわずかだが肩の荷が下りたように表情を和《やわ》らげた。

それから、蓮司の目をまっすぐ見て言った。

「あとさ、卯月君のことよろしくね。あの人けっこう危《あや》うい感じするからさ。滝君がちゃんとそばにいてあげて」

「大丈夫。それはたぶん……俺がいちばんわかってるから」

菜月の表情が、凛《りん》と冴える。

「よかった。私もずっと蒼のそばにいる。どんなことがあっても、ぜったいに」

「うん」

遠くでざあっと紅葉《もみじ》が揺れた。

まもなく電車がやってきた。

＊

すみません、こんな早く帰ってくるとは思いませんでした。いえ、そんなつもりはないです。ただ本当のことが知りたくて。先生が話してくれないなら、調べるしかないと思って、ただそれだけです。信じてください。

違います、今日が初めてです。あっ、いや、二週間前……です。新子安駅で先生を見かけて、そのまま……尾行しました。心配だったから。急に僕の前からいなくなったから。それで、先生がここに住んでるってことを……いや。それは、ネットでやり方を調べて……。

いや。

待ってください。

そんな目で見ないでください、先生。

三

十一月に入った。久しぶりの降雨だった。最低気温は、この秋はじめて十度を下回った。風が吹き荒れて、色づきはじめた銀杏《いちょう》の葉がいっせいに舞い散る。車のフロントガラスに木の葉が張り付くのを、貴子は恨《うら》めしく思った。

蒼を置き去りに時が流れていくのが、怖くて仕方がない。

季節の移ろいを感じさせるものすべて、この世界から消し去ってしまいたい。

今日の面会も代わり映えがなかった。蒼はめずらしく目を開けていたが、ずっと無表情のまま天井を見つめているだけだった。そこにはなんの感情の起伏も見受けられなかった。

希望の光がひとすじも射《さ》さない。

冷静に考えると発狂しそうになる。空白の時間が何よりつらい。だから、昨日からフルタイム勤務に戻ったのは正しい判断だった。少なくとも仕事をしているあいだは、ただ目の前のことだけ考えていればいいのだから。

それにしても、優しく染まった銀杏の葉がやけに心にさざ波を立てる。ワイパーも役に立たない。一度どこかに停めて手で払おうか。いや、今日は道路も空《す》いているし、もう五分も経たずとも家に着くじゃないか。こんな些細なことさえ気にしていたら、いつまでも前に進めない。

やりきれなさと自分自身への苛立《いらだ》ちを感じながら家路の住宅街を進んでいくと、前方に傘もささずに歩く人影が見えた。

徐々に近づいていくと、制服を着た男子生徒の後ろ姿をはっきりと認識した。

この冷たい土砂降りのなか、傘もささずブレザーすら羽織っていないなんて。

なぜだか蒼の姿と重なって、胸がぎゅっと苦しくなる。

貴子は速度をゆるめて、男子生徒のすぐ後ろで停車させた。運転席の窓を開けて、身を乗り出す。冷たい風と雨粒が一気に入り込んでくるのもおかまいなしに。

「そこの君！　送ってあげるから乗りなさい」

大声で叫ぶと、男子生徒は振り返ってこちらに近づいてきた。その顔を見てぎくりとした。卯月麗一だ。

あの日言われたことが一言一句《いちごんいっく》よみがえってきて、貴子の胸は嫌悪感でいっぱいになった。だがあの時と打って変わって、彼は毒気のない声色《こわいろ》で言った。

「僕のことですか？」

「……ええ」

「せっかくですけど、こんなずぶ濡れで乗せてもらうのも悪いですし」

言いながらぶるりと震えあがる。肌に張りついたシャツ、水の滴《したた》る前髪、青白い頬、紫がかった唇《くちびる》……さすがにちょっと、見ていられない。

「いいから乗りなさいってば。そっちまわって、早く。私まで濡れるでしょう」

「ではお言葉に甘えて」

貴子はほっとして窓を閉めた。だが麗一はなかなか乗ってこない。怪訝《けげん》に思ってウィンドウ越しに眺めると、彼はリュックサックからレインコートを引っ張り出して、それを羽織り始めた。

雨具を持っていたのだ。それなのに、どうして。

半《なか》ば動揺しているうちに、助手席のドアが開いて麗一が乗り込んできた。

「すみません、ありがとうございます」

「レインコート、持ってるじゃないの……」

「あっ、車の中が濡れたら迷惑かと思って。やっぱり降りたほうがいいですかね」

「……いや、いいわ。家はどこなの？」

「北鎌倉です」

ではなぜ横浜にいるのだろう。明らかに学校帰りという感じなのに。貴子の胸にまた得体《えたい》の知れない不穏な影が広がっていく。

「ナビ入れてくれる？」

「入れる必要はありません」

「はい？」

「円城寺さんの家に向かう途中でしたから」

「はっ？」

後ろからクラクションの音。貴子は仕方なく車を発車させる。アクセルを踏みながら、自分でも驚くほど険のある声で問う。

「何よ。何が目的なの」

「円城寺さんと話がしたかったんです」

「私はしたくない。言ったでしょう、二度と来ないでくださいって」

「ええ。だから傘を差さずに訪ねようと思ったんです。さすがにこの寒さのなか、ずぶ濡れでやってきた子供のことを門前払いするほど、冷酷な方ではないでしょうから」

苛立ちがうっすらと恐怖に変わっていく。彼を横目でちらりと見る。まさかあの日のことを逆恨みして、私に何か危害を加えようとしてやってきたのだろうか。ポケットやリュックに、ナイフか何かを隠し持っているかもしれない。

見透かしたかのように麗一が言う。

「危害を加えようなんて思っていませんよ。あの日のことを恨んでもいません。ほんとうにただ、話がしたいだけなんです」

「恨むって、なんのこと？　まるで私から酷《ひど》い仕打ちを受けたような態度をとるのね。元はと言えば、あなたが蒼のことをあんなふうに侮辱《ぶじょく》したのが悪いんでしょう」

「初めに侮辱したのはあなたでしょう。頭のてっぺんから爪先まで品定めしたあと、僕をはっきりと蔑視《べっし》した。それから一度も目を合わせてくれなかった。あれはさすがに傷つきました」

「そんなの言いがかり……」

「無意識でしたか。よけいたちが悪いですよ。そうやって知らないうちに他人を傷つけてきたのかもしれませんね、あなたは」

血の気が引いていくのが自分でもわかる。

この少年が怖い。

私の何かを暴こうとしている。

怖い。

ハンドルを握る手が滑りそうになる。貴子は息苦しさを感じながら、すぐにロードサイドのコンビニに車を停めた。ハンドバッグから財布を取り出し、千円札を麗一の胸元に突きつける。

「傘代です。ここで降りてください」

「結構です。その代わり少し話をさせてください」

「降りなさい！」

「円城寺さんの出身は函館ではないですね」

唐突に今まで吐《つ》いてきた嘘を暴かれて、貴子は言葉を失った。身体の力が抜けて、千円札を握る手を弱々しく引き戻す。

「急になんの話。どうでもいいじゃない、そんなこと」

かろうじて絞り出した声は微《かす》かに震えていた。

「否定はしないんですね」

「函館ですけど。だからなんなのよ」

心拍数が急速に跳ね上がる。この少年はどこまで追及してくるのだろう。身動きがとれなくなり、恐怖で顔が強張《こわば》る。

「葛城宗次郎さんをご存知ですか？」

麗一がはっきりと貴子を見つめてくる。金縛《かなしば》りに遭《あ》ったように、目を逸《そ》らせなくなる。

なぜ警察と同じ質問を、この子はしてくるのだろう。いったい葛城宗次郎という人物は、何者なのだろう。

「知らない。聞いたこともない」

「梶木弘毅さんはご存知ですか？」

「知らないわ」

梶木という名前は警察からも出たことがない。なぜこんな訳のわからない質問ばかり浴びせてくるのだろう。自分が過剰に警戒しているだけで、ほんとうはまったく見当《けんとう》違いの推測を立てているのかもしれない。

「それでは、こちらの女性はご存知ですか？」

麗一がリュックサックから一枚のコピー用紙を取り出した。印刷された一枚の写真。

金髪の長い髪、鷲鼻の横顔、日に焼けた肌。

ピントはぼけているのに、彼女だとはっきりわかった。

全身からさあっと血の気が引く。頭が真っ白になり、呼吸が激しく乱れる。

胸に手を押し当てて、深呼吸を何度も繰り返す。ここで平静さを失うわけにはいかなかった。

貴子は目を閉じて思い浮かべた。蒼のことを。稔のことを。自分が守るべき家族と、その生活のことを。

ここで暴かれるわけにはいかない。

それから、静かに目を開いた。

「知らない。あなたが何を言いたいのかもわからない」

「不思議ですね。円城寺さんの玄関先に飾ってあった写真の女性と、同一人物のはずですが」

「違います。こんな人は知らない。あなたの勝手な思い違いでしょう」

鼓動の音が早くなる。脇に嫌な汗が滲《にじ》む。いったいこの少年はどこまで知っているのだろう。なぜ彼女の写真を持っているのだろう。

麗一がふたたび写真を目の前に掲げてみせた。

「よく見てください。ほんとうに思い出せませんか?」

「知らない人のことを思い出せと言われても困るのよ」

「あなたがしらを切っている限り、蒼君は永遠にあのままですよ」

突拍子《とっぴょうし》もなくそう言われて、言葉の意味を飲み込むのに時間がかかった。窓ガラスに強く雨が叩きつけるのに、車内は冷たい静寂だった。

「……どういう意味?」

「すべての原因は、あなたの過去にあるということです。あなたが隠したがっているその過去のせいで、蒼君はああいう行動をとらざるを得なかったんです」

心臓がいっそう強く打つ。

ありえないとわかっている。稔だって言っていた。蒼が生まれるより前のあの出来事が、どうして今になって――。

否定したいのに、言葉が出てこない。

「別にあなたを糾弾《きゅうだん》しようと思っているわけではありません。僕なんかにそんな権利もないです。ただ、真実を突き止めたいだけです。そのためにあなたの情報が必要なんです。写真に写っている金髪の女性について教えてください。でも――もしあなたがこの女性を知らないというなら、しかたがない」

麗一の言葉は冷気をともなって貴子に降りそそぐ。もはや、わずかでさえ身動きができない。

「彼女はおそらく、夫の稔さんの姉か妹でしょう。そして、すでに亡くなっている。教えてください。いったい彼女は――」

「知らないって言ってるでしょう！」

自分自身の耳さえ劈《つんざ》くような絶叫。貴子は衝動的に麗一の手からコピー用紙を奪い取って破り裂いた。目の前で散ってゆく紙片を見つめて、途方もない疲労感が一気に全身を襲った。頬が熱い。額に汗が滲む。喉がひどく渇いている。

空《から》になった麗一の左手が、貴子のほうにすうっと伸びてくる。避ける間もなくその冷たい手のひらが、貴子の額に触れた。

襲いくる凄まじい恐怖。

「触るな」

無意識に低く呟いていた。

「すみません、熱でもあるんじゃないかと思って――」

貴子はダッシュボード横のスマートフォンを手に取るなり、反射的に麗一の腕を思いきり殴りつけた。ごっと鈍い音がした。

「触るな！」

貴子はダッシュボードを開けると、そこからカッターを取り出した。刃を押し出して麗一の顔を見ると、さすがに面食らったような顔をしていた。この少年にもきちんと感情があるのだと今はじめて思えた。

「これ以上わけのわからないことを言うのなら、私は今ここで自分の首を切って、警察にあなたに脅されてやったと通報します」

自分の目がよほど据わっていたのだろうか、少年は「死なれては困るので帰ります」と、後ろ手に音もなくドアを開けて車外へ出た。振り返ることもせず、土砂降りの中を去っていく。

貴子はしばらく動けなかった。

その場しのぎの脅迫が永遠の抑止力になるとは思えない。

足元に落ちた紙片を見下ろす。彼女の顎《あご》先が写っている。寒気がする。

つい数週間前にその名を知った少年が、過去を無情にも抉《えぐ》り出そうとしてくる。

――うちら最初からこうすればよかったんだよね。学校でこそこそ会ったりしないでさ。あの人たちが山登りなんてするわけないでしょ。

――ないない。裏庭とか駅とかよりも、こっちのほうがずっと安全。貴子ちゃん、てんさーい！

――ではでは、ここを凜子と貴子の秘密基地にしちゃいますかっ。

——わーい！　さんせーい。

視界に歪《いびつ》な残像が犇《ひし》めく。忘れたはずの声が鮮明に頭の中を駆け巡る。震える右手からカッターが滑り落ちた。

嫌。嫌。嫌。嫌。

——いいのー？　彼氏と会わなくて。昨日合宿から帰って来たんでしょ。

——いいの、いいの。どーせバイトだし。いつもどおり待っててよ。

——りょうかーい。……貴子ちゃん、大丈夫？

——何が？

——なんか元気なさそうに見えちゃったから。

——何それ。気のせいでしょ。

笑ったときにのぞく八重歯。泣き腫らしたときの赤い瞳。私の腕に縋《すが》ったときの、柔らかくて冷たい手。最後に目が合ったときの、静かに壊れた虚《うつ》ろな表情。

私はすべて覚えている。

そこにいる。

彼女が。

聞こえるわけなどないのに、鼓膜を震わせる。

彼女の声が。

私の腕の中で泣きじゃくる声。両手で口元を覆っておかしそうに笑う声。「ありがとう」「大好き」そんな言葉を惜しみなく伝えてくれた声。

反転。

冷たい両手の忘れえぬ感触。

林道。頰切る風。折れ曲がった手足。血塗《まみ》れの指先。

知らない。私は見ていない。私は何も知らない。

でも耳を塞《ふさ》いでも目を閉じても、あの掠《かす》れた声が、絶望に沈んだ声が、脳内で幾度も残響する。

最後に聞いたあの子の声が。

――貴子ちゃんのせいで、もう全部おしまい。

四

なかなか虚しいことだった。

来るかどうかもわからない電話を、夜通し待ち続けているというのは。

だが、もしかしたら蒼から連絡があるかもしれない、という一縷《いちる》の望みがどうしても消えず、蓮司はここ二日ほどぜんぜん寝つけなかった。今はベッドの上で体育座りしていた。

周囲はずっとしいんとしている。階下の両親も、隣の部屋の花梨も、きっと熟睡しているだろう。

麗一はというと、机の下で布団にくるまってみの虫のように眠っていた。どう見ても窮屈そうだが、閉所のほうが落ち着くのだと言っていた。

カーテンを少し引く。窓の外は暗闇が広がっている。

日付も変わった十一月五日の午前二時。

麗一は昨日――いや、もう一昨日か――に蒼の母親と話をしたそうだが、彼女の口を割るのは無理だと断言していた。葛城と梶木のことは知らない様子だったが、例の女性Iについては、よほど後ろめたい過去があるらしい……とも。

蓮司には正直ぴんと来ない。

蓮司の目から見た円城寺貴子は、変わらず優しくて穏やかな人だった。麗一や菜月には見えている彼女の裏の顔が、自分には見えない。

彼女が葛城らと手を組んで、何か罪を犯《おか》したというのだろうか。

だとしたら、なぜ蒼は直接母親を問いただすことなく、あのような行動に出たのか。

「寝られないの？」

急に声をかけられて驚く。暗闇に目を凝《こ》らすと、麗一が顔をのぞかせていた。

「うん、目が冴えちゃって」

「場所変わろうか」

「よけい眠れないよ」

「『武者の屯所《とんしょ》』はなかなか落ち着くぜ」

「俺の机の下に異名をつけないでくれ」

麗一も目が覚めたのか、机の下から這い出して、部屋の明かりをつけると、隣にどかりと腰を下ろした。蓮司の手に握られたスマホに目をやって言う。

「蒼から連絡が来ないかと待ち続けていたのか」

「うん。もちろん何もないけど」

「心神喪失を演じてまで沈黙を貫いている奴だ。縁もゆかりもない人間に、簡単に種明かしするはずないさ」

「あれが演技とは思えないけどな……。ほんとうに魂が抜け落ちちゃったような雰囲気だった。でも、蒼君のお母さんがだめで、蒼君もだめで、お父さんに至っては、実物を見たことすらないし……あとはもう……」

「昔の事件の被害女性は、蒼をいじめから救ってくれた。赤間佳史含め、小学生のとき蒼をいじめていた四人は、その女性の顔を見ているはずだ。ふたたび栄林高校に乗り込んで、誰かを捕まえて頼み込んで奴らの住所を教えてもらい、押しかけて脅迫すれば、簡単に口を割りそうだけどな。そういうやり方はだめなんだろう」

「絶対にだめだ」

「はい」

麗一は素直に頷《うなず》いて、続けた。

「もう一度、被害者、仮にα《アルファ》としようか――についての情報を整理しよう。彼女は蒼が小学生の時、横浜市内の河川敷でいじめに遭っていた蒼を救い出した。また蒼には、母親にばれぬよう田崎菜月でカモフラージュしてまで、長期間にわたり密会している女性がいた。彼女が被害者αとイコールだという見方に異論はないよな」

「うん。親には紹介しづらい後ろめたい相手ってことだよね。彼女が昔、梶木、葛城らが関わったある事件の被害者ということは、現在は三十代から四十代くらいかな」

「いや、被害者が加害者と同年代とは限らないだろう」

「たしかに。じゃあ、ほんとうに横浜近辺に住んでいた可能性が高い女性ってことしかわからないな」

「居住地区についてはある程度絞れないか。聖英学園のクラスメイト小森朱里の話だと、蒼は異様なほどきょろきょろとあたりを見回して迷子を捜していたらしいが、これはαのことを探してたんじゃないか。つまり、αと蒼は長らく親交があったが、そのうち何らかの理由で、αは蒼から距離を置くようになった」

「……蒼君はαと密会していたのではなくて、αのことを探してさまよい歩いていた」

「そう考えると、蒼が中一のころ縁もゆかりもないであろう港北区の外れで高齢者を用水路から救出した話も説明がつく。蒼はなぜそんなところをほっつき歩いていたのか。αがその近辺に暮らしていると知っていて、彼女を探し回っていたのではないか。さらに、ここで用水路の謎が解ける。あのとき、本当はαも現場にいて、一緒に救出したんだ。でもαは周囲に蒼との関係が知られるのを恐れて、救助が来る前に姿を消した。件《くだん》の高齢者は、本当は反対側にある幅が広くて深い側溝に落ちていた。けれど、蒼ひとりでそこから助け出したというのは無理があるから、向かいの底が浅い側溝に落ちていたと嘘をつくように、αが蒼に頼んだということではないか」

麗一の話に感心しているうち、蓮司は先日お見舞いに行った帰りに、菜月から聞かされたエピソードを思い出した。

「そういえば蒼君、高一のころに岸根公園で友達の田山昇君のおじいさんを保護したんだって。でも、そこにいたという事実を、他言しないよう彼に頼んでいたみたい」

「岸根公園というと、栄林高校のすぐ近くじゃないか。高齢者を救助した場所も近場だろう。αは少なくともここ数年、栄林の近辺に住んでいた。メシアもαもたまたま近くに暮らしていたというのは、偶然が過ぎるような……」

麗一は蓮司の手からスマホを抜き取ると、手早く画面をタップしてスピーカーをオンにした。

「おはよう多胡」

くぐもった声が聞こえてくる。

『……この時間に平然と電話をかけてくるとはね』

「丑三《うしみ》つ時《どき》はたいてい起きてるだろう。あんたの生活パターンは把握してる」

『ストーカーの自供かい。オンレコしようかな』

「頼みがある。蒼が最初にあんたにアポをとってきたときのダイレクトメールの文面を教えてもらえないか」

『言っただろ、蒼とのやり取りはとっくに消してあるって。それか、警察に聞いてくれよ』

「警察に事情をきかれたのか？」

『運営元にあたられたら、メッセージを削除してても、意味はないってこと』

「なら紙で保管してあるはずだ。証拠隠滅のためとはいえ、あんたが大事な依頼人とのやり取りをそっくり消したとはとうてい思えない」

スピーカーから長い長いため息。

『おたくらの捜査に関係あるの』

「大いにある」

『……写真に撮って、滝氏のLINEに送るよ』

ぶつりと電話が切れた。五分も経たぬうちに、ぴこんと通知が鳴った。

ＤＭの文面が印刷されたコピー用紙の画像が送られていた。ブレがひどく画質も粗いが、かろうじで文面は読み取れる。

蒼：はじめまして。円城寺蒼と申します。横浜市の私立高校に通う二年生です。ある事件の加害者を突き止めるための告発を計画しております。その人物を突き止めるためならば、全てをなげうってもいい覚悟です。どうか力を貸していただけませんか。ご返信いただけると大変助かります。何卒よろしくお願いいたします。
メシア：がってんしょうちのすけ。下記のメールアドレスに詳細送ってもらえるかな
蒼：ありがとうございます。あの、できれば直接会ってお話ししたいのですが……。
メシア：僕忙しいんでまずメールください。申し訳なし
蒼：了解いたしました。

蓮司はとくにぴんと来なかったが、麗一がすぐに「ああ」と息を吐いた。

「やはり、蒼はメシアの正体を知っていたんじゃないか。いや、さすがに名前までは知らなかっただろうけど、少なくとも栄林高校の生徒だということは知っていた」

「どうしてそう思うの？」

「身元不明のユーチューバーに初《しょ》っ端《ぱな》から本名を名乗るというのは、いくらなんでも無防備すぎるだろう。相手が犯罪者や反社会勢力に属する人物の可能性だってあるのに。それと、相手が同じ神奈川県民だとわからないうちは、普通は市名ではなく県名を言うだろう」

「真の浜っ子は、いつなんどきも横浜出身と言うらしいよ」

「なんだその偏見」

「でも、たしかに無防備すぎる気がする」

「それに、二言めには直接会いたいと言っているが、これにも違和感を覚える。相手がどんな人間か、すぐ会える距離に住んでるかもまったくわからないのに、簡単に会いたいと言うだろうか」

そう言われると、なかなか違和感にあふれた文章に思えてくるから不思議だ。

「でも、どうやってメシアの正体を知ったんだろう？　麗一みたいなやり方で突き止めたのかな」

「いや、もしかするとαから聞いていたんじゃないか？」

「……どういうこと？」

「確かめよう」

麗一はふたたびためらいもなくメシアに電話をかけた。ワンコールもしないうちに繋がる。

「おはよう多胡」

『何かわかったのかい』

「わかりかけてるから、さらなる協力を頼む。俺と蓮司と警察以外で、あんたの正体がメシア再臨だと知っている人間をすべて教えてほしい」

『もち、母上は知ってるよ』

「母上は誰かに話したか？」

『高一んときの担任殿には相談してたさ。ネットに入り浸《びた》り、引きこもりがちな僕を心配してね』

「では担任殿から誰かに広まった可能性は？」

スマホ越しの声が力強くなる。

『それはありえないね！　早川先生は絶対的に信頼できる人だもの。だからこそ母上も打ち明けたんだよ。警察とおたくら以外で僕の正体を知っているのは、僕が知る限りその二人だけさ』

「早川先生のフルネームは？」

『早川凜子先生。名前のとおり凜とした美しい心の持ち主さ』

「年齢は？」

『ふん。リアル女性の年齢なんてわかりっこないね』

「だいたいでいい」

『強《し》いていうなら、シャーミューズ五期のマルティネス曹長と同い年くらいかな』

「つまりいくつだ」

『曹長は三十三歳と三か月、閏年《うるう》生まれのＮＬ型。ＮＬ型というのはシャーミューズのスラブレテンフィールドのみで発揮される地球人で言うところの――』

七分経過した。

『で、おたくら何聞きたいんだっけ』

麗一があくびをかみ殺す。

「早川凜子先生は、今も栄林高校の教師か」

『うん。僕が一年四組のときの担任で、今は二年十組の副担任だったと思う』

「ちょっと今から写真送るから、この人物が早川先生かどうか見てほしい」

麗一はそう言うと、葛城宅で手に入れた金髪女性の写真をトリミングして、ＬＩＮＥで送った。

ものの数秒で呆《あき》れた声が返ってくる。

『はあ。ぜんぜん違うね。早川先生はもっと楚々《そそ》とした女性だよ』

「これは十年以上前の写真だから、印象が違うだけかもしれない。造形からして別人か？」

『僕でもわかるくらい、明らかに別人だよ。早川先生はもっと顔のパーツが全体的に小さいし、うん、鼻の形がぜんぜん違うよ。こんな感じの大きな鷲鼻じゃなくって、もっときゅっと尖《とが》った感じ』

「早川先生の写真はないかな」

『さすがに持ってないよ』

「集合写真とか、なんでもいい」

大きなため息のあと、十分くらい部屋を漁《あさ》るような音が聞こえてきた。それから、クラスの集合写真からトリミングしたと思われる、微笑を浮かべた女性の写真が送られてきた。

白いシャツに紺色のカーディガン、ベージュのスラックス。黒髪のショートヘア、白い肌。化粧っけのないサッパリとした顔立ちで、背が高く痩せている。中性的で透明感のある印象だった。また、小ぶりで尖った鼻の造形と等身からして、金髪の女性とは別人だと断言できる。

「ありがとう。それから、早川先生の連絡先を教えてくれないか。話したいことがある」

『うーん。ちょい待ち、年賀状がきてたと思う』

引き出しを引くような音が響いたあと、すぐに声がした。

『見つけたけど。おたくらのこと、信頼してるから教えるんだからね？　裏切るようなこと、絶対しないでよ』

「ああ。早川先生に迷惑はかけないと誓う」

『ＬＩＮＥで送るよ』

「ありがとう、末代まで恩に着るよ」

『重い』

通話を切るとほぼ同時に、再びぴこんと通知が鳴った。
〈横浜市港北区片倉《かたくら》×××　コーポ・フリージア107号室〉

麗一が勢いよく立ち上がり、カーテンレールにひっかけていたハンガーから制服をもぎ取った。

「善は急げだ。さあ行こう」

「非常識が過ぎるよ」

まだ午前三時前だ。さすがの麗一も再び腰を下ろす。

「電話だと逃げられる懸念があるから、不意打ちで訪問すべきだ。休日だけど、私用や顧問をしている部活の関係で、早朝に家を出て遅くまで帰ってこない可能性なんか考えると、六時前には彼女の自宅前に着いていていたい」

「家に押しかけるつもり？　多胡から迷惑かけないでって言われたでしょ」

「話を聞くだけだよ。十中八九、早川凜子が被害者αだ。蒼は、メシアが栄林高校の生徒だという情報を、彼女から入手したんだ」

「早川凜子先生はすごく信頼できる人だから、他の誰かにバラしたりなんて考えられないって……」

「あくまでメシアから見た印象だろう。ある事件の被害者だった早川凜子は、加害者に復讐するため、蒼を利用することにした。そのために、メシアの情報を蒼に意図的に流した。つまり蒼は単なる操り人形に過ぎない。そういうふうにも考えられる」

蓮司は不穏な予感に蝕《むしば》まれていく感じがした。さらに麗一はひといきに続けた。

「あるいは、こういう考え方もできる。メシアの情報は、早川凜子が流したのではなく、蒼が盗んだのだと」

「どういうこと？」

「そのまんまの意味だよ。蒼が彼女の家を突き止めて勝手に侵入し、漁っているうちにその情報を得たってこと。メシアの情報のみならず、彼女が過去に巻き込まれた事件についても、偶然知ることとなった。蒼は愛する女性の仇《かたき》を討とうと思い立ち、勝手にあのような行動に出た」

構造ががらりと変わる。不穏の影は今や蓮司の胸全体に巣食っている。

「麗一はどっちだと思うの？」

「わからない。それを突き止めるために早川凜子に会う必要がある。夜明けとともに発《た》とう」

それから一時間も経たぬうちに、手早く支度を整え階段を下りていった。休日の土曜日だが、相手の警戒心を解くためにも、安心と信頼のパートナーである冬汪高校の制服を着ていくことにした。

母も花梨もまだ眠っていたが、早朝ジョギングが日課の父はすでに起きていて、腰に手を当て歯を磨いていた。色素の薄い大きな垂れ目がふたりをとらえて、目尻に柔和《にゅうわ》な皺《しわ》が浮かんだ。

「ふぁふふぉう。ひひゃひひょふにゃひゃやふゅひゃらひょほひゅのひゃ」

「何言ってるかわかんないけど、とりあえずおはよう」

呆《あき》れる蓮司の横で麗一が告げる。

「お父様は『おはよう。君たちこんな早起きしていったいどこ行くのさ』と仰《おつしや》っているぞ」

「なんでわかるんだよ」

「ひょっふぉっふぉっ」

父は口のまわりを歯磨き粉の泡だらけにしながら笑い声を立てると、洗面室に消えていった。普段は寡黙《かもく》な父だが、休日の早朝はいつもハイテンションだ。毎回これでもかというくらいたっぷり歯磨き粉を使うので、母に『もったいないからもうよして』といつも叱《しか》られているが、いっこうに直らない。

洗顔まで終えてさっぱり爽快な顔の父が、あらためてたずねてくる。

「で、こんな早起きしてどこ行くのさ」

蓮司が言い淀《よど》んでいる合間に、麗一がさらりと答える。

「紅葉狩りに」

「まだ見ごろじゃないよ」

麗一は自分の胸をこぶしで、とんと叩いた。

「足りない色は心で補います」

「粋《いき》だねえ。まだ暗いから気をつけなさいよ。行ってらっしゃい」

「ありがとうございます。行ってきます」

珍妙なやり取りだったが、なめらかに送り出してもらえた。

鉄壁の母と猫かぶりの花梨が起きてくる前に、ふたり急いで玄関を後にした。

かくして五時前には家を出て、五時ちょうど北鎌倉駅発の横須賀線東京行きに飛び乗り、ブルーラインに乗り換えて五時四十三分に、早川凜子宅の最寄り駅片倉町に到着した。閑静《かんせい》な住宅街に人気《ひとけ》はない。立ち並ぶ民家の庭先でサザンカやツワブキが小さく揺れている。平坦な道を二十分ばかり歩いていくと、集合住宅が立ち並ぶ路地にこぢんまりとした灰褐色《はいかつしょく》のアパート。そこがコーポ・フリージアだった。

薄暗い朝の冷気に身を縮こませながら、蓮司は隣の麗一にたずねた。

「さすがに七時前にピンポンは非常識だよ」

「そうか？　おととい蒸しパンの蒸しあがりを狙って、朝五時に多胡家を再訪したぞ」

「すげえ迷惑」

「手ぶらじゃ悪いので、ざらめをたくさん持っていった」

「考えうる限りで最悪の落札者だ」

「で、なんやかんやお母様と一緒にざらめ蒸しパンを開発したんだ」

「楽しそうで何より」

二人はアパートの向かいの電柱に身をひそめて、早川凜子が出てくるのを待った。しかし七時を過ぎても出てこなかったため、麗一が意気揚々と１０７号室のインターホンを鳴らした。

三回鳴らしたが、応答がない。

麗一がポケットからスマホを取り出して、年賀状に書いてあった市外局番「０４５」で始まる番号に電話をかける。

だが何度かけ直しても、留守番電話に繋がってしまう。

蓮司はなんとなく不吉な予感がした。麗一の横顔に焦燥めいたものが浮かぶ。蓮司は先日知り合った栄林高校の生徒、前川さんにショートメッセージを入れた。

〈おはよー。急にごめんね。二年十組の副担任・早川凜子先生って知ってる？　至急連絡とりたいんだけど、電話かけても繋がらなくて〉

五分もしないうちに、返信がきた。

〈おはよう〜。早川先生は、体調を崩されて先週の月曜日から二週間ほど休職に入ったとのことです。ＬＩＮＥとかは私もわからないです、ごめんなさい…！〉

〈了解です。ありがとう！〉

蓮司はふっと息を吐き、麗一の背中を二度叩いた。

「残念だけど、帰ろう。体調が悪くて休んでいる人に、無理に話を聞くなんてできないでしょ」

麗一は言われたとおり大人《おとな》しく踵《きびす》を返した。だがアパートエントランスに到着するなり、『１０７号室』の郵便受けに躊躇《ちゆうちよ》なく手を突っ込んだ。

「おい、何やってんだばか」

慌ててその腕を引っ張る蓮司にたいして、麗一は怪訝そうな顔をした。

「かなり溜まっている。体調悪くて寝込んでるとして、郵便物さえ取りに行けないなんてことあるか？　さっきも違和感があった。早朝から執拗《しつよう》にかかってくる電話にたいして、無視を決め込む理由なんてあるか？」

そう言われて、蓮司の胸に不穏な翳《かげ》がさした。

薄暗い室内で女性がぐったり倒れている姿が、脳裏《のうり》に過《よぎ》る。

「救急車を呼んだほうがいいかな」

「ひとまずもう一度呼びかけてみよう」

二人は再び１０７号室の前に戻った。そうっとインターホンを押そうとする蓮司の横で、麗一がドアを思いきり三度叩いた。

「せんせーい！　無事ですかー！　心配なんで救急車呼びますよー!?」

冷たく静かな廊下に、麗一の抑揚のない大声量が響いた。蓮司は肝《きも》を冷やした。

「ちょっ、やめろよ。近所迷惑だろうが」

「それが狙いだ」

「は？」

そのとき左隣の扉がきいっと開いて、寝起きのようなくぐもった声がした。

「いったいなんですか。うるっさい……。早川さんとこの生徒？」

視線を向けると、二十代後半と思《おぼ》しきスウェット姿の女性が顔をのぞかせていた。距離はあるのに、酒の臭いがむわっと漂ってくる。

麗一が深く頭を下げたあと、何食わぬ顔でほらを吹き始めた。

「申し訳ありません。はい、早川先生は僕らの恩師です。先週からずっと体調を崩されて休んでいるので、心配でたまらず、お見舞いに来たんです」

「へー、こんな早朝から？」

「はい。これから部活の遠征に行かなくてはならないので」

「ほー」

二日酔いかあんまり頭が回っていないようだった。女性は後頭部をぼりぼり掻《か》くと、重たいまぶたのまま、思い出したように言った。

「早川さんならずっといないよ」

「どこかに出かけておられる？」

「そ。先週かな、でっかいスーツケース持って出てくの見かけたよ。体調不良ってんなら、実家でも帰ったんじゃない」

「そうでしたか。ありがとうございます」

「朝っぱらからうっさいのまじでやめようね。クソ迷惑だから。んじゃー」

気の抜けた声とともに、扉がぱたんと閉じられた。

「……これが狙い？」

「おう。早川凜子は長期不在、実家に帰省した可能性が高い。短時間で有益な情報を得られただろう」

「そうだけど、なんだかな」

自分にはできぬ芸当で出し抜かれた感じがもやもやする。負けじとずっと考えていたことを口にした。

「あのさ、蒼君に直接聞いてみるのはどうかな。早川さんがいなくなったことを伝えたら、さすがに心配して、ぜんぶ打ち明けてくれると思うんだけど」

我ながら名案と思ったが、麗一が珍しく苦しげな顔をする。

「そうしたいのは山々なんだけど。彼女に関しては、蒼はとんでもない爆弾を抱えてるかもしれないから、下手《へた》に刺激するのは非常に危険だと思う。俺らの告げ口がトリガーで人が死んだら、蓮司は嫌だろう」

「それは絶対に嫌だ……」

いつの間にか陽が射している。向かいの平屋の軒先で、枇杷《びわ》の木や柿の木が清《さや》かに揺れている。

どこからか味噌汁のにおいがする。

蓮司はスマホで『早川凜子』と検索してみたが、SNSの類《たぐい》はまったくやっていないようで、何も出てこなかった。

麗一が空を仰《あお》ぐ。

「地道に聞き込みするしかないのか。加害者の葛城が行方不明で、被害者の早川も姿を消したとなると、あまり猶予《ゆうよ》も残されていないのに」

蓮司もつられて空を仰いだ。そのときスマホがぴこんと鳴った。

「誰？」

「メシアだ」

二人で画面をのぞく。

五

〈さっき送ってもらった金髪女性、何年生まれの人？〉

〈知らない。たぶん、早川さんと同年代だから80年代後半とかじゃないか〉

〈存命？〉

〈死んでいる可能性が高い〉

〈もしかしてこの人？〉

メッセージとともに送られてきた写真。ビールジョッキ片手に満面の笑《え》みを浮かべている金髪の若い女性。Iと同一人物だと、直感的に蓮司は思った。不気味なのが、写真の背景がマーブル模様のサイケデリックカラーで、上部にはポップな字体で『☆ご臨終☆』と書かれていた。悪趣味にもほどがあると、蓮司は身震いした。

〈間違いない〉

と麗一が送信すると、すぐにスマホが振動した。メシアからの着信だった。近くの駐車場脇に移動して、通話をタップし、スピーカーをオンにする。

メシアのどこか怯《おび》えたような声が聞こえてくる。

『あの写真はどこから手に入れたの？』

麗一の表情は変わらないが瞳の色が爛々《らんらん》として見える。

「蒼のこと調べているうちに、辿り着いたんだ」

『おたくらパンドラの箱を開けたかもしれない』

「どういう意味だ？」

『この女性は箕浦麻里奈《まりな》氏。今から十七年前に、十九歳の若さで惨殺された。場所は奥多摩《おくたま》のキャンプ場。犯人は未だ捕まっていない』

蓮司は思わず喉《のど》の奥で悲鳴を漏らした。麗一が食い気味にたずねる。

「なぜ多胡は、そんな昔の殺人事件の被害者を知ってるんだ？」

『平成の一時期、ネット・ミームだったから』

「あ？」

麗一が眉をひそめる。

「物凄く大雑把《おおざっぱ》に言うと、ネット上で広くネタにされている画像とか動画のことだよ。だからこの写真、こんなふうに加工されてるんだね」

暗い顔で蓮司が説明すると、麗一はいっそう訳がわからないと言った顔になる。

「殺人事件の被害者が、そんなふうに扱われているというのか？」

『箕浦麻里奈氏が殺害されたあと、彼女に過去、ひどいいじめを受けたという告発がネットや週刊誌を通して相次いだんだ。それから彼女の写真がネット上で面白おかしく加工されて、出回るようになったんだ』

「いろいろしんどい話だな。なあ多胡、もしかして早川先生も、奥多摩出身じゃないか」

『そうさそうさ。子供のころ、よく渓流釣りを楽しんだって聞いたね……』

衝撃がボディブローのように押し寄せたか、電話越しのメシアの声が、ひくひく震え上がっていく。

『あ、蒼氏が突き止めたかった犯人って、もしかして箕浦麻里奈氏を殺した犯人？　でもなんでというか、早川先生がこれにどう関わってるの？　僕、パニック！　解散求む！』

「朝っぱらから混乱させてすまない。あんたのおかげで真相を突き止められそうだよ、ありがとな。以上、解散」

麗一はひといきに言って通話を切ると、すぐに『箕浦麻里奈』の名前を検索キーに入力した。サジェストがずらりと表示される。

『箕浦麻里奈　元ネタ』『箕浦麻里奈　いじめ』『箕浦麻里奈　死体　画像』『箕浦麻里奈　犯人』

蓮司は胃のあたりがきりきりするのを感じた。

「俺いやだな、こういうの……」

無意識に呟くと、麗一が腕をすっと伸ばしてスマホを天高く掲げた。蓮司にはまったく見えなくなる。普段ならむかつくところだが、今はすごくホッとした。

しばらくして、麗一はスマホを下げてため息をついた。

「膨大な量でとても追いきれないが、あらましを伝える。箕浦麻里奈は十七年前の二〇〇五年十二月二十八日午前七時ごろ、東京都奥多摩町のキャンプ場で遺体となって見つかった。第一発見者は犬の散歩に来ていた高齢男性。死亡推定時刻は前日深夜。犯人はいまだ見つかっておらず未解決事件となっている。遺体の状態から、怨恨《えんこん》によるものという見方が強い」

「遺体の状態って、どんな……?」

「第一発見者の通報コメントが『動物の死体のようなものが落ちている』。もっと詳しく聞きたいか」

「遠慮しとく」

麗一は小さく頷くと、淡々と続けた。

「箕浦麻里奈の死後すぐ、彼女に中学時代いじめを受け、自殺をはかった過去を持つ女性から週刊誌に告発があったことを皮切りに、二〇〇五年から二〇〇七年にかけてネット上でもいじめ被害者からの告発が相次ぎ、パロディ写真の拡散、ネット掲示板での誹謗中傷が巻き起こった」

聞けば聞くほど、どんどん気持ちが沈んでいく。それなのに先を知りたいという欲求が絶えず胸底から湧いてくるのを、蓮司は無視することができなかった。

麗一が滔々《とうとう》と喋り続ける。

「蒼の父親、円城寺稔の旧姓は箕浦稔。殺害された麻里奈は実妹だ。円城寺貴子はなぜ出身地を偽《いつわ》っていたのか。夫の稔はなぜ妻側の姓を名乗っているのか。これでわかったな。十五年以上前の一時期とはいえデジタルタトゥーは残り続ける。実の妹が殺人事件の被害者であり、かつ壮絶ないじめの加害者だという事実がバレたら、好奇の目に晒《さら》される懸念があるだろう」

「蒼君のお母さんが、箕浦さんの写真をいつも伏せていたのは？」

「夫の妹だし表面上は仲良くしていただろうけど、本当は彼女のことが大嫌いだったんじゃないか。箕浦麻里奈は東京の奥多摩町在住で、奥多摩町にかつて存在していた氷川《ひかわ》高校に通っていた。もしかすると二人は同級生で、貴子は麻里奈からいじめを受けていたのかもしれない。貴子が高校時代いじめに遭っていたという、同僚の佐川若菜さんの証言とも合致する」

言いながら、麗一はなんとなく腑《ふ》に落ちないような顔をしている。

「自分の推測に納得がいってない感じだね」

「円城寺貴子が箕浦麻里奈と同い年だとしたら、彼女が十九歳の夏に蒼を産んだことになる。人間は妊娠から出産まで十か月くらいだろう。ということは、妊娠したのは稔が二十代前半のいい大人で、貴子がまだ高校生のときだ。不誠実ではないか」

「たしかにその事実だけを切り取ると、不誠実な感じは拭えないけど……でも、ここまで蒼君のことを責任持って育ててるじゃんか。だから、結果的には誠実だと思うけど」

ふと頭上に視線を感じて見上げると、アパートのベランダから青年が訝《いぶか》しそうな顔でこちらをのぞいていた。

「君ら、さっきからずっとそこにいるけど、何やってんのー？　ここ車通り多いから危ないよー」

咎《とが》められるのかと思ったが、ただ親切な方だった。蓮司は麗一とともに深く頭を下げると、そそくさとその場を後にした。

朝の陽光の中、大岡川沿いの通りを駅に向かって歩いていく。ときおりウォーキングやジョギングをしている人たちとすれ違う。すずめがチュンチュン鳴いている。自分の心とはうらはらに、土曜日の朝はいつもどおり平和な時が流れている。

「これからどうするの？」

「奥多摩町に向かう」

「えっ」

「俺の見立てだと、早川凜子も円城寺貴子も、箕浦麻里奈の同級生だ。早川凜子は、当時ある事件に巻き込まれた。加害者は、箕浦麻里奈、梶木弘毅、葛城宗次郎の三人。梶木と葛城は当時関西の医大生だから、たまたま奥多摩に遊びに来ていて、箕浦麻里奈が早川凜子と彼らを繋いだのかもしれない。

　箕浦麻里奈と梶木はその後に殺されたが、葛城だけは生き残っていた。蒼はその事実を知って、正体のわからなかった葛城を突き止めて制裁を加えようとあの行動に出た。あくまで仮説だが、こう考えるのが現時点では妥当じゃないか」

「箕浦さんと梶木さんを殺した犯人は？」

「誰だろうな。俺にもわからない」

「被害者である早川凜子さんが、二人を殺した可能性もある……？」

「もし俺の推測どおりだったら、彼女には復讐という明確な動機があるよな。『彼女を閉じ込めた場所』──つまり事件現場は、おそらく奥多摩町にある。ということは、葛城はそこに行った可能性が高い。そして、早川も奥多摩に帰省している。行かない手はない」

「でも、ふたりが奥多摩町のどこにいるかなんて見当もつかないだろ」

「向かいながら考える」

「んな無茶な」

　麗一は腕を組んで視線を落とすと、「打てる手があったな」と呟いた。

それから年賀状に書かれていた凜子の番号に電話をかけた。先ほどと同じように留守番電話に繋がると、麗一は淡々と述べた。

「早川凜子さん、はじめまして。卯月麗一と申します。円城寺蒼君の友人からの依頼で、事件の真相について調べています。これから奥多摩に向かいます。十二時頃に奥多摩駅に到着予定です。もしよければ、会ってお話を聞かせていただけませんか。ご連絡お待ちしています。電話番号は――」

一度もつかえることなく言い終えると、蓮司の背中をぽんと叩き、駅に向かって歩き始めた。

「いないってわかってて、留守電を残したの？」

「彼女の職業柄、留守電の転送機能を利用している可能性が高いと思ったんだ」

「転送機能？」

「固定電話に残された留守電メッセージを、あらかじめ登録しておいた携帯番号に自動転送する機能だよ。うちのアパートの共用電話も、大家さんに転送されてるの思い出したんだ」

「へえ～」

蓮司は新しい知識を獲得して、素直に感嘆した。滝家にも固定電話はあるものの、触れたことさえほとんどなかった。今度試しにいじってみよう。

「ってことは、さっきのメッセージを聞いた早川さんが、折り返し連絡くれるかもってことか」

「望みは薄いけどな」

麗一がさして期待のこもっていない口調で呟いた。

秋日和だが風は冷たい。奥多摩の今日の天気を調べると、最高気温は十六度、最低気温はわずか七度。

人里離れた土地に入ることも考えて、山に適した服装を求めて、いったん滝家に戻る。母妹と鉢合わせるとまあ難しいことになりそうなので、父にお願いして適当なスポーツウェアをガレージまで持ってきてもらい、そこで手早く着替えた。蓮司は、赤いラインが入った上下紺のセットアップ。麗一は唯一サイズが合った父の黒いパーカと、やや裾の足りないカーキのスウェットパンツ。「服に帽子がついてるなんて贅沢《ぜいたく》だよな」と訳のわからないことを言って、やたらフードをかぶりたがった。

東京とはいえ奥多摩はかなり遠い。ちょっとした小旅行だ。

乗り換え案内で検索して、まずは横須賀線の津田沼《つだぬま》行に乗り込む。休日の午前中であっても混雑しており座ることはできない。日差しの降りそそぐドアにもたれかかる。

とりあえず情報収集だと言って、麗一は箕浦麻里奈について、蓮司は蒼の件についてネットの情報を調べることにした。

苦痛を伴う作業だった。百万分の一くらいの確率で有用な情報もまぎれているのだろうが、ネットの書き込みなど、おおかた野次馬が面白おかしく書き立てているものに過ぎない。吐き気を催《もよお》すほど悪意に溢れた表現で、蒼のことを口汚く罵っている一文を見つけるなり、蓮司はもう限界を感じて、そっと画面を閉じた。

人に生まれながら人の心を持たない者たちが、ネット上には数多《あまた》渦巻いている。彼らは普段、腹のうちに悪意を押し込めて何食わぬ顔で暮らしている。目の前の若い女性かもしれないし、斜め前に座る高齢の男性かもしれないし、その横に座る子連れの女性かもしれない。けっして正体のつかめない悪意の塊。その得体の知れなさが恐ろしい。

「蓮司、大丈夫？」

肩をぽんと叩かれて、はっとする。いつの間にか意識が遠くに行っていたらしい。

「なんかネットの投稿とか見てたら気分悪くなった」

「そうか……」

麗一がリュックから何やら取り出した。正露丸《せいろがん》のびんだった。

「食うか」

「いや、別に腹は痛くないから……」

というか正露丸を食べるってなんだ。

麗一はなぜか得意げな様子になって、蓮司の右の手のひらを無理やり開かせると、蓋を開けて丁重に傾けた。

手のひらに、ぱらぱらざらめが降ってきた。

「え……正露丸のびんにざらめ入れてんの？」

「今の時代何があるかわからないし、糖分を常備しておこうと思ってな」

「いい心がけだけど、もっと適切な入れ物があったはずだよ」

呆れつつざらめを舐めると、口にほのかな甘みが広がって心がほんのり和《やわ》らいだ。麗一の突拍子のない優しさが、蓮司にはありがたかった。

麗一はまたすぐスマホに向きなおり、しばらく無言だったが、横浜駅を過ぎたあたりで「えっ」と声をあげた。めったに動揺しない麗一が動揺したことに動揺しながら、蓮司はたずねた。

「なんかあったの？」

「スマホが動いてる」

「え？」

「三日前に、蓮司が蒼の病室に仕掛けてくれたスマホだよ。念のために、追跡用のＧＰＳアプリをこっそり仕込んでおいたんだ。それが一昨日移動している」

「……誰かがスマホの存在に気づいて、取り外して持ち帰ったってこと？」

「ああ。まさかこんなに早く気づかれるとはな」

背中に冷たいものが走る。

あの時、病室にはたしかに自分と蒼だけだった。菜月は昨日もお見舞いに行ったそうだが、蒼はとくに変わった様子はないと言っていた。とすると――。

「誰かって……」

「おおかた予想どおりだよ」

麗一がスマホのひび割れた画面を差し出した。地図に表示された追跡ルートと赤い丸印を見て、血の気がさあっと引いた。

「蒼君の自宅だ」

「追跡記録を見てほしい。一昨日の夜、病院から円城寺家に移動したあと、ずっと自宅に留まってる。スマホの存在に気づいて持ち帰ったのは、蒼の母親か父親だろう」

「いやいやいや。というか、なんでそんなすぐにバレたんだよ」言いながら、はっと思い出す。

「そういえば、スマホ仕掛けたあと病室の扉を開けたとき、すぐ目の前に蒼君のお母さんがいた……」

「不審に思って、こっそり聞き耳を立てていたのかも。蓮司わかりやすいからな」

「……俺がやらかしたせい？」

「違うよ。いずれにせよ、スマホを警察や病院に提供しないで、自宅に持ち帰った時点で何か後ろめたいことがあるとしか思えない。警戒したほうがいい」

麗一は空恐ろしいことを淡々と述べたあと、続けて言った。

「かえって好都合かもな。そのスマホにメールを送っておいてくれ。『事件現場を特定した。明日の午後、奥多摩に向かう』と」

「え？　今向かってるじゃん」

「いいから」

「はあ」

麗一のことだから何か考えがあるのだろう。しかも今それを明かすつもりはないらしい。蓮司は渋々言われたとおり、盗み去られたスマホにメッセージを送信した。

十時半頃、武蔵小杉《むさしこすぎ》駅で降車し、二番線ホームで南武《なんぶ》線・立川《たちかわ》行の到着を待つ。そのあいだに、麗一が再び早川宅に留守電を残した。

「奥多摩には十二時二十六分着予定です。服装の特徴を伝えます。一人は紺色のジャージ上下、もう一人は黒のパーカと茶色っぽい緑のズボンです」

南武線の車内は空《す》いており、並んで座ることができた。麗一が再び事件について調べ始める。いっぽう蓮司は、先週ため込んでしまった研究会宛ての依頼をさばき始めた。まずは『しりとり必ず〈る〉で負ける』というお悩み解決のため、〈る〉で始まる難単語を片っ端《かたっぱし》からメモ帳に羅列《られつ》していく。

ルミノール反応、ルバシカ、ルイセンコ学説、涙管《るいかん》、ルリタビキ……

二十分も経たぬうちに、麗一がまた声をかけてきた。

「気になる書き込みを見つけたけど、どうする」

「……見る」

差し出されたスマホの画面に目をやる。

782：名無しさん　2008/10/11　23:48:55
4年前の今日奥多摩のJKが自殺未遂したのも、ぜってー箕浦麻里奈のいじめが原因。やはり殺されて当然のクズ女ですなｗ

784：名無しさん　2008/10/11　23:54:02
>>782　kwsk

785：名無しさん　2008/10/11　23:59:02
氷川高校近くの裏山からJKが滑落して、意識不明の重体になったのよ。あれ事故として処理されたっぽいけど、今考えるとイジメを苦にした飛び降り自殺だと思われ

「二〇〇四年だと、箕浦麻里奈が高校三年生のときだ。そして、日付は十月十一日」

「蒼君は、十月十一日の決行にこだわっていた……」

「この滑落した女子高生こそ、被害者の早川凜子ではないか」

麗一はスマホの別のタブを開いた。

グーグルマップだが、見慣れている市街地の地図とは打って変わって、画面のほとんどを緑色が占《し》めている。麗一が中央の一点を指さした。

「氷川高校は二〇一三年に廃校しているが、ここだ。そして、その裏手にある小高い山が、早川が

滑落した場所かもしれない」

「学校でひどいいじめに遭って、裏山で自殺しようとした？」

「いや、学校内の出来事に限定してしまうと、関西の医大生だった葛城や梶木との関連がなくなるだろう。その裏山で箕浦麻里奈、葛城、梶木ら複数名から何らかの暴行を受けたすえの自殺未遂。あるいは証拠隠滅のため、山から突き落とされたという見方もできる」

おぞましさに血の気が引いた。

「事故でも自殺未遂でもなく、殺人未遂かもしれないってこと……？」

「あくまで推測だけどな。廃校とはいえ校舎は残っているようだから、とりあえず氷川高校に向かおう。その周辺住民に話を聞けば、早川凜子の居場所が摑めるかもしれない。彼女からはなんの連絡もないし、こっちから見つけ出すしかない」

真相に近づくにつれ、心に暗澹《あんたん》たる澱《おり》が溜まっていく。窓から降りそそぐ穏やかな陽の光と休日の賑《にぎ》やかな車内が、幻影のように遠く儚いものに感じられた。

＊

ここ数年は先生を探して毎日あてどもなく歩いていました。

その過程で何人かの迷子や行方不明の高齢者を保護しました。

道端のごみを拾いました。落とし物を交番に届けました。電車で席を譲《ゆず》りました。

どこかで先生が見てくれていると常に意識して行動していました。

そういうことを積み重ねていけば、先生にいつかまた会えると信じていました。

先生の手首と同じ場所に同じ数の傷をつけました。

いつかまた先生に会えたとき、見せようと思っていました。そうすれば痛みを分かち合えるものと本気で信じていました。

先生の勤務先が栄林高校だったことを知りました。

それからは栄林高校の前で先生のことを待つようになりました。

僕と目が合った途端に校舎へ逃げ戻る先生を見て、はじめて不安が胸を過《よぎ》りました。

僕の命を救ってくれた先生。人生の半分を共に歩んできた先生。

なんの言葉もなく、突然僕の前から姿を消した先生。

その原因が僕にあるとは露《つゆ》ほども思いませんでした。

先生の口から話してもらえないなら、自分で探るしかない。そう思い込んで先生の自宅を突き止め、手がかりを探ろうと侵入しました。

あの日すべてを知りました。

いま冷静に振り返って思うことは、すべて異常者の独りよがりな行動だったということです。

これから僕が実行しようとしている計画も、異常で独りよがりだと自覚しています。

けれど、これが僕にできる唯一の贖罪《しょくざい》だと思うのです。

こうして遺書を書くのは何年ぶりかと考えてみると、先生が僕を救ってくれた日の前日以来でした。

先生に出会って遺書を書くのをやめて、先生を失ってまた遺書を書いている。

僕は先生の存在に生かされていたのだと実感しています。

もちろんこのような気持ちの悪いかりそめの遺書など、誰の目にも触れぬようすぐに破り捨てます。

計画は明日、実行します。

第七章　ゆりかご

一

冷え込みは強いが、空は快晴で行楽日和《びより》だ。

青梅《おうめ》線の車内も比較的埋まっており、奥多摩駅では、鮮やかなスポーツウェアをまとい、バックパックを背負ったハイカーと見られる老若男女《ろうにゃくなんにょ》が、ぞろぞろと降りていった。

悠然たる山々を背景にしたロッジ風の駅舎が、牧歌《ぼっか》的な魅力を醸《かも》し出していた。山腹は黄色や橙《だいだい》に色づいているものもある。

なんて心洗われる素敵な場所だろう。これから向かう先が事件現場ではなく、レジャー目的のキャンプ場だったならどれほどよかっただろうと思う。手をつないで歩いていく親子を、蓮司は心底羨《うらや》ましい気持ちで眺めた。

麗一はバス停一番線の後ろにある石段まで向かうと、すっと腰を下ろした。

「一時間ここで待とう」

「いいけど、来てもらえる望みは薄いんだよね」

「ああ。だから一時間だ。一時間待って来なかったら、彼女との接触は潔《いさぎよ》く諦めて氷川高校跡地に――」

着信音が近くで鳴った。麗一はいささか面食らった様子で、パーカのフロントポケットからスマホを素早く取り出した。

「もしもし、はい……え？」

麗一の視線が前方を向く。蓮司もその視線を追って振り返った。

ひとりの女性が、スマホを耳に当てて立っていた。

黄緑色のウインドブレーカーを羽織った、細身で背の高い女性。黒髪のショートヘアに、さっぱりとした中性的な顔立ち。

早川凜子。

その人に違いなかった。

「早川さん……ですね？」

蓮司の問いかけに、彼女はスマホを持った腕を力なく下げると、「はい」と掠《かす》れた声で答えた。

白目は充血しきって、目の下の薄い皮膚は青黒く沈み、唇《くちびる》はひび割れて血が滲《にじ》んでいる。ろくに睡眠さえとれず、疲弊している様子が痛々しいほど伝わってきた。

麗一が、自分たちが事件を調べるに至った経緯《いきさつ》をかいつまんで話すと、彼女はときおり怯《おび》えた様子で両腕をさすり、苦しそうな表情を浮かべた。

「蒼君は、まだ入院しているんですか」

「はい。三日前もお見舞いに行きました。怪我《けが》の容態《ようだい》は安定していますが、心の問題で意思疎通ができない状態です。おそらく事件に何らかの終止符が打たれない限り、ずっとあの状態だと思います」

蓮司の言葉に、凜子がいっそう思いつめたような顔つきになる。

麗一があえて軽い口調でたずねた。

「早川さんは、いつから奥多摩に？」

「先週の月曜日からです。あのことで体調を崩してしまって、二週間休職させていただくことになりました。一人で家にいると心細くて、実家に戻ることにしたんです」

少し言い淀んだあとに付け加えた。

「……それから、蒼君の真意を知るために、あの場所にも行こうとは思ってたんですけど……」

「蒼君が動画で言っていた、『彼女を閉じ込めた場所』のことですか？」

「はい。何か手がかりがあると思って……」

「あなたが、その『彼女』ですか」

麗一の問いに、凜子は小さく頷《うなず》いた。瞳の奥に、底知れぬ寂寥《せきりよう》がのぞく。

「ということは、あなたは、二〇〇四年十月十一日に氷川高校の裏山で起きた事件の被害者ですね。事件の加害者は、箕浦麻里奈、梶木弘毅、そして行方不明となっている葛城宗次郎。他に誰かいますか？　円城寺貴子はこの件に関係しているんですか？」

凜子の蒼白の顔一面に、動揺と驚愕の色が広がっていく。乾いた薄い唇が、小刻みに震えていた。

「いったい、どこまで知ってるの……」

「そう多くのことは知りません。未だに謎ばかりです。だから早川さんが知っている情報をすべて教えてほしいんです。あなたは二週間近く奥多摩町に滞在しているのに、未だに目当ての場所に行っていないのはなぜですか」

「…………」

「怖くて行けないからではないですか。あなたはおそらく、蒼君がなぜあの行動をとったのか、おおかたの予想はついているが真意は理解できていない。だから真相を突き止めるため、こちらに滞在している間に、蒼君が加害者を呼び寄せた場所へ行こうと思っていた。しかし、事件のトラウマがあって、現場まで足を運ぶことができずにいた。そこに僕から連絡があり、事態が好転することを祈って、こうして来てくださった」

彼女は視線を落としたまま、身体の震えを鎮《しず》めるように両肩をさすった。

「本当は、行きたいんです。行かなくちゃいけない。蒼君のメッセージの意味を知るために、あの場所に。でも、十年以上経った今でも、怖くて行けないんです。あの時のことを思い出すと、足がすくんでしまって……」

横で聞いていた蓮司は定期入れから学生証を取り出して、凜子に差し出した。

「冬汪高校二年生の滝蓮司です。場所を教えていただければ、僕らが代わりに行きます。信頼できないようであれば、戻ってくるまで、早川さんに学生証も財布も全部預けます。どうか、知っていることをすべて話していただけませんか」

凜子はしばらく黙り込んだあと、深く息を吐いて、顔をあげた。

「……わかりました。すべて話します。それから、私もあなたたちと一緒にあの場所に行きます。……蒼君があんな行動をとったのは、すべて私の責任だから」

二

旧氷川高校までは、途中の坂道を考慮しても徒歩三十分程度ということで、歩いて向かうことになった。元より、バスも途中までしか通っていない。奥多摩駅入り口の交差点を右折して、人気《ひとけ》の少ない市街地を進んでいく。車通りもまばらな二車線道路をしばらく歩き、日原川《にっぱらがわ》をまたぐ北氷川橋を渡る。ざあざあと渓流の走る清涼な音がする。見下ろすと、澗水《かんすい》が岩々の間を縫《ぬ》って矢のように流れている。赤や黄に染まる木の葉が一枚、二枚、川面《かわも》に浮かんでは消えた。

橋を渡り終えゆるやかな勾配《こうばい》を上っていくと、徐々に紅葉が深くなっていく。民家はまばらで人通りも少ない。頭上の樹々と遠景の山々は朱や赤に染まり始め、秋の山道に穏やかな情趣《じょうしゅ》を添えている。静けさのなか、凍《い》てつくような冷気がいっそう身に沁みる。しばらく無言で歩いていたが、完全に他の人の気配がなくなると、凜子は重い口を開いて、これまでのことについて話し始めた。

——はじまりは、私が氷川高校に通っていたころです。円城寺貴子さんと、箕浦麻里奈さんは同級生でした。私は入学したばかりの頃からずっと、箕浦さんを主犯とする女子グループにひどいいじめを受けていました。言葉で言いあらわせないほど苦しくて、でも親には心配かけたくないから言えなくて、死ぬことを本気で考え始めたころ、隣のクラスの貴子ちゃんが声をかけてくれたんです。

いいえ。いじめから、助けてくれたわけではないです。箕浦さんたちから、守ってくれたわけでもないです。

ただ、学校の帰りとか誰もいない廊下ですれ違うときとか、こっそり話しかけてくれるんです。目が合うと、微笑《ほほえ》んで手を振ってくれるんです。

自分のことを、気にかけてくれている人がいる。

それだけが私の唯一の支えになりました。

貴子ちゃんのことが、大好きになりました。

高校一年生の冬、私は貴子ちゃんに誘われて一緒に裏山に行きました。そこに、二人だけの秘密基地をつくりました。秘密基地といっても、元々あった空き家を拠点に、花を植えたり、漫画本やお菓子を持って行ったり。誰も来ないような場所だったから、放課後暇なときはいつも、こっそりそこで落ち合って何時間でもしゃべっていました。

あの場所が、唯一わたしが落ち着ける大切な場所でした。

あの場所があったから、毎日生きていくことができました。

でも、三年生になり、貴子ちゃんが箕浦さんと同じクラスになった途端、ぱたりと来なくなりました。

話しかけてくれることも、微笑んでくれることもなくなりました。

箕浦さんとクラスが離れてからも、いじめはずっと続いていました。また地獄みたいな日々に逆戻りしました。

春夏とそんな状態が続いて、夏休みが明けた頃。

また貴子ちゃんが話しかけてくれるようになったんです。

前みたいに『凜子』って、名前を呼んでくれたんです。

嬉しかったです、すごく。涙が出るくらい嬉しかった。

それからひと月くらい経ったころ、貴子ちゃんに誘われました。

『あさって久しぶりに、秘密基地に行こうよ』

その日――十月十一日は、私の誕生日だったんです。もしかしたら、サプライズでお祝いしてくれるのかもしれないなんて、ひそかに期待していました。久しぶりに二人で会えるのがすごく嬉しくて、放課後、家じゅうのお菓子をリュックに詰め込んで出かけました。約束の時間より三十分も前に秘密基地に着いて、どきどきしながら待っていました。

でも。

ずっと待っていたのに、貴子ちゃんは来ませんでした。

寒くて、凍える思いがして、だんだん不安になってきて、ようやく人の気配がしたと思ったら、箕浦さんと見知らぬ男が二人いました。関西弁を喋っていたので、ここの人ではないということだけわかりました。

一人の男に突然蹴り倒されて、廃屋の中に引きずりこまれました。

……それからのことは、話せません。

いっそ殺してくれと泣き叫ぶくらい、ひどい行為を繰り返しさせられました。

虫けらみたいに扱われたあと、私は動けなくなって放心状態でそこにへたりこんでいました。

日が沈み始めたころでしょうか。

貴子ちゃんが、走ってきました。

私が抜け殻《がら》みたいになっているのを見て、抱きしめて、泣きながら謝ってきました。

貴子ちゃん、私とこっそり仲良くしてるのがばれて、箕浦さんに陰でずっといじめられてたみたいなんです。それに耐えられなくて、箕浦さんに言われたとおり、私のこと無視するようになったって。急にまた話しかけてくれるようになったのは、箕浦さんにそう命じられたからでした。仲良くして、油断させて、わざわざ私の誕生日を狙って、あの場所に来させるようにって。約束を取り付けたのに来なかったのも、箕浦さんの指示で仕方なくやったって。でも、どうしても凜子のことが気がかりだったから、今こうして駆けつけてきたんだって。

泣きながら、そう訴えてきました。

でも、そんなのって。

もう遅いじゃないですか。そんなの、『助けにきた』みたいな顔して、今さら来られたってもう手遅れなんですよ。私の何もかも壊されて、踏み躙《にじ》られて、すっかり終わってしまったんです。貴子ちゃんはシャンプーのいい匂いがしました。薄ピンク色のネイルをしていました。恋人と会っていたのでしょうか。私があんな目に遭っているとき、どんなに素敵な時間を過ごしていたのでしょうか。

どうして、貴子ちゃんが泣いているのでしょうか。

形容しがたい憎悪が、一気に胸底から湧いてくるのを感じました。

だから——

凜子は立ち止まり、言葉を切った。日の当たらぬ林道に、風のさやめきだけが響いた。諦観したような、それでいて何かを必死に堪《こら》えているかのような瞳で蓮司たちを見た。

「二〇〇四年十月十一日、氷川高校の裏山で女子高生が滑落した事故については、もう知っていますか」

「……はい」

「私が突き落としたんですよ。貴子ちゃんのこと」

冴えた風が頬を切る。足元で落ち葉が音を立てる。遠くで野鳥が鳴いている。衝撃に立ち尽くす蓮司と麗一に背を向けて、凜子はそっと歩き始めた。

貴子ちゃんが倒れていました。

──気づいたら背中を押してたんです。呆気《あっけ》ないくらい一瞬で転がり落ちていって、何かが潰れるような音がしました。下をのぞくと、手足が異様な方向にねじまがって、顔中血だらけになった貴子ちゃんが倒れていました。

怖くなって、逃げました。

助けることも、助けを呼ぶこともなく、家に帰って布団をかぶって、ずっとがたがた震えていました。お母さんが作ってくれた誕生日ケーキと手巻き寿司は、ひとくちも食べられませんでした。

夜のうちに、町内の捜索隊が出て、貴子ちゃんを発見しました。

後日、意識不明の重体で町外の病院に搬送されたということを聞きました。

貴子ちゃんはそれから二度と、この町に戻ってきませんでした。

私は彼女を殺そうとしたんです。裁かれるべき人間なんです。

けれど貴子ちゃんは、誰にも真相を明かさなかったのでしょう。

あのことは、単なる滑落事故として処理されました。

何か月経っても、何年経っても、私の元に警察が来ることはありませんでした。

私もまた、あの日箕浦さんたちにされたことを、誰にも言えませんでした。

そうして十月十一日に起きたすべてのことは、当事者のみが知ることになりました。

私はあの日以降、外に出られなくなり、長年引きこもり生活を送りました。被害者としての自分、加害者としての自分、そのどちらも私を途方もない絶望の底に陥《おとしい》れました。心の病気を患《わずら》い、自殺未遂を繰り返し、家族に迷惑ばかりかけて、希望も何も見えなくて、暗闇の中うずくまるように暮らして一年以上経ったころ。

朝がたのニュースで、箕浦麻里奈さんが殺害されたという報道を目にしました。

……犯人が、羨ましかったです。

私もずっと、彼女のことを殺したいと思っていたから。誰が殺したのだろうとは考えませんでした。誰に恨《うら》まれてもおかしくない人だったから。

皮肉にも彼女の死をきっかけに、私は少しずつ生きる気力を取り戻していきました。

目指していたけれど、事件の後遺症によって受験を断念した大学がありました。再び勉強を始めて、途中また心を崩して寝たきりになって……一進一退を繰り返して四年後、二十三歳のときにその大学の教育学部に入学しました。小学生の頃から、教員になるのがずっと夢だったんです。片手で数えるほどですが、すれ違うときに挨拶《あいさつ》を交《か》わせる程度の知人もできました。ささやかながら、穏やかな日々でした。

しかし長くは続きませんでした。

一年間留年して、大学を卒業したのは二十七歳の頃でした。横浜市の教員採用試験を受けるために、塾講師のアルバイトをしながら勉強していました。

八月の猛暑日でした。ふと目に入ったテレビのニュースに、あの事件の加害者が映っていたんです。私は恐ろしさに震え上がりました。あの日からすでに十年近く経過していました。それでも、あの鬼畜の顔だけは、決して忘れられるわけがありません。

彼の正体は、梶木弘毅という名の医者でした。殺人事件の被害者として報道されていて、さらに衝撃を受けました。

あの日の加害者三人のうち、二人が何者かに惨殺された――。

さすがに、偶然とは考えられませんでした。

いったい誰が殺したのか。

もう一人の加害者の男が口封じのために、当事者を一人ずつ殺しているのではないか。

でも、あらためて考えてみて思ったんです。

他にも、いるかもしれない。

――そう、貴子ちゃんです。彼女が私の元に駆けつけたのは、すべてが終わったあとでした。ただ壊れた私を見ただけです。だから、あの日何が起きたかまでは知らないはずだと思っていたんです。

でも、もし彼女が私を貶《おとし》めようとして、裏で手を回していたのだとしたら。

すべてを知っていたのだとしたら。

ずっと忘れようとしていたあの日の出来事が、鮮明に蘇ってきました。

あの日、自分が犯した罪のことも。

彼女は今どこでどう暮らしているのだろう。

なぜ私の罪を警察に訴えなかったのだろう。

二件の殺人事件に、彼女も関係しているのではないか。

真相はいったい、どこにあるのか。

考え始めると、居ても立ってもいられなくなり、まず貴子ちゃんのことをＳＮＳを使って調べました。彼女自身はそういった類《たぐい》のものを一切やっていませんでしたが、ご友人と思われる方の複数の投稿に、彼女の姿がありました。

写真に写る彼女は、とても幸せそうな顔をしていました。

私が貴子ちゃんの人生を壊してしまったのではないかというのは、まったくの杞憂《きゆう》でした。貴子ちゃんが犯人ではないかという推測も、まったくの杞憂でした。

ほんとうに、穏やかで満ち足りた表情を浮かべていたから。

いちばん驚いたのは、事件のあとすぐに結婚して、子供まで授かっていたという事実です。

私はあの日から数年間、心身ともに蝕《むしば》まれ、暗闇の中ひとり閉じこもっていたのに、貴子ちゃんは結婚して、子供まで授かっていて。

なんで。

なんでって思いました。

なんであなただけ幸せそうにしてるの？

あの日のこと、すべてなかったことにするつもりなの？

頭を殴られたような衝撃でした。

それから徐々に、やがてはっきりと、殺意を感じるようになりました——

三

風が出てきたらしい。木々のざわめきが強くなった。蓮司は自分の体温さえわからなくなるほど、冷たい絶望の予感に震えた。思わず横を歩く麗一の顔を見上げる。いつもと変わらぬ横顔に、少しだけ心が落ち着いた。

「早川さんが蒼君と知り合ったのは、円城寺貴子への殺意がきっかけですか？」

麗一が淡々とした口調でたずねた。

凜子は思いつめた表情で頷いた。

「貴子ちゃんのご友人のブログから、蒼君が通っている小学校の情報を入手することができました。それで私、彼女の自宅を突き止めるために、蒼君を尾行しようとしたんです。SNSにアップされていた写真で、蒼君の顔は知っていたから、小学校付近でずっと彼が出てくるのを待っていました。けれどなかなか見つけられなくて、二週間ほど経ったころ、ようやく彼を見つけました。数人の男子と一緒に帰宅する、そのあとを私は尾行しました。でも、その途中で見てしまったんです。……蒼君が、いじめられているところを。人気《ひとけ》のない河川敷で、口に出すのも憚《はばか》られるような行為を強要させられていました」

凜子は骨ばった手で胸のあたりを押さえて、苦しそうに顔を歪《ゆが》めた。

「自分の過去と重なって、とても我慢できなくなり、とっさに助けました。男の子たちを追い払って、蒼君を抱き起こしてあげると、わあって大声で泣き出してしまって。自販機でジュースを買って、近くの公園で落ち着くまでそばにいました。泣き止んだらすぐ別れようと思っていたのに、あの子、自分はこういういじめをずっと受けていて物凄くつらかった、本当は、今日にでも自殺する予定だったっていうことを、初対面の私に全部打ち明けてきたんです」

「あなたのことが、救世主のように見えたんでしょう」

麗一の言葉に、凜子は泣きそうな表情になる。

「そうかもしれません。ご両親に相談したほうがいいって言ったら、悲しませたくないから絶対に言いたくないって。そんなところまでぜんぶ、自分の過去に痛いほど重なってしまって……。結局、陽が沈むまでずっと話を聞いていました。当時、蒼君はまだ九歳でした」

「そこから現在まで、八年にわたって交流が続いたんですか」

「蒼君が小学校を卒業するまで、定期的に会って話を聞いていました。もちろん連絡先とかは交換してなくて、私が毎週末決まった時間に岸根公園にいるので、蒼君が話したいことがあったら来るという感じで。

蒼君はすごく良い子なんです。いじめられたきっかけも、他の子がいじめられてるのを助けてあげたからなんです。

でも、良い子だからこそ、親しくなればなるほど、しんどくなっていきました。貴子ちゃんに復讐するために近づいたのに、彼女の子供と親交を深めるというのも、心がどんどん摩耗していくようで苦痛でした。

蒼君は、いじめていた子供たちとは別の私立中学に進学したんです。それからいじめはなくなったという報告を受けて、私は蒼君の前から姿を消すことにしました。貴子ちゃんに自分の存在を知られることだけは絶対に避けたかったので、蒼君とは二度と会わないようにしようと心に誓いました。私が栄林高校で働き始めて、三年めのときでした」

「円城寺貴子に対する復讐心は消えたのですか」

「蒼君のことを想うと、とても復讐なんてできませんでした。教師としての仕事にやりがいを感じて、ようやく自分の人生を生きようと思えるようになったのも、影響しているかもしれません」

「でも僕らが調べた範囲だと、蒼君とあなたは最近まで親交があったようですが」

凜子は居心地悪そうに両手を揉み合わせたあと、消え入りそうな声で答えた。

「蒼君は私のことをずっと気にかけてくれていたようで、偶然街中で会うことも少なくなかったんです……。距離を置こうと思っていても、会ったら無視するわけにはいかないですし……私にとっても蒼君は第一の教え子というか、特別な存在でしたから……」

「偶然ではなく、蒼君が病的なほどあなたに執着して、常にあなたを探していたからでしょう。おそらく、あなたが遠ざけようとすればするほど、蒼君はいっそうあなたに近づこうと必死になったのではないですか」

凜子は反論はせずに表情を歪めた。麗一が続けて問う。

「蒼君は、どうやって当時の事件について知ったんですか？」

凜子の声が、いっそう小さくなる。

「今の若い子って、すごいですよね。私は貴子ちゃんの情報を探っていたとき、複数の匿名アカウントでSNSを追っていたんですけど……その正体が私だって、蒼君にバレちゃったんですよ。二、三度スマートフォンを貸してあげたことがあったから、そのときなのかな……。『どうして僕と出会う前に、母のことを執拗に調べていたのか』って問い詰められて、しかたなく話してしまったんです。洗いざらい、全部。私が話してくれないなら、自分から母親に聞くって言われて、パニックになってしまって。今さら後悔しても遅いんですけど……」

「洗いざらいというのは、どこまで？」

「二〇〇四年十月十一日の事件、翌年に箕浦麻里奈が殺されたこと、二〇一四年の梶木弘毅の事件……二つの殺人事件の犯人が、残り一人の加害者だろう、というところまで」

「すべてを知った蒼君は、あなたの仇《かたき》を討つために、残る加害者一人を突き止めて殺そうと思ったわけですか？」

「そういうことになると思います」

「それはおかしい」

麗一がきっぱりと言う。凜子が気まずそうに立ち止まる。

「あなたが蒼君に事件のことを打ち明ける理由が見当たりません。真実を話さずとも、元同級生が今何してるか気になったから調べただけだとか、もっともらしい嘘をついてやり過ごせたはずなのに」

「蒼君は賢い子だから、その場しのぎの嘘なんてとても……」

「いえ。蒼君はあなたのことを神か救世主かのように崇《あが》めていたように見受けられます。言い方は悪いかもしれませんが、あなたの言うことならなんでも盲信したと思いますよ。僕が思うに、事件についてはあなたが自分から話したわけではなく、蒼君が勝手に知ったのではないですか」

凜子の表情が強張《こわば》る。視線があてどなく地面を彷徨う。麗一が静かに続ける。

「なんの前触れもなく姿を消した理由を知ろうとして、蒼君はあなたの自宅を突き止め、侵入した。そうして調べていくうちに、事件についても知ることになった。そういうことではないですか」

彼女は観念したように額に手を押し当てた。

「彼は私に執着するようになってしまったんです」

「家中を探《さぐ》られたんですね？」

「……はい。私、当時の事件についての日記と、二件の殺人事件に関する記録を、まとめて机の引き出しに入れていました。それを、蒼君は読んでしまったようです」

一瞬の静寂を破ったのは儚《はかな》い声だった。麗一が彼女の手元に視線をやる、

「リストカットの跡、蒼君も同じ場所にありました。あなたを真似て傷つけたんでしょうね」

「…………」

「蒼君、事件を起こす前からすでに、まともな精神状態ではなかったようですね。早川さん、あなたとても怖かったでしょう」

「……はい」

もう心に押しとどめていることに限界を感じたのか、凜子は胸のうちを明かし始めた。

「自宅に侵入していた蒼君と鉢合わせたその日、告白されたんです。私にたいして恋愛感情を抱いている、運命を感じてるって。事件に関する日記も、私の暗い過去もすべて理解したうえで、生涯をかけて守りたいと思ってるって、そう言われました。頭が真っ白になって、恐怖で全身が震えました。私、ただでさえ人から恋愛対象とか、そういうふうに見られるのが、あの事件以来だめなんです。怖いんです。気持ち悪いんです」

彼女の声は小刻みに震え、早口になり、瞳に涙がにじんだ。

「事件から十年以上経ってはじめて、ごく親しい人には打ち明けられるようになったんです。でも、『さすがにもう大丈夫でしょう』『いつまでも引きずってはいけない』って。どうして当事者でもない人が、その経験をしたこともない人が、どうして大丈夫だって言うんですか。いったい何が大丈夫なんですか。当事者が無理だって言ったら、それは無理なんですよ。どうしてそんな当たり前のことをわかってくれないんですか。『なんで今さら言うんだ』『すぐ通報すればよかったのに』って。そんなの。言えないんですよ。言えないから言わなかったんですよ。言えるようになったから、いま言ったんですよ。どうして今さらって、どうしてそんな簡単なことをわかってくれないんですか。どうしていつも加害者じゃなくて、被害者のことばかり責めるんですか」

堰《せき》を切ったように話したあと、凜子は一筋涙を流してうつむきがちになった。

「……すみません、話が逸れました。私にとって蒼君からの告白は、恐怖以外の何物でもありませんでした。あの瞬間、はっきりと彼が脅威の対象に変わったんです。防衛本能のようなものが働いて、最低なことを言ってしまいました。

『私にとっては、あなたも事件の加害者たちと変わらない。あなたの告白はとうてい受け入れられないし、もう二度と会いたくもない』って。

蒼君は謝罪の言葉を口にしたあと、静かに去っていきました。それから、私の元に姿をあらわすことはなくなりました。罪悪感は消えませんでしたが、蒼君はまだまだ若いし、きっと私のことなんてすぐに忘れて前を向くだろうって、そう考えていました。それが、まさかこんなことに……」

凜子は両手で顔を覆った。乾いた皮膚が張りついただけの、骨ばった指先が痛々しかった。

「今さらどうしたって、取り返しのつかないことを言ってしまいました……」

「客観的に申し上げて、早川さんに落ち度があるとは思えません。どうかこれ以上ご自身のことは責めないでください」

蓮司がたまらず声をかけると、凜子は覆っていた両手をだらんと下げ、苦しそうな顔で小さく頷いた。麗一も蓮司もそれ以上追及することはしなかった。重苦しい雰囲気のまま、無言で歩き続ける。

秋冷《しゅうれい》の林道に、ときおり木漏《こも》れ日《び》が降りそそぐ。二十分ほど同じ景色の中を歩いていたが、林道に入ってはじめて分岐点に当たった。車道を外れて、雑草の茂るゆるやかな山道に入っていく。冴え冴えとした美しい空気が、暗く沈んだ心を鋭く刺すようだった。

「大丈夫ですか？　無理しないでください」

「大丈夫です。ありがとう」

蓮司の問いかけに、凜子は気丈にもそう答えたが、紙のように白い顔。吐く息は白いのに、額には汗が滲んでいる。心配な気持ちは拭《ぬぐ》えなかったが、その目はまっすぐ前を向いていたから、無理に引き留めることはしなかった。

十分ほど上ったところで、道がさらに二股に分かれた。一方は舗装路で、もう一方は立ち入り禁止の看板が立っていた。二メートルほどの道幅はガードフェンスできっちり塞がれ、さらに手前にはロープも張り巡らされている。フェンスの中央部分は開閉式の扉になっているが、南京錠によって固く施錠されている。周囲には雑草が生い茂り、いつかの落ち葉や枯れ枝が堆積している。中央には朽《く》ちて色褪《あ》せた灰色の大きな看板が二枚。そして、赤い警告文。

『この先危険につき　関係者以外立ち入り禁止』

『危険　滑落事故・遭難多発』

蓮司は沸《わ》き立つような恐怖を感じて立ち止まった。横に立つ凜子の、薄い肩が小刻みに震えていた。

「その先です……。一本道をずっとまっすぐ登っていって、左にそれた場所に小さな廃墟というか、木造の空き家があるはずです。それが、あの日……」

声が徐々にしぼんでいき、やがて途絶えた。青ざめた顔は恐怖を内包していた。

彼女をこれ以上先へは行かせられない。

フェンスに指をかけて向こうをのぞいていた麗一が、二人を振り返る。

「俺ひとりで見てくる。蓮司はそこで早川さんと一緒に待ってて」

凜子のことはもちろん、それと同じくらい麗一のことも心配だ。

「いや、麗一ひとりでは行かせられないよ」

「私も行きます」

凜子は掠れた声で言ったが、すぐ震えを抑えるように自分の身体を抱きしめながら、「……ごめんなさい、私、やっぱりここで待っています」と続けた。

「送っていくので、市街地まで戻りましょう。あの付近なら、すぐそばに交番もありますし」

蓮司はそう提案したが、彼女は頑《かたく》なに首を振った。

「いえ、ここで待っていたいです」

「……わかりました」

蓮司と麗一は背丈ほどのフェンスをよじ登って飛び越え、立ち入り禁止区域の先へと進んだ。歩き始めて五分も経たぬうちに、雑木林の獣道《けものみち》を歩いていくはめになった。かつての舗装路の跡がかろうじて残ってはいるが、膝丈ほどある雑草や所々ぬかるみのある土壌が道程をいっそう険しくさせた。腐植した泥土と湿り気を帯《お》びた枯草のにおいが、混ざり合って鼻腔《びこう》を蝕《むしば》む。風は冷たく頬を切るのに、背中はすでに汗ばんでいた。

どれくらい登っただろうか。いつの間にか空が暗くなった。重たい樹々が頭上をすっかり覆っていた。

立ち腐れの雑木や枯草に埋もれるようにして、その木造廃墟はひっそりと佇《たたず》んでいた。

粗末な物置小屋を想像していたが、実際には朽ちかけた小さな平屋だった。亀裂が入り、黒ずんだ土壁に蛇腹《じゃばら》のような蔦《つた》が這《は》っている。硝子《ガラス》窓は割れ、木枠は腐って崩れ落ちている。灰色のカーテンは閉まっていて、中の様子は窺えない。朽ちた引き戸も閉じられて、建物全体が鬱然《うつぜん》とした閉塞感を醸し出している。

人の気配はない。すべての生物が息絶えたような静けさだけがある。

怖気《おじけ》づく蓮司をよそに、麗一はさっさと建物のそばに歩いていく。蓮司も仕方なく後に続く。踏み歩くたび積もった枯れ葉や枝切れが、乾いた悲鳴をあげた。

躊躇《ちゆうちよ》なく引き戸に手をかけようとする麗一の腕を、蓮司はとっさに摑んだ。

「大丈夫なの？」

無意識に小声になる。

振り返った麗一は、落ち着き払った顔をしていた。

「蓮司はここで待ってな」

「一緒に行くに決まってるだろ」

麗一は何も答えず、小さくため息をつくと、静かに戸を引いた。建付けが相当悪いようで、金属同士を擦《す》ったような耳障りな音がする。こもった埃《ほこり》と黴《かび》の匂いが鼻腔に入り込み、蓮司は思わず咳《せき》込んだ。

室内は薄暗くしんとしている。

土足のまま三和土《たたき》から腐食した廊下にあがる。廊下の突き当たりに小さな台所があり、錆《さ》びたシンクに欠けた食器が重ねられ、小窓の磨り硝子は黄土色に変じていた。右手は二間続きの和室らしい。手前の引き戸を引く。仄暗《ほのぐら》い静寂。埃と黴の饐《す》えたにおいが一気に強くなる。閉塞感のある低い天井には蜘蛛《くも》の巣がいくつも重なり、畳の剝《は》げたむき出しの床には、かつての住民が捨て置いたような家具や生活用品が散乱していた。

ふと背後に視線を感じて振り返る。化粧箪笥《だんす》に置かれたセルロイド人形と目が合う。黴に蝕まれ顔が黒く変色していた。寒気がして目を逸らした。足元に視線を落とす。束《たば》で置かれた週刊誌の表紙には、昭和三十八年と書かれている。時の流れは地続きであるという当たり前の事実が、実感を持ってまざまざと思い起こされる。自分のいるまさにこの場所が、かつて凜子が凄惨な行為を受けた現場なのだと思うと、蓮司は張り裂けそうなほど胸の痛みを覚えた。金縛《かなしば》りにあったように、身体が動かなくなる。

四

麗一が奥の間に続く襖《ふすま》を引いた音がした。数秒後、すぐに閉じる音がした。顔をあげるとほぼ同時に、麗一に思いきり腕を引かれた。廊下のほうに連行される。

「何」

「顔色悪いから、外で休んでたほうがいい」

「え?」

「俺はもうちょっと調べるから」

「奥の部屋に何があったの?」

「これから調べる」

「俺も一緒に調べるよ」

「蓮司はいい」

「なんで?」

「取り乱されたら面倒だから」

はっきりと突き放すような口調だった。

麗一は蓮司の腕を離すと、踵《きびす》を返して足早に奥の部屋へ向かった。蓮司は胸底を抉《えぐ》り取られたような恐怖をまざまざと感じた。だが急速に身体の深部が冷えていくのを感じながらも、自分の意思でその後に続いた。

麗一は先ほど固く閉じた奥の間の襖を再び大きく開いた。

飛び込んできた光景に、蓮司は慄然《りつぜん》とした。

薄暗い狭い和室の奥に、色褪せた背の高い洋服簞笥。壁に密着するようにして、なぜか後ろ向きに置かれていた。簞笥の下半分には黒とも茶ともつかぬ歪《いびつ》な滲みが広がっていた。埃をかぶって剝げかけた畳には、何かを引き摺《ず》ったあと雑に拭きとったような、黒ずんだ滲みができている。土足で踏みこんだのか、泥土がこびりついて所々汚れている。泥土はふつふつと湧き上がっているように見えて、目を凝《こ》らすと無数の蛆《うじ》が蠢《うごめ》いていた。

異様な惨状に思考が停止していたが、思い出したように嗅覚が——腐臭と生臭い血のにおいが混ざり合って鼻腔を蝕んだ。吐き気を堪えるように、蓮司は右手で口元を覆った。指先は小さく震えていた。

麗一がぼそりと呟く。

「簞笥の中に死体があると思う」

「なんで……」

「今から確認する」

「警察を……」

「自分の目で確認してから呼ぶ」

麗一がとり憑《つ》かれたように足を踏み出すと、畳の軋《きし》む不穏な音が響いた。蓮司は引き留めることもその場にとどまることもできず、半《なか》ば思考が麻痺《まひ》した状態で麗一の背中を追う。一歩踏み出すたび靴の裏で蛆が破裂する感触が伝わってきて、身の毛のよだつ思いがした。

蓮司が触れるのを躊躇しているあいだに、麗一は自分の背丈ほどの洋服簞笥の向きを、引き摺るようにして変えた。

両開き扉に備わった鉄錆びた取っ手。そこに乾いた血痕のようなものが張りついていた。

吐き気を催《もよお》すような腐臭が、一段と強くなった。

麗一はスマートフォンのライトを点けると、右の取っ手に指先を引っかけてそっと扉を開いた。

恐怖で身体が動かないのに、目を背けることはできなかった。

簞笥の内部を歪な『正』の字がびっしりと埋め尽くしていた。

全身が粟立《あわだ》った。

視線を下げると、腐りかけた赤黒い肉塊が目に飛び込んできた。

それは皮を剝がれた胴体だった。頭部や四肢は切り落とされていて、ただ胴体のみが独立して在《あ》った。腹部は大きく切り裂かれ、内臓が剝きだしになっている。

蓮司は反射的に目を逸らし、声すら発せず、そのままふらふらと手前の和室へ戻った。足の力が抜けて自立することも難しく、壁に背をつけて寄りかかる。唇はがたがた震え、目頭に涙が滲んだ。お母さん、お母さん、お母さん、と心のうちで無意識に何度も叫んでいた。

一刻も早くこの場から離れたかったが、麗一を置いていくわけにはいかない。かと言って、彼を呼ぶためにもう一度奥の部屋に踏み入る勇気などない。今ここで警察に通報するのも怖かった。音を立てるのが怖かった。安全な場所に避難してから通報したかった。結局、麗一を待つよりほかなかった。

数分が永遠のように感じられた。

やがて麗一が戻ってきた。青ざめてはいるが、冷静さは失われていない。いつもの冴えた声で言った。

「顔はかろうじて原型を保っていた。葛城で間違いない」

その冷静さに触れて、蓮司も少しだけ心が落ち着いていくのを感じた。

「……亡くなってるんだよね」

「死後数日は経過していると思う。バラバラ死体だ。箪笥の中に全部詰まってた」

「うん……。早くここから出て警察を呼ぼう」

「生首を隠すように雑に毛布がかけられていて、そこにこの手紙が入っていたんだ」

麗一は蓮司の言葉を無視して、ぐしゃぐしゃになった白い便せんを差し出した。まだらに血痕のような茶色いものが付着していた。

好奇心が、勝ってしまった。

震える手で受け取ると、そこには理知的な文字が並んでいた。

二〇〇四年十月十一日に発生した強姦致傷事件の加害者へ
あなたがここに来てこの手紙を読んでいるということは、計画が順調に進み、私の告発が日本中に知れ渡ったということでしょう。

私はあなたの正体を知りません。

しかし、あなたの犯行内容については子細に把握しています。

もう一人の加害者である梶木弘毅は医者でしたから、あなたもそれなりの社会的地位にある人だと思います。おそらく家庭も持っていることでしょう。私は、あなたのような卑劣な犯罪者が何食わぬ顔で生きていくことが許せません。しかし、なんの罪もないあなたの家族まで巻き込むことは、私の本意ではありません。きっと、あなた自身も望まないはずです。

だから取引をしてください。

二〇二二年十一月一日までに、横浜市港北区×××にある廃ホテル『セントラルワーカーズリゾート横浜』の屋上から飛び降りてください。

あなたがやることはそれだけです。

自殺者のニュースを確認したら、私はあなたが取引に応じて死んだものとみなし、あなたの犯行については永遠に秘匿すると誓います。

強姦致傷事件だけではなく、箕浦麻里奈と梶木弘毅の殺害に関する記録についても、すべて破棄すると誓います。

もし指定期日までに、あなたが自殺を遂行しなかった場合。

私はすべての証拠を持って、あなたの三件の犯行を白日の下に晒します。

その場合、あなたのみならず、あなたの家族や大切な人まで永遠に苦しむことになるのです。

そのことを理解したうえで、どちらか選んでください。

自殺者となるか、死刑囚となるか。

あなたにそれ以外の選択肢は存在しません。

円城寺 蒼

蓮司はしばらく言葉を失った。

蒼が何を思ってあれほどの犯行に及んだのか。この手紙だけで痛いくらいにわかってしまった。

「蒼君は早川さんのために、加害者を突き止め、死をもって償《つぐな》わせようとした……」

「ああ」

先ほどの光景がフラッシュバックして、また寒気がした。

「……でも、じゃあ、あの死体はいったい……？」

「なあ、こんなもんで犯人釣れると思うか？」

「こんなもんって……」

麗一のつっけんどんな物言いに戸惑いながら、よくよく考えてみると蓮司にも思うところがあった。

手紙にはただ蒼の推測が述べられているだけで、肝心の証拠については何も記載されていない。加害者を追い詰めるための切り札として、不十分であることは明らかだ。

麗一が手紙を指先でつまんで、ひらひらさせながら言う。

「このお粗末な脅迫文を読むに、蒼自身、加害者が来るかどうかは半信半疑ってとこだったんじゃないか」

「そんな一か八かの賭けで、ここまでのことするかな……」

「二〇〇五年に箕浦麻里奈。二〇一四年に梶木弘毅。蒼は事件の当事者二人が、およそ十年のスパンで殺害されていることを知り、次は早川さんが殺される番ではないかと危惧《きぐ》していた。蒼にとって彼女の命は自分の命よりも大切で、すべてを犠牲にしてでも守りたかった。つまり蒼の真の目的は、加害者を突き止めることではなく、これから起きるであろう殺人を未然に防ぐことだった。復讐は二の次ってことだ」

麗一の解釈に、胸のわだかまりがすとんと落ちたような気がした。

「事件現場をも突き止めている正体不明の第三者から、突然大々的な告発を受けた。相手の手札も目的もまったくわからない。さらに、世間は蒼君の一挙手一投足に注目している。当事者二人を殺害した犯人の目的が何であれ、この状況下では早川さんを殺害するメリットがリスクを上回ることはないってこと……」

「ああ。自らの手のうちを明かさぬまま、全国民やメディアをも巻き込んで監視網を構築し、加害者を心理的な拘束状態に陥れて犯行を防ぐこと。動画の意図はそこにあったんだろう」

麗一は手紙を綺麗に折りたたむと、まだ衝撃で頭がうまく働かない蓮司を置いてけぼりに続けた。

「だが予想に反して葛城はこの場所にやってきた。おそらく手紙も読んだのだろう。さて蒼の取引に応じて葛城が指定された場所で飛び降り自殺していれば、この件は表面的には綺麗に片づいたわけだ。だが実際には、葛城はここで死んでいた。しかも、何者かによって殺されていた。蒼は、名前も知らない加害者である葛城こそ真犯人だと考えていたが、とんだ見当違いだったわけだ」

「……自殺の可能性は？」

「自分の身体をバラバラにしたあと腹かっさばいて、床の血痕をふき取った毛布とともに箪笥に閉じこもり、ご丁寧に配置まで変えたということか。葛城が活発なゾンビでもない限り無理だな」

麗一はつらつら言ってのけたが、蓮司の顔があまりに悲壮だったのか、「悪い」と詫《わ》びて咳払いをひとつした。

「じゃあ、いったい誰が……？」

「十七年前に起きた強姦致傷事件の加害者三人。一人目。箕浦麻里奈は、全身数百か所を殴打され死亡。二人目。梶木弘毅は頭部が半壊するまで鈍器で殴られ、両手指を切断されて死亡。そして三人目。葛城宗次郎は、バラバラに切断されて死亡。彼らは同じ事件の加害者であり、揃いもそろって惨殺されている。同一犯に殺された可能性がきわめて高い」

「そんな……」

麗一が何かに気づいて、人差し指を口元にあてた。蓮司の胸に不穏が渦巻く。

耳をすますと、屋外から、ざっ、ざっと雑草を押し分ける足音が聞こえてきた。恐怖で身体が動かなくなる。

足音は玄関先でぴたりと止まった。

静寂の中、硝子戸に何かぶつかったような金属音が響いた。

「刃物を持ってる」

麗一が啞然とした表情でささやいた。蓮司は名状しがたい恐怖に息をのんだ。二人はほとんど本能的に、背後の押し入れに飛び込んで戸を閉めた。

真っ暗で何も見えない。古木と埃の湿った臭いがする。

同時に、ぎいいぃ、と玄関の引き戸が開く音がした。

何者かが三和土にあがる気配。

ずずず、ずずず……。

引き摺るような足音がする。

床が軋む音とともに確実に近づいてくる。

やがてこの和室の引き戸が静かに開けられた。金属が擦れるような耳障りな音が響いた。

襖一枚隔てた向こうに、刃物を携えた人間がいる。

制御不能なほど心拍数が高まる。額をだらだらと嫌な汗が伝う。真っ暗で横にいる麗一の様子も窺えない。

ずずず、ずずず、ずずず……。

引き摺るような足音は、まるで亡霊のように、狭い室内をあてどなく彷徨っている。ときおり壁に刃先がぶつかったように、不快な音がする。

いったい何が目的なのか。

次の獲物を探しているというのか。

先ほどの光景がまた脳裏に浮かび上がる。

赤黒い肉塊、鼻腔に染みつくような腐臭、無数に湧く蛆――。

首筋を、何かが這う感触がした。

肥えた蛆が皮膚を食い破って侵入してくるような幻覚に囚《とら》われる。反射的に、首筋に手をやった。指の腹の下で、何かが蠢く感触がした。

「ひっ！」

喉の奥で悲鳴が漏れた。慌てて口元を押さえる。

室内を彷徨う足音が、ぴたりと止んだ。

そしてはっきりとした意思を持ってこちらに近づいてきた。

襖越し、目前で足音が止まった。逃げようにも、すっかり腰が抜けて立ち上がることもできない。張り裂けんばかりに鼓動が高鳴っている。

鼻先にある襖に、手がかけられる気配がした。

そのとき、隣にいた麗一が蓮司をかばうように後方へ押しのけたかと思うと、次の瞬間には相手より先に勢いよく襖を引いた。

短い悲鳴が聞こえた。それは蓮司自身のものだったかもしれない。

相対した麗一が、大きく息を吐き出す。

「あなたでしたか」

五

押し入れから這い出て立ち上がった麗一の足の隙間から、見覚えのある靴がのぞいた。

足音の主は、早川凜子だった。

蓮司は虚脱《きょだつ》するほど安堵して、這いずるように押し入れから出た。だが、相手の右手に折り畳みナイフが握られているのを見て肝を冷やした。

驚いたことには、彼女と向き合う麗一の左手にも包丁が握られていた。

「そんなものどこで……」

「台所だよ。護身用に一本くすねて忍ばせといたんだ」

そう言ってパーカのフロントポケットを指差した。

「いつ？」

「来てすぐだよ。蓮司がぼけっとシンクのぞいてるとき」

むっとしたが何も言い返せない。視線を落とすと、ウインドブレーカーの胸元をカメムシがよちよち這っていた。さっきの正体はこれかと、いっそう情けない気持ちになった。

「それで早川さん、どうして刃物なんか持って来られたんです？」

麗一の問いに、凜子はか細い声で答えた。

「遅かったので。ナイフは護身用です」

どうにも様子が変だった。紙のように白い顔、血走った眼。額からは汗が幾筋も伝い、前髪が濡れそぼっていた。よく見ると指先がわずかに震えている。

「だ、大丈夫ですか……？」

蓮司の問いかけに、凜子は微かに頷いた。

麗一が質問を続ける。

「もしかして、僕らを心配してここまで来てくださったんですか」

「はい。全然戻ってこなくて、とても心配だったので」

返答もどことなく要領を得ない。

麗一が、手に持っていた包丁を静かに床に置いた。だが、彼女はいっこうにナイフをしまおうとはしない。

「ずっと室内をぐるぐる歩き回っていたのはなぜですか」

「えっと……考えごとをしてたので」

「そうですか」

麗一が奥の襖を指さして静かに告げた。

「奥の部屋に洋服簞笥があって、中に死体が詰まっていました。葛城宗次郎という、あなたが被害に遭った事件の加害者であろう男の他殺体です」

凛子は憔悴《しょうすい》した様子で一瞥《いちべつ》をくれたあと、もう一歩ふたりの元に歩み寄った。ナイフを握り締めたまま、焦点の定まらない虚ろな瞳で問いかける。

「あなたたちは、これからどうするおつもりですか」

「警察に通報します」

麗一が答えると、凛子は胸元を手で押さえながら、苦しそうに呼吸した。

「それはちょっと、困ります……。本当に困ります……」

ぶつぶつと不明瞭に繰り返したあと、絶望に沈んだような表情で二人を見た。

そしてぽつりとつぶやいた。

「私が殺しました」

蓮司は愕然とした思いで凛子を見た。強烈な違和感と息苦しさに見舞われて、言葉を失う。

「あなたが殺したんですか、三人とも?」

「そうです。憎くて、許せなくて、殺しました。箕浦麻里奈に命じられ、何時間もあの中に閉じ込められて、意味もなく永遠に『正』の字を書き続けさせられたんです。気が狂いそうになりました。貴子ちゃんを利用して私を呼び出したのも彼女です。私には全員を殺す明確な動機があります」

麗一の問いかけに、凛子は視線を落として矢継ぎ早に言った。つけ入る隙を与えまいと、何か焦燥感に駆られているようだった。それから、哀願するような口調で言った。

「明日の朝必ず自首しますから、今日一日だけ猶予をもらえませんか。今さら、逃げたり隠れたりするようなことも、決してしませんから」

蓮司は困惑して麗一を見た。麗一はどこかやるせない表情で言った。

「わかりました。その代わり奥の部屋にある洋服簞笥の中から、僕のボールペンを取ってきていただけますか」

「……はい？」

「ボールペンです。中を調べたとき、落としてしまったようなので」

凛子はひどく困惑した様子になる。指先が小刻みに震えている。

「どうして……」

「無理でしょう。あなたは過去のトラウマから、あの部屋に入ることはできない。当然、葛城を殺して、あの中に押し込めるなどできるはずがない。だからあなたが犯人ということはありえないんです」

「そんなことは……」

彼女の潤《うる》んだ目が泳ぐ。顎先から汗が滴り落ちる。

「今だってそうです。僕らの身を案じてここに来てくださったけど、奥の部屋に入る決心はつかず、この部屋でずっと立ち往生していた。恐怖から足がすくみ、引き摺るようにして歩いていた。今この場に脅威はないとわかっていながらナイフを手放せないのも、過去のトラウマによる防衛本能からでしょう」

反論する言葉を失い黙り込む凛子に、麗一は静かに問いかけた。

「箪笥の中に葛城の他殺体が入っていると告げたとき、あなたはあまり驚きませんでしたね。まるでこうなる可能性を、ある程度は予期していたように見えました」

凛子ははっきりと動揺の色を示した。手が大きく震えている。麗一は淡々と続けた。

「あなたは蒼君にも僕たちにも、嘘をついているようです。当時の事件現場には、本当はもう一人、いたのではないですか」

喉の奥で小さく息を漏らすと、凛子は切羽詰《せっぱ》まった様子で口を開きかけた。

だが麗一が先に言葉を続けた。

「事件現場にいたもう一人の人物は、蒼の父親である円城寺稔もとい箕浦稔でしょう」

凛子が息を呑んだ。

時が止まったような静寂。

「箕浦稔、彼こそが、妹の箕浦麻里奈、梶木弘毅、そして葛城宗次郎の三人を殺害した真犯人だ。麻里奈と梶木が殺害されたあと、あなたが円城寺貴子に接近しようとした本当の理由は、彼女への復讐ではなく、純粋に彼女の身を案じたからだ。違いますか」

蓮司は半ば茫然としたまま、凛子を見た。彼女は振り絞るように声を出した。

「いったい、何を根拠にそんなことを……」

「最初に違和感を覚えたのは、葛城宗次郎のアルバムを見たときです。梶木や葛城と妹の箕浦麻里奈は、五歳以上も年が離れている。ということは、兄の稔を介して知り合ったのだと考えるのが自然でしょう。だが、葛城のアルバムには稔の写真が一枚もなかった。そのときふと思ったんです。葛城は妹の麻里奈だけではなく、兄の稔の写真も一緒に処分したのではないか。なぜ処分したのかというと、やはり二人との関わりの中で、後ろめたいことがあったからではないか。だから、事件現場である奥多摩という地と、自分と箕浦兄妹との関係を示す写真を、手元から消しておきたかったのではないか。

次に違和感を覚えたのは、あなたが円城寺貴子を突き落としたという話を聞いたときです。蒼の誕生日から逆算すると、一般的に彼女が身籠《みごも》ったのはこの事故の時期と一致します。高所から滑落したことを考えると、妊娠したのはおそらく事故後だと考えられます。

大怪我を負った意識不明の女性を妊娠させたのだと考えると、この男は明らかに正常な心の持ち主ではないことがわかります。これで、彼女が稔との結婚を機に実家と疎遠《そえん》になったという事実も腑《ふ》に落ちました。彼女の両親は稔の異常性に気づいていたのでしょう。

――ただ、これらは推測の域を出ません。決定づけたのはこれです」

麗一はポケットからスマホを取り出して掲げてみせた。画面には先ほど見たＧＰＳアプリの地図が表示されている。

「これは箕浦稔の位置情報を示しています。彼は現在、奥多摩行の青梅線でこちらに向かっています」

ただでさえ混乱しているのに、蓮司はもう一撃食らわされた気分だった。

「えっ、それは、蒼君のお母さんじゃなかったの？」

「アルバイトの佐川若菜さんにさっき確認したよ。おとといスマホが持ち去られた時刻と今この時間帯、円城寺貴子はシフトに入っている。つまり、あのスマホを病室から持ち去ったのは夫の稔だ」

「でも、それならどうしてあんなに早くバレたんだ？　蒼君のお父さんは、あの日病院にはいなかったはずだよ。蒼君が喋ったともとうてい思えないし」

「おそらく、稔は蒼の病室に盗聴器でも仕掛けていたんだろう。蒼が起こした騒動から、自分の犯行が明るみになることを恐れて、監視の目を光らせていた。だから、蓮司が『わかったことはすべてメールする』と言ったこと、スマホを仕込んだことも把握していた。そのうえで、スマホを貴重な情報収集源として持ち去ることにしたんだろう。追跡用のＧＰＳアプリなんかが仕込まれているとは思わずに」

「普通の親なら子供の病室に盗聴器なんて仕掛けないし、そもそも、スマホを見つけた時点ですぐ病院か警察に連絡するはず……」

「ああ。どれもこれも、稔が犯人だと考えないと不自然な行動ばかりだ」

麗一が半ば放心状態の凜子に視線を向ける。

「僕はこのスマホを持ち去った人物とここで対面することを恐れて、今日ではなく明日奥多摩に向かうと嘘の情報を流したんです。だが誤算が生じました。おそらく僕たちが来る前に、葛城殺害の証拠隠滅をはかろうとしたんでしょうね。あと一時間も経たぬうちに、稔はこの場所に到着するはずです」

蓮司は全身にぶわっと鳥肌が立つのを感じた。つい怖気づいた声が出る。

「早く逃げよう、危ないよ……」

麗一は凜子の瞳をまっすぐ見つめて言った。

「あなたに真相を話していただけないなら、僕はここで彼を待ち、直接問いただすつもりです」

凜子はナイフを足元に置いてから、深く息を吐いた。両手を力なく下げたまま、打ちひしがれた様子で口を開いた。

「たしかに箕浦稔は、事件当時現場にいました。ですが他の三人と違って、私に何か危害を加えたわけではないんです」

それから、奥の部屋との敷居に視線をやった。

「——あの人、何をしていたんでしょう。わかりません、わからないです。私には指一本触れませんでした。ただ、ずっとそこで見ていたんです。でも私を見る目が、かっと見開かれた目が、飛び出しそうなほど見開かれた目が、爛々と輝いていました。その異様な形相《ぎょうそう》が忘れられなくて、今でも脳裏《のうり》にこびりついています。

その目を、一度だけではなく、二度見たんです。

私、貴子ちゃんのことを突き落として家に逃げ帰ってからすぐ、我に返って助けに戻ったんです。そうしたら、ちょうど突き落とした地点に、人が立っていて、崖下を見下ろしていました。

そう、あの男です。

助けるでもなく、何をするでもなく、ただぼうっと見下ろしていたんです。私、恐ろしくて動けなくなってしまって。ふと彼がこちらを振り向いたとき、遠くにいるのに、あの目をしているのがはっきりとわかりました。飛び出そうなほど見開かれた、爛々と光る眼。恐ろしさのあまり、私はまた逃げました。それから彼がどうしたのかは、わかりません。

私、貴子ちゃんから交際相手について聞いたことがなかったので、あの異様な男が彼女の恋人だなんて思いもしませんでした。私に気を遣ってか、箕浦麻里奈の兄が恋人だということ自体、徹底的に隠していたんです。

箕浦麻里奈が惨殺されたというニュースを見たとき、あの男の異様な形相が、真っ先に浮かびました。なんの証拠もないけれど、あの男が殺したのだと確信しました。

およそ十年後、梶木弘毅が惨殺されたというニュースを目にした時も、やはりあの男の顔が浮かびました。事件の当事者が立て続けに殺されたことを知り、次第に恐ろしくなりました。必死に忘れようとしていた過去と、自分が犯した罪とが、まざまざと迫ってくるようでした。

自分が知らないだけで、もう一人の加害者もすでに殺されているのではないか。

あの男の顔を見てしまった私も、いずれ殺されるのではないか。

貴子ちゃんもまた、危険に晒されているのではないか。そもそも、私こそが彼女を死の淵に追いやったのではないか。彼女は今、どこで何をしているのか。

押し込めていた記憶が一気によみがえり、私はとり憑かれたように、貴子ちゃんのことを調べ始めました。

その過程で、恐ろしい事実を知ったんです。あの男こそが、箕浦麻里奈の兄であり、貴子ちゃんのかつての交際相手であり、現在の夫である箕浦稔だという、それらの事実全てを。

私が苦痛に泣き叫ぶのを見て、目を輝かせていたあの男。重傷を負った貴子ちゃんを、異様な形相で見つめていたあの男。あの男が、貴子ちゃんと家庭を築いているなんて。衝撃とともに、ある使命感に駆られました。私が彼の正体を暴き、貴子ちゃんを救うんだって。それが、十七年前に犯した罪にたいする贖罪《しょくざい》になると思ったんです。だから私、箕浦稔が殺人犯であるという証拠を摑むために、彼のことを探ることにしたんです――

凜子はそこまで一息に喋って、どこか憑き物が落ちたような顔になった。自分ひとりの中に押し込めていた真実をようやく打ち明けられたことに、安堵しているようにも感じられた。

「そうして蒼君と知り合ったんですね」

「はい。蒼君と思いがけず親交がはじまったのは、先ほど話したことが真実です。彼とは、本当にたくさんの話をしました。蒼君の話に出てくるのは、穏やかで幸福な家庭でした。蒼君は、両親のことをどれだけ尊敬しているかを話してくれました。両親のことが好きだから、大切だから、悲しませたくないから、だからいじめられていることを知られたくない。そう打ち明けてくれました」

凜子は両手を握り締め、胸のあたりを押さえた。眉間《みけん》に皺《しわ》が寄り、苦しそうな表情になる。

「……怖くなってしまったんです、蒼君の幸せを壊すことが。彼の父親が殺人鬼だったとしたら、その証拠を突き止めてしまったらと思うと、恐ろしくて。次第に、私がするべきことは、箕浦稔が殺人犯である証拠を摑んで、彼らの家庭を引き裂くことではない。自分の胸にすべてを留めて、彼らの家庭を守ることだと思うようになりました」

「だから箕浦稔について詮索することをやめて、蒼君の前から姿を消した。だが、今度は反対に蒼君があなたのことを詮索するようになった。あなたの家に侵入した蒼君は、あの事件について知ってしまった」

「事件当時のこと、いつか話せるようになった時のために、詳細を記録していたんです。でも箕浦稔の名前はその中にはありませんでした。彼はただそこにいただけで、あの事件に関しては加害者とは言い切れなかったから……。だから加害者として、三人について記録していました。箕浦麻里奈、報道で名前を知った梶木弘毅、あと一人は、身元不明の男……」

「蒼君はその身元不明の男が、事件の当事者二人を殺したのだと思い込み、次はあなたが殺されるのではないかと危機感を募らせた。そして彼の犯行を阻止するために、あの行動に出た」

「ぜんぶ私のせいです。私の考えが浅かったから……」

「いや、どう考えても、蒼君があなたの住居に不法侵入したことが問題でしょう」

「でも、私がもっと考えて行動していればこんなことには……。結果的に彼を深く傷つけて、守るべき幸福な家庭を壊してしまった……」

凛子は憔悴しきった様子で、その場にへたり込んだ。蓮司はすぐそばにしゃがみこんで、骨の浮き出た背中を静かにさすった。

麗一がスマホに視線を落として、わずかに強張った声で言った。

「箕浦は鳩ノ巣《はとのす》駅を通過しました。あと十分もしないうちに、奥多摩駅に着きます」

蓮司は凄まじい恐怖心に襲われながら、ポケットから自分のスマホを取り出した。

「警察を呼んで、早くここを出よう」

「ああ」

麗一が相槌を打つのとほぼ同時に、凛子の悲痛な声が響いた。

「待ってください。どうか、通報はしないでください」

「この惨状を見過ごせということですか。それはできません」

即座に麗一が答える。

「でも、蒼君はどうなるんですか。日本中に顔も名前も知れ渡って、そのうえ父親が殺人鬼だなんて、彼の将来はどうなるんですか。これからどう生きていけばいいんですか」

凛子の声は悲壮さに満ちていた。蒼の背負っていかなければならない過酷な運命を思うと、蓮司は何も言えなかった。彼女は切迫した様子で続けた。

「箕浦稔は、おそらく事件の当事者を全員口封じのために殺すつもりだったんでしょう。でも、今回の件でさすがに懲《こ》りたと思います。私も真実を訴えるつもりはありません。蒼君は私がどうにか説得しますし、後のことはすべて私が責任を持って処理しますから、どうか見過ごしていただけませんか。こんなことを言うのはよくないとわかっていますが、私からしたら、箕浦麻里奈も梶木弘毅も葛城宗次郎も、全員が死んで当然の人間でした！」

「その点については僕も同意します」

麗一がはっきりそう言うと、凜子は困惑した様子になる。

「それなら……」

「違うんです。僕が危惧しているのは、犠牲者が他にもいるのではないかということです」

蓮司は信じ難《がた》い思いでたずねた。

「……他にも殺された人がいるって言うのか？」

「三人とも惨殺されて、遺体は放置されている。殺害の動機が口封じや金銭トラブルの類だったら、あんな殺し方をする必要はないだろうし、怨恨だとしても、遺体をそのままにしておくとは考えづらい。最も理解できないのは、葛城の殺しだ。もし殺すのなら、蒼が描いたシナリオに沿って、自殺に見せかけて殺害するのが最も合理的じゃないか。そうすればすべての罪を葛城になすりつけて終わらせることができた。でもそうしなかった。あまつさえ蒼の手紙の処理すら怠《おこた》った。こういう状況下であんなヤケクソな殺しをする理由なんて、俺には一つしか思い浮かばない」

そう言うと、麗一は二人に交互に視線をやった。

「箕浦稔は快楽殺人鬼だ。明らかになっている三人は氷山の一角で、他にも殺された人間がいるかもしれない。ここで俺たちが判断を誤れば、さらに犠牲者が増えていく可能性だってある」

耳鳴りがするほどの静寂のなか、凜子がすうっと息を吸い込んだ。それから掠れた声で言った。

「警察を、呼んでください……」

最終章　怪物

——欲が出てしまいました。色の白い人がタイプです。

妹を殺しました。梶木君も殺しました。よく覚えています。

十七年前の暴行事件が、すべての始まりでしたから。私はあの犯行には加わっていません。早川さんが泣き叫ぶのを、ただ見ていただけです。見ていただけなんですけどね、生まれてはじめて芯から心がときめいたんです。

それからあの日はもうひとつ、いいものが見れたんです。当時交際相手だった妻が、崖《がけ》から転落したんですよね。後から本人に聞いた話だと、罪悪感に駆られて、早川さんのことを助けに行く途中の事故だったようです。私ずうっと現場近くを彷徨《さまよ》っていて、ふいにうめき声を聴きました。下をのぞいたら、手足のねじ曲がった血だらけの彼女が、死にかけのバッタみたいに斜面にへばりついていました。私それを見て、身体中の血という血が煮え立つような興奮を覚えて、気を失いそうになりました。そう、そうです。この日です。自分はもしかしたら異常者かもしれないと思って、後から怖くなりました。

自分が普通の人間だと確かめたくて、そのあとすぐ、妻と性行為をしてみたんです。ちょうど彼女が個室に入院していて、タイミングがよかったので。けれどその最中もずっと、私の頭に浮かぶのは、あの日の泣き叫ぶ被害者と、潰れたバッタみたいな妻の姿だけでした。自分の手で人を壊したいという願望が絶えず押し寄せてきて、いよいよ雲行きが怪しくなりました。

はじめて殺したのは妹です。私、見てのとおり痩せっぽちでしょう。男に喧嘩《けんか》を売る勇気なんてありませんし。妹に金握らせて、一発殴らせてほしいと頼んだんです。あいつは元々頭が弱くて、変な男に騙《だま》されて金に困ってましたから、渋々了承してくれました。それで、人のいない真冬のキャンプ場で、思いきり鼻づらを殴りました。倒れ込んだ妹がひいひい泣きわめきました。その姿を見て私、涙が出るくらい気持ちよかったんです。一発のつもりが、二発、三発、四発とこう……私いつの間にか石ころを握ってて、夢中で、とにかく夢中で殴って、気づいたら妹は死んでしまいました。死んだとわかると途端に心が冷めました。身体もすっかり消耗していて、あと片づけする気力なんて残っていないんです。自分に付いた血を洗うので精一杯で、死体は放置したまま、その場を去りました。

それからです。ちょいちょい人を殺すようになったのは。繰り返しになりますが、私は色の白い人がタイプです。妹はどうも色合いが好みじゃなくて、二人め以降は色白の人だけ狙いました。梶木君もそのうちの一人ですね。彼、透けるように肌が白いでしょ。抜群《ばつぐん》に好みでした。え？　葛城君は地黒だし、若いころはずっと日焼けしてたんですよ。だから食指が動きませんでした。

年一回のボーナスといったらあれですけど、心をリフレッシュする感覚で人を殺す。スッキリしたら、また日常に戻っていく。そういうサイクルが自分には合っていました。私ね、いつも寝不足なんです。でも人を殺すと心が満たされて、とってもよく眠れるんです。ストレス解消と安眠作用があるということです。

何人？　さあ。記録してるわけじゃないから……。たぶんあと十人くらいじゃないですか。覚えてないですよ、どこの誰殺したかなんて。それは刑事さんの仕事でしょ。子供は殺してないですよ。子供殺す奴はクズでしょ。あなた何か勘違いしていませんか。私、何も無差別に殺したわけではないですよ。きちんと悪い人間だけを選んできましたよ。東長沼《ひがしながぬま》のサラリーマンがいましたね。品川《しながわ》駅の中央改札口付近で、すれ違いざまに肩がぶつかったんです。私は謝ったのに、彼は舌打ちついたんですよ。頭に来ましてね、そのままあとを尾《つ》けて自宅を突き止めました。全体的に日焼けしていたんですが、耳の裏側は白かったので、後日殺しに行きました。

そうですね。あとは、飯田橋《いいだばし》のコンビニ店員がいましたね。接客態度がよくありませんでした。目も合わせず、敬語もろくに使えず、『ありがとうございました』の一言もない。あんまり好みじゃなかったんですけど、さすがに殺しました。わかりますか。ああいう人たちはどうしたって殺すべきなんですよ。だってあれ一回じゃないですよ。今まで何十回、何百回と同じようなことを繰り返してきたはずなんです。ああいう人間は、生涯にわたって何千人、下手すると何万人もの人間を不快な気持ちにさせるんです。それはつまり、れっきとした悪人なんですよね。私が殺したことで、これから不快な思いをしないで済む人たちがたくさんいるんです。見方を変えれば、私がしたことって一概《いちがい》に悪とは言い切れないんじゃないでしょうか。

ずっとこういう日常が続いていくんだと思っていました。まさかアクシデントで生まれた息子に、こんなふうに人生破滅させられるとはね。盲点でしたね。でも妻子持ちのサラリーマンという凡庸《ぼんよう》な立ち位置だったからこそ、うまくカバーできていた部分もあると思います。そういう意味では、家族もそんなに悪いもんじゃなかったかな。

え？　欲です。欲が出ました。それが敗因です。

葛城君を殺さなければよかった。これに尽きます。でも、あのシチュエーションが用意されていて、月明かりで肌が照るように白く光って見えて、どうして我慢することができるんですか。気づいたら殺してました。

熱に浮かされていて記憶がおぼろげなんですが、とりあえず死体は箪笥のなかにぜんぶしまって、夜のうちに現場を去りました。あの日奥多摩を再訪したのは、蒼の手紙を回収するためです。ほんの紙切れ一枚でしたから、犯行当時は頭から抜け落ちていたんです。迂闊《うかつ》でした。いえ、回収する予定だったのは手紙だけですよ。ほかは知りません。死体の処理はいつも、刑事さんたちにお任せしていましたから。

葛城との接触方法ですか。

連絡とってきたのは、向こうからですよ。相当びびっていました。暴行事件のことで強請《ゆす》られると思ったんでしょうね。蒼が派手にやってくれたおかげで、私の個人情報までネットにばらまかれてましたからね。葛城君、足がつかないように公衆電話からうちに、匿名電話をかけてきたんです。当時うちには何件もいたずら電話がきてましたから、妻はいちいち私に繋ぐなんてことしませんでした。だから葛城君、私が出るまで辛抱強く何度も何度もかけたそうです。けなげですね。私も蒼があんなことした理由なんて見当もつきませんでしたから、とりあえず二人で協力して真意を探ろうと。我々の繋がりがばれないように、時間差であの場所で落ち合おうということになりました。最初に私が着いて、後から葛城君が来ました。

それで。

ねえ。

殺すつもり、なかったんですけどね――

エピローグ

「これからどう生きていけばいいと思う？」

円城寺蒼がたずねると、隣の卯月麗一は小さく肩をすくめた。

「俺に聞かれても」

「でも田崎とか滝君には聞きづらいし」

麗一が住むアパート二階の外廊下、赤茶色に錆《さ》びた鉄柵に両腕をもたれたまま、蒼は後ろの玄関扉を振り返った。しなった戸は紙切れのように薄く、菜月の笑い声が筒抜けだ。下の階からは大音量で『大岡越前』のエンディングテーマが聞こえてくる。前に向きなおると、鏡張りの錦秋《きんしゆう》が美しい鎌倉湖畔《こはん》。視線を下に落とすと、落ち武者ヘアーの中年男性が、花壇の立派なハボタンにじょうろで水をやっている。

「なんかいいよね、ここ。現実じゃないみたいで」

「越してくる？　山田《やまだ》の押し入れ、空《あ》いてるぜ」

「遠慮する」

「あの家に住み続けるのか」

「頼れるような親族もいないし、しばらくの間は……。あれから一か月経って、マスコミも多少は落ち着いたから、まあどうにかしのげるとは思う」

蒼はうつむいて、自虐めいた口調でこぼした。

「僕は高校を中退することになって、母は長年勤めていたお店を実質解雇された。こんなに何もかも簡単に壊れて、もう二度と元に戻らないなんて。本当に……ずっと平坦な一本道を歩いてきたのに、急に荒れ狂う大海原に放り投げられるなんて、これっぽっちも想像していなかった」

「人生なんてそんなもんだ」

麗一が手に持っていたカルメ焼きを砕いて、地上に投げた。陽だまりのなか、すずめたちが群がる。小さく跳ねながらかけらを啄《ついば》んでいる。蒼は胸が苦しくなった。どうしてこんなささやかな光景が、こうも愛おしく大切なものに感じられるのだろう。

「僕がなんであんなことしたかわかる？」

「早川さんを守るためだろう」

「なんていうか、僕って気持ち悪いなって、率直にそう気づいたんだよ。善意で手を差し伸べてくれた女性に一方的な恋愛感情を抱いて、執拗に追いかけ回して、自宅を特定して侵入までして」

「正気の沙汰《さた》じゃないな」

「うん……。でも自分がまずいことをしてるって自覚、その時はなかったんだ。先生にはっきり拒絶されたとき、ようやく目が覚めた。それからは毎日、自己嫌悪で気がおかしくなりそうだった。だからあの行動は、究極的な自己破壊なんだ。自分を滅茶苦茶に壊して生贄《いけにえ》として差し出すことで、先生に赦《ゆる》しを乞《こ》おうとしていたんだ。先生を守るという大義名分のもと、潜在的にはその対価を得ようとしていたんだよ、僕は。ほんとうに虫唾《むしず》が走るくらい自分勝手で気持ち悪くて、どうしようもない。もう二度とあんなことはしない」

「すげえ青臭い」

「何？」

「いや、でも結果的にはよかっただろう。あんたがあれをやらなきゃ、真相は闇の中だった。殺人鬼は野放しのまま、新たな犠牲者を生み続けていたかもしれない。あんたは未来の犠牲者を救ったんだよ」

「そうなのかな……」

「そう言ってほしそうに見えた」

「……うん。いちばんつらいのは被害者とその家族なのに、本当に僕は自分のことばかり考えてしまう」

「親の罪は親の罪だ。子供が責任を感じる必要なんてない」

「でも同じ血が流れてる。殺人鬼と同じ血が。その事実が、どうしようもなく怖い時がある」

「人殺しの子は人を殺す確率が高いとか、何かそういうデータがあるのか」

「……ない」

「じゃあこの話終わりじゃん」

「うん……。ありがとう。普通の人生は難しいと思うけど、それでも生きていく」

「普通の人生って？」

「えっと……普通に大学行って、普通に就職して、普通に結婚して、普通に家庭を築いて……みたいな」

「じゃあ、それに当てはまらないこの世の大多数の人間は、全員普通じゃないってことか？」

「まさか」

「普通なんて主観と偏見にまみれた糞《くそ》みたいな幻影だよ。そんなもの定義したところで生きづらくなるだけだ。今現実にある自分の人生を、どう生きるかだけを考えたほうがいい。どんな環境でも感じられる幸せがあるはずだから」

麗一にそう諭されて、先ほどすずめの群れを見て、すごく愛《いと》おしい気持ちになったことを思い出した。冬隣《ふゆどなり》の陽光が、空の澄んだ青さが、頰撫《ほお》ぜる凜《りん》とした風が、言葉ではうまく言いあらわせないほどに心地よかった。たしかに、今感じられる幸せだった。

「君、なんでそんなに達観してるの？」

「こんなアパートに何年も住んでみろ」

麗一が白けた顔で視線を下にやる。水遣りを終えた男性が、花壇の縁に頭を乗っけて仰向《あおむ》けに寝転がっていた。『氷』と書かれた青い団扇《うちわ》で、むき出しの腹を扇《あお》いでいる。季節を忘れそうになったが、今はたしか晩秋だ。世間的にはどうであれ、本人はいたって幸福そうに見える。

「たしかに長く住み続けていたら、人生観が変わりそうだ」

「ああ」

玄関扉が勢いよく開き、制服姿の菜月が顔を出した。ふわっと風が吹いて、のぞいた耳元で雪の結晶のモチーフがきらりと揺れた。

「蒼〜、そろそろ帰るよ。四時から病院でしょ」

「あ、うん」

「ほい」

リュックが胸元に押しつけられる。

「ありがと」

まだ馴染まない真新しい紺色のリュック。長年使っていたブルーのリュックは、父からの誕生日プレゼントだった。今はどこかの焼却場で灰になっているだろう。こういう瞬間、ふと胸の痛みに襲われる。

菜月に続いて蓮司が出てきて、麗一に尋《たず》ねた。

「ずっと何喋ってたの？」

「カルメ焼きを上手にふくらますコツ」

「そう」

蓮司は何かを察した様子で、深入りはしなかった。彼らは研究会の活動があるというので、二人に見送られて蒼と菜月はアパートを後にした。

暮秋《ぼしゅう》に佇《たたず》む閑静《かんせい》な住宅街を、二人は並んで歩いた。しばらく心地よい静寂に身をゆだねていたが、菜月がぽつりと言った。

「お母さんの調子はどう？」

朝がた庭先のゼラニウムに水をやっていた母の、痩《や》せた後ろ姿を思い出す。事件後精神的ショックから寝たきりに近い状態が続いていたが、十一月も終わりが近づき、少しずつ回復してきている。

「時間はかかると思うけど、大丈夫だと思う。昨日はバラエティ観てちょっと笑ってたし」

「そう、よかった。食欲は？」

「あんまり……。昨日もハヤシライス作ったけど、二口くらいでもうお腹いっぱいって」

「そっか。じゃあさ、卵焼きはどうかな」

「え？」

「蒼の大好物、ふわっふわの甘い卵焼き。それを蒼がお母さんに振る舞ってあげたら？　あれなら食欲なくてもイケそうじゃん？」

「そうかも。ってか、僕も食べたい」

蒼が素直に口にすると、菜月はスクールバッグからビニール袋を取り出して、いたずらっぽい笑みを浮かべた。

「ざらめたくさんもらってきちゃった。普通の砂糖より、なんかおいしそうじゃない？」

「たしかに高級な感じする」

「卵はオーケーストアで買おう。いちばん安いから」

「うん、ありがとう」

何気《なにげ》ない会話の一つひとつが、蒼にとってはこれ以上ない幸福に思えた。

今まで当たり前だと思っていた日常は、ひとつも当たり前ではなかった。儚《はかな》くて、脆《もろ》くて、いつ消えてしまうともわからない、かけがえのないものだった。友達がそばにいてくれること、自然体でいられること、季節を感じられる心と体があること、帰る場所があること、待っていてくれる家族がいること。

車通りの多い県道沿いの道を抜け、線路沿いの小径を並んで歩く。菜月の歩幅に合わせてゆっくりと。

途中、何人かの観光客の集団とすれ違った。そのたび無意識にうつむいてしまう。気づかれることもなく、通り過ぎるとほっとする。

正常な思考を取り戻した今、自分がしでかしたことの無計画性と杜撰《ずさん》さを思い知る。迷惑をかけた両校とも、謝罪は正式に受け入れてもらえたが、罪悪感と悔恨は消えない。学校だけではなく、親族、友人、近隣住民、両親の勤務先……計り知れないほどの迷惑をかけてしまった。

あの映像は永久にネットの海を漂い続け、ことあるごとに僕の世界へ漂着するだろう。何より自分自身、その代償に苦しみ、制裁を受けながら生きていく覚悟が必要だった。

北鎌倉駅が近づくと、三人組の女子高生の集団が前から歩いてきた。

そのとき、明らかに視線を感じた。

好奇心と恐怖心が入り混じったような視線。耳にまとわりつくささやき声。悪意ある単語だけが、なぜか鮮明に聞き取れる。胸がきゅっとなる。手のひらに汗がにじむ。前を向いて生きていくと誓ったのに、こんなことでもう心が折れそうになる。

「おい全部聞こえてんだけど」

すれ違いざま、菜月がドスのきいた声を放った。彼女たちはばつの悪そうな顔で足早に去っていく。全身の力が一気に抜ける。

「ごめん……ありがと」

ほぼ同時に、背後でシャッター音が鳴った。二人同時に振り向くと、先ほどの女子高生たちが、にやけた顔でスマホをかまえていた。蒼が反射的に駆け寄ろうとすると、彼女たちはぎょっとした顔で小走りに逃げていった。とっさに追いかけようとする蒼の腕を、菜月が強く摑む。

「やめな。追っかけるとこ撮られたりしたら、面白おかしくインスタとかにあげられるだけだよ」

「でも写真消してもらわないと。僕はいいけど、田崎の写真だけは――」

切羽詰《せっぱ》まった蒼にたいして、菜月はけろっとした表情で言った。

「なんで？　撮られたの後ろ姿だけっしょ」

「いや、見る人が見たら田崎だってわかっちゃうよ。僕と歩いてるところ見られたらまずいでしょ」

菜月がキッと睨《にら》みあげてくる。

「は？　なんでよ」

「いや世間体的に――」

スクールバッグで思いきり尻をどつかれて、思わずよろめく。頬を膨らませた菜月が怒った声で言う。

「なんだよそれ。ばっかみたい。私が蒼と一緒にいたいからいるんじゃん。世間体とか知らね〜。クソ興味ね〜」

「ごめん」

ぶっきらぼうな言葉がよけい心に沁みるようで、蒼は目の奥が熱くなるのを感じた。

「ねえ、もしかしてそんなことばっかり考えてんの？　ずっと他人の目を気にしてんの？」

「それは、無意識に気になっちゃうから」

「卵焼きの話してるときもずっと？　それってすっごくつらくない？」

目の奥にあった熱い感覚が、じんわりと目頭から零《こぼ》れた。こらえるように空を仰《あお》ぐ。

「いや。雑談してるときは、心が軽くなるし、気がまぎれるから……」

菜月がすうっと息を吸い込む。

「あのさあ、そういうのも、これからは私に言ってよ」

頬を真っ赤にした菜月が、ひといきに続けた。

「ぜんぶ私に言って。楽しいことだけじゃなくて、つらいことも、苦しいことも全部。言ってよ。ひとりで抱え込まないで、私に言って。そのためにそばにいるんだから」

「…………」

声がうまく出てこない。視界が滲み、頬に熱いものが伝う。ばれないように、慌てて指先で拭《ぬぐ》った。

「あの時蒼が私を助けてくれたから、今度は私が蒼を助ける番だって、決めてんの。わかった？」

「……うん」

「私、ずっと蒼のそばにいるから。どこに行ってもいいけど、もう勝手にいなくなんないでよ」

「……うん、ありがとう」

自分でもはっきりわかるほど、声が震えていた。菜月が茶化すように言う。

「おっ、泣いてんのー？」

「泣いてないよ。そっちこそ泣いてるじゃん」

「……泣いてないってば」

そう答える菜月の声も、涙に濡れていた。

線路沿いのなだらかな道には夕紅葉が立ち並び、秋の残り香をさらう空風が、冬の予感を静かに告げた。

＊

置き行灯《あんどん》に照らされた、放課後の仄《ほの》明るい部室。蓮司と麗一は小型の電池式ホットプレートを囲んで、肉もどきを焼いていた。小麦粉とパン粉と水を混ぜて薄く成型したタネをじゅうじゅう焼いて、焼き肉のたれに浸《ひた》す。

あの日以来、二人とも肉が食べられなくなった。おそらく麗一は問題なく食べられるだろうが、蓮司の前ではそういうそぶりは見せない。苦難を分かち合える友達がいるのは、蓮司にとって非常にありがたかった。

小学校の家庭科で製作したガチャピンのエプロンを身に着け、危なっかしい手つきで疑似《ぎじ》肉のタネを成型している麗一を眺めながら、蓮司は間延びした口調で言った。

「麗一〜、長生きしろよ〜」

「はあ」

「絶対俺より先に死ぬなよ〜」

「はあ？」

「あの経験をした人間がこの世で自分ひとりだけになるなんて、俺には耐えられない」

「自分が耐えられないことを俺には堂々強《し》いるのか」

「麗一は神経相当図太いだろ」

「まあな。俺が包丁片手に命を賭《と》して相手に立ち向かったその横で、お前はカメムシと格闘してたんだもんな」

蓮司は忘れえぬ屈辱感に打ちひしがれた。あのあと白状するんじゃなかったと、長いため息をつく。

「俺はもう二度とあんなへま犯さない」

「いや、いいよ。蓮司には一生カメムシと格闘する人生を送ってほしい」

「むごい」

しかし、あのとき向こう側にいたのが早川凜子ではなく真犯人だったらと思うと、身の毛がよだつ思いがする。躊躇《ちゅうちょ》なく立ち向かっていった麗一にたいして、不覚にも尊敬の念が湧いてくる。

そういえばきちんと感謝を伝えられていなかったと思い、蓮司は箸《はし》を置いて背筋を伸ばした。

「あの時は俺のためにありがとう」

言った直後にもう気持ち悪くなった。

麗一は狐《きつね》につままれたような顔をした。それから首を小さくひねった。

「なんか、あれは俺、別に蓮司のことを守りたかったわけじゃないんだ」

「ええ……」

ぬるくなったほうじ茶を一気飲みすると、麗一は急に落ち着きがなくなった。

「なんか、俺は蓮司のことを考えるときはたいてい、蓮司のお母さんの顔が思い浮かぶんだ。蓮司だけじゃなくて、多胡とか、蒼とか、まあ……志田もか。うわあ、俺に友達が四人もいる。怖い」

「もっといるじゃん。沙耶《さや》さん、美耶《みや》さん、古田さんに田崎さん」

「いやそうすると片手に収まらないだろう。それはまずい」

「何がまずいんだ」

「どうしよう。このペースで友人が増え続けたら、将来的にはスクラムが組めてしまう」

「組まねえから安心しろ」

「まあ、なんというか、わかるか？　俺は友達のことを考えるとき、その背後に彼らの親御さんの顔が思い浮かぶんだ」

「あんまりわからない」

正直に答えた。蓮司にはイメージしづらい感覚だった。麗一は熱いほうじ茶を魔法びんからこぼれんばかりにつぎ、酒のように呷《あお》って即むせると、懲《こ》りずに自論を続けた。

「だから、蓮司が無事かどうかというのは、蓮司だけの問題じゃないんだ。俺はたぶん蓮司のことを守りたいけど、それよりもずっと、蓮司のことを大切に想っている蓮司のお母さんの気持ちを守りたいんだ。もし多胡が危機に瀕したら、俺は多胡を守るだろうし、それは多胡のためでもあるけど、それよりも多胡のことを大切に想っている多胡のお母さんの気持ちを守りたいという想いのほうが、本当はずっと強いんだ……わかるか？」

「あんまりわからない」

蓮司は胸がつらくなってきた。麗一がまれに家族、ことに母親について語るとき、やたら水分を摂取する回数が増え、なんとなく要領を得ない口調になる。感傷的な気持ちが昂《たかぶ》るのを、無理やり抑えつけようとしているように見えた。

麗一も自分で苦しくなってきたのか、急に黙り込んだかと思うと、不自然に明るい声で言った。

「俺は気楽な身分なんだ」

蓮司は無性《むしょう》に悲しいというか腹立たしいというか、形容しがたい感情に襲われてむきになって言った。

「なれないよ。麗一は絶対気楽な身分にはなれない。俺は麗一がいなくなったら一生苦しい。俺だけじゃなくて、母さんも花梨も父さんも……」

嘘偽《うそいつわ》りない本心だった。

「とりあえず今後の人生は、常に滝家の命運を握っていることを意識して生きてほしい」

「十六歳には荷が重すぎる」

「少なくとも滝家の人間が生きているうちは、麗一は元気でいる義務がある。花梨はたぶん二百歳まで生きる。だからあと二百年は元気でいろ。わかったか？」

「あんまりわから」

「わかったな？」

「はい」

「よろしい」

肉もどきがじゅうじゅう焼け、たれの良い匂いが鼻腔《びこう》に入り込む。窓外は暗く冷たいのに、室内はゆったりと暖かい空気に包まれている。湯気が視界を曇らせると、麗一がぽつりと呟いた。

「蓮司ありがとな」

「うん」

かん、かん、かん、かん、かん、かん。

直後、不穏な音が空気を一変させた。

「青竹のぶつかり合う軽快な音――これは志田だ。青竹をかついだ志田だ」

麗一がホットプレートのスイッチを切りながら、世にもおそろしい言葉を放つ。

「どんどん近づいてくる」

顔を見合わせ、瞬時に教卓まで猛ダッシュ。その下に素早く身をひそめる。

ほぼ同時に、部室の扉が勢いよく開く音がした。

「やあ！」

志田の高らかな声。

「やあ、やあ、やあ！」

どんどん近づいてくる。

そして。

「やあ、そんなところで何してるんだい」

教卓の下に隠れた二人を、いとも簡単に見つけ出した。麗一が大きなため息をつく。

「志田お前、なんでわかるんだよ」

「見くびらないでちょうだい。先月は机の下、先々週はカーテンの裏、先週は用具入れの中、三日前は壁に擬態《ぎたい》。もう教卓の下くらいしか残されてないでしょ」

「すばらしい推理だ。ご用件はなんですか」

志田は担いでいた竹筒を両手で握りしめるなり、ぶんぶん振り回し、意味不明なステップを繰り広げた。

ぽかんと口を開けた蓮司の横で、麗一がたずねる。

「志田お前、それはなんだ。新手の地団駄《じだんだ》か」

「コンテンポラリー・ダンスさ」

「ダンスだと……？」

志田は大きく頷いて、青竹を見せびらかした。

「こんなふうに、ししおどし大にカットした青竹をね」

「一口大みたいに言うな」

「両手に握りしめて、思いのままに踊り狂う。その名も『ししおどり』。ししまいに感銘を受けて、僕が考案したのさ」

「なんてやっかいなインスピレーションを受けちまったんだ」

志田は胸を反《そ》らして得意げに言った。

「僕、これを鎌倉公民館まつりで披露しようと思うの。ついてはバックダンサーになってもらいたいんだね」

麗一が蓮司の両肩をがっちり摑んで志田の前に突き出した。

「それならわが会長の蓮司君が」

蓮司も負けじと麗一の顎先に頭突きをくらわすと、その胸倉を引っ摑んで志田の前に差し出した。

「いやいや、ここは副会長の麗一君が」

志田はにったり満面の笑みを浮かべると、人さし指をぴんと立てて左右に振った。

「ノン、ノン。『ししおどり』はトライアングル・フォーメーションなの。明日から放課後みっちり三時間×十二セット。よろしくね！」

◇ 冬隣の季節

澄んだ青空に桜紅葉が揺れた。

足元には銀杏のささやかな絨毯ができている。頭上ではヒヨドリが鳴いている。

裏庭の秋もしんと深くなった。

「早川先生」

凜子が顔をあげると、多胡典彦の姿があった。その顔が心持ち引き締まって見える。

「あら多胡くん、こんにちは」

「お昼ごはん、一緒にいいですか」

「もちろん」

多胡は顔をほころばせて、凜子の横に腰を下ろした。ビニール袋からラップにくるんである蒸しパンをひとつ取り出して、すっと差し出した。

「母と僕の友人が共同開発したざらめ蒸しパンです。よかったら、先生もどうぞ」

「ありがとう」

優しい甘みとしゃりしゃりした食感に、「とってもおいしい」と凜子も顔をほころばせた。

多胡は背筋をしゃんとしてひといきに告げた。

「先生。僕は三度めの留年を回避できそうです。もしだめでも、高校は絶対に卒業するって決めました。母とも約束して、これからは毎日ちゃんと学校に通います。学業の片手間にはできないので、ユーチューバーは潔《いさぎよ》くやめます。いろいろと相談に乗ってくれて、本当にありがとうございました」

「そう……本当によかった……」

凜子は胸が詰まって言葉がうまく出てこなくなる。

「あの出来事のおかげかわかりませんけど、僕へのいじめはぴたりと止《や》みました。主犯の赤間が転校したし、取り巻きのやつらもなんかビクビクしちゃって。だからユーチューバーをやめられるんです。今まではあそこにしか自分の居場所がなかったけど、いま現実に安全な居場所を見つけられたから。これからは、まっとうに生きます」

「多胡くんは、今までもずっとまっとうよ。いじめに気づいてあげられなくて、本当にごめんなさい」

凜子の言葉に、多胡はやにわに泣きそうな顔になる。

「……いいんです。今こうして気持ちを打ち明けられる人が学校にいるだけで、僕は安心感でいっぱい」

凜子の胸に、じんわりと温かいものが広がる。

「私はずっと味方でいるから。いつでも来てちょうだいね」

「はい」

多胡の声が弾《はず》んだ。彼は蒸しパンをひとちぎり、足元に転がした。いつもの野良猫が木陰から近づいてきて、小さな口でかじりついた。

穏やかな秋のひとときが、ゆっくりと過ぎていく。

了

本作品は書下ろしです。

あとがき

小学三年生だか四年生だかのある日、リコーダーに芋虫《いもむし》が入っていたことがありました。指で押さえる孔《あな》のひとつが塞《ふさ》がっているように見え、不思議に思って笛先を外して逆さにしたら、ぼとっと落ちてきたんです。いっそう不可解なことに、床でのたくる芋虫の太さは、孔のサイズよりも明らかに大きいのです。

いったいどうやって筒の中に入り込んだのか。薄々見当《けんとう》はつきましたが、怖くて認めたくありませんでした。

その後、下駄箱の上履《うわば》きに給食の残飯が入っていたり、椅子に敷いた防災頭巾の上に画びょうが仕込んであったりして、さすがに認めざるをえなくなりました。

あれは誰かにやられたんだ、と。

大人になった今でこそ、人様のリコーダー（あまり触りたくない）にわざわざ芋虫（あまり触りたくない）を仕込むなんて、奇《き》っ怪《かい》なガキんちょがいたもんだと思えるのですが、当時は物凄くショックでした。文字どおり目の前が真っ暗になって、足がすくみ、お腹にぼっかりと穴が空《あ》いた気分でした。

残念ながら、あれから二十年以上経った今でも、いじめは相変わらずいじめとしてこの世に存在しています。そういうニュースを耳にするたび、いつもすごく胸が痛み、不甲斐《ふがい》ない気持ちになります。せめて物語の世界では、加害者にはきちんと制裁を受けてほしいという想いから、本作は形作られました。

　もしかしたら読者の方の中にも、いじめに悩んでいる方がおられるかもしれません。いじめっ子は、妖怪みたいなものだと私は思います。

人間のあなたが無理をして共存したり、闘ったりする必要はこれっぽっちもありません。どうか安心して過ごせる場所へ避難してください。

妖怪との接触を避けるというのは、人間としてごく当たり前の行動です。恥ずかしいことや後ろめたいことでは、絶対にありません。

自分の心の健康を一番に考えてください。


最後に、様々な方にお力添えをいただき、二作目を無事刊行することができました。深く感謝しております。もしいつか次作でお会いすることができましたら、大変うれしく存じます。お手に取っていただいた読者の皆様、誠にありがとうございました。

二〇二三年八月

遠坂八重

切りとり線

あなたにお願い

この本をお読みになって、どんな感想をお持ちでしょうか。次ページの「100字書評」を編集部までいただけたらありがたく存じます。個人名を識別できない形で処理したうえで、今後の企画の参考にさせていただくほか、作者に提供することがあります。

あなたの「100字書評」は新聞・雑誌などを通じて紹介させていただくことがあります。採用の場合は、特製図書カードを差し上げます。

次ページの原稿用紙（コピーしたものでもかまいません）に書評をお書きのうえ、このページを切り取り、左記へお送りください。祥伝社ホームページからも、書き込めます。

〒一〇一―八七〇一　東京都千代田区神田神保町三―三
祥伝社　文芸出版部　文芸編集　編集長　坂口芳和
電話〇三（三二六五）二〇八〇　www.shodensha.co.jp/bookreview

◎本書の購買動機（新聞、雑誌名を記入するか、○をつけてください）

＿＿＿新聞·誌の広告を見て	＿＿＿新聞·誌の書評を見て	好きな作家だから	カバーに惹かれて	タイトルに惹かれて	知人のすすめで

◎最近、印象に残った作品や作家をお書きください

◎その他この本についてご意見がありましたらお書きください

100字書評

怪物のゆりかご

住所

なまえ

年齢

職業

遠坂八重（とおさかやえ）
神奈川県出身。早稲田大学文学部卒業後、一般企業に勤務しながら、小説執筆に挑戦。2022年、『ドールハウスの惨劇』がエンターテインメント性に富んだ筆致と人物造形の妙が高評を得て、第二十五回ボイルドエッグズ新人賞を受賞した。本作はその続巻であり、高校生探偵コンビ、滝蓮司と卯月麗一の新たなる活躍を描く。尊敬する作家は、ヘルマン・ヘッセと川端康成。

怪物《かいぶつ》のゆりかご

令和５年９月20日　　初版第１刷発行

著者――――遠坂八重《とおさかやえ》
発行者―――辻　浩明
発行所―――祥伝社《しょうでんしゃ》
〒101-8701 東京都千代田区神田神保町3-3
電話 03-3265-2081（販売） 03-3265-2080（編集）
03-3265-3622（業務）
印刷――――堀内印刷
製本――――積信堂

ISBN978-4-396-63649-4 C0093
祥伝社のホームページ・www.shodensha.co.jp

祥伝社

四六判文芸書

残された人が編む物語

桂 望実

突然の失踪。動機は不明。音信は不通。
消えてしまったあなたへ――

足取りから見えてきた、失踪人たちの秘められた人生。
喪失を抱えて立ちすくむ人々が、あらたな一歩を踏み出す物語。

祥伝社

四六判文芸書

命を懸けて紡ぐ音楽は、聴くものを変える――
「この楽器が生まれたことに感謝しています」

風を彩る怪物

二人の十九歳が〈パイプオルガン〉制作で様々な人と出会い、
自ら進む道を見つけていく音楽小説。

逸木　裕

祥伝社

四六判文芸書

ボイルドエッグズ新人賞受賞、衝撃のミステリー

ドールハウスの惨劇

遠坂八重

高2の夏、僕らはとてつもない惨劇に遭う。
正義感の強い秀才×美麗の変人、
ふたりの高校生探偵が驚愕の事件に挑む！